A Faint Cold Fear Thrills Through My Veins
William Shakespeare

Zu diesem Buch

Als Mannhardt das Treppenhaus erreicht hatte, fühlte er sich wie ein Skispringer oben auf der Schanze. Mit der linken Hand am Treppengeländer stürzte er sich in die Tiefe.
Eine schrille, hysterische Stimme ließ ihn noch schneller werden.
«Hilfe…! Das ist 'n Mörder! Haltet ihn!»
Endlich war er unten.
«Was ist denn hier…!?»
Es nahm ihm den Atem. Vor dem Zimmer der Grabow lag ein junger Mann mit einem Gesicht wie eine zermanschte Tomate. Irgendwie kam er ihm…
O Gott, sein Student Karsten Kniehase…!
Seine Schwester Andrea kam taumelnd auf ihn zu, und er mußte sie auffangen, sonst wäre sie zusammengebrochen.
Sie schluchzte auf. «…ein Mann, ganz plötzlich… Erst hat… er hat meinen Bruder…» Mannhardt ließ sich neben Kniehase auf die Seite fallen. «Karsten, was is'n…!?»
Kniehase wimmerte. «… meine Nase, mein Kopf…!»
«Laß mal, ich…» Doch als Mannhardt ihn anfaßte, schrie er auf.
«Lassen Sie ihn», sagte Andrea. «Ich ruf die Feuerwehr an.»
Da fuhr Karsten Kniehase plötzlich hoch. «Ist er tot?»
«Wer?» Mannhardt sah ihn verständnislos an.
«Der bei Frau Professor Grabow im Zimmer…»
Mannhardt kam wieder auf die Beine und riß die Tür zu einem der Dozentenzimmer auf. Auf dem beigefarbenen Teppich lag ein hagerer Mann in einer Blutlache, so groß, wie er nie zuvor eine gesehen hatte.

Mannhardt ist empört. Während er in aller Ruhe in seinem Büro in der Polizeihochschule Seminararbeiten korrigiert, wird im Parterre der Verwaltungsleiter erschlagen. Der Täter kann unerkannt entkommen. Aber das ist nicht der einzige Fall, der Kriminalkommissar Mannhardt Kopfschmerzen bereitet. Eine geheimnisvolle Mordserie erschüttert Berlin, eine Stadt gerät in Panik. Die Pankower Front, eine rechtsradikale Organisation, will unter den Asylanten aufräumen und wartet nur auf den geringsten Anlaß, um ein Blutbad anzurichten. Und schließlich lockt ein geheimnisvoller Anrufer kleine Kinder ins Verderben.
Als Mannhardt dann noch unter Mordverdacht gerät, dreht er durch…

–ky, eigentlich Horst Bosetzky, ist Soziologe und Professor in Berlin. In der Reihe rororo thriller liegen 19 Romane und Kurzgeschichtenbände vor.

– ky

EIN DEAL ZUVIEL

rororo

Rowohlt

rororo thriller
Herausgegeben von Bernd Jost

Originalausgabe
Veröffentlicht im Rowohlt Taschenbuch Verlag GmbH,
Reinbek bei Hamburg, Juni 1992

Umschlagfoto Thomas Henning
Umschlagtypographie Peter Wippermann/Susanne Müller
Satz Sabon (Linotronic 500)
Gesamtherstellung Clausen & Bosse, Leck
Printed in Germany
890-ISBN 3 499 43065 7

Personenverzeichnis

Narcissio	erlebt mehr, als er verkraften kann
Jacinto	tut alles, damit der Friede aufrecht erhalten wird
Rüdiger Prützke Frieder Schönfließ Valeska Wutz Kathrin Zäckeritz Carmen Müller	finden ein vorschnelles Ende
Maik Krause	markiert den starken Mann
Karsten Kniehase	hat Schwierigkeiten mit dem Examen
Andrea Kniehase	kümmert sich rührend um ihren Bruder
Walter Janotta	hat als ehemalige DDR-Polizist noch Schwierigkeiten mit den neuen Zeiten
Gertrud Grabow	ist keine Kostverächterin
Karin Aurak	führt ein strenges Regiment
Heike Hunholz	liebt Mannhardt – meistens
Hans-Jürgen Mannhardt	ist alles zuviel, manchmal auch Heike

Narcissio spielt in der Ecke der Hütte. Aus mehreren Ästen und einem Stück Schnur hat er sich ein Flugzeug gebaut. So eines, wie er es im letzten Jahr in Xai-Xai gesehen hat.

Seine Mutter sitzt mit seinen drei Schwestern vor der Hütte, und sie streicheln den kleinen Affen, der immer wieder seinen Strick durchzunagen versucht. Laura ist zwei Jahre alt, Rosa fünf und Carlota schon sieben. Zusammen sind sie so alt wie er. Das hat ihm sein Vater beigebracht, der bei der großen Eisenbahn arbeitet, die nach Maputo fährt.

Da fallen Schüsse am Rande des Dorfes. *«Bandidos armados!»* schreit einer. Alle versuchen, in den Wald zu laufen. Doch da steht ein Maschinengewehr. Seine erste Salve zerfetzt den alten Avertino. Laurinda, seine Tochter, kniet neben ihm. Sie werden in ihre Hütten getrieben.

Narcissio steht im Eingang, als die *bandidos* kommen. Fünf sind es. Der Jüngste ist so alt wie er selber. Der Anführer heißt Rogério. Seine Uniform ist ebenso zerlumpt wie die der anderen. Keine zwanzig ist er. Über der Brust trägt er eine kurze Maschinenpistole. Gefährlicher ist sein Buschmesser. Er schiebt Narcissio beiseite und geht auf seine Mutter zu.

Wo ist dein Mann? Sie weiß es nicht. Und warum liegen seine Stiefel da! Er arbeitet barfuß auf dem Feld. Du lügst! Nein.

Da reißt Rogério sein Buschmesser aus dem Gürtel. Mit einer blitzschnellen Bewegung hat er Carlota erstochen. Mitten ins Herz. Seine Mutter hat es nicht verhindern können. Sie ist über und über mit Blut bedeckt. Sie wirft sich über Laura und bedeckt die Kleine mit ihrem Körper.

Narcissio will zu ihnen. Ein Gewehrkolben trifft ihn zwischen Kinn und Kehle. Er stürzt zu Boden und ringt nach Luft. Der Schmerz will ihn zerreißen.

Wo ist dein Mann? Ich weiß es nicht. Ich schwöre es! Da reißt Rogério seine Maschinenpistole herum und leert das Magazin.

Narcissio wird mit ein paar Fußtritten aus der Hütte getrieben. Im grellen Sonnenlicht kauern die, die noch am Leben sind. Rogério sieht Laurinda und schleppt sie ins Gebüsch. Laurinda schreit und schreit. Dann ist sie still.

Rogério kommt allein und grinsend wieder hervor. «Kolonne marsch!» befiehlt er.

Sie müssen die geplünderten Sachen tragen. Narcissio hat den batteriegetriebenen Fernseher zu schleppen, den Avertinos Sohn letztes Jahr aus Alemana mitgebracht hat.

Der Schmerz im Kiefer läßt Narcissio immer wieder taumeln. Doch als erster macht Angelo schlapp. Wegen seiner Wunde am Knie. Rogério gibt einen Befehl. Und der jüngste der *bandidos*, der mit in ihrer Hütte war, tötet Angelo mit einem Schuß in die Stirn.

«Weitergehen!» wird befohlen.

Als Narcissio nicht mehr kann, stützt Madalena ihn. Madalena ist Avertinos Frau gewesen. Sie kümmert sich um ihn, als sie Rast machen. Besorgt ihm etwas Wasser und Suppe.

Sie marschieren tagelang, und Narcissio weiß nicht mehr, ob er noch lebt oder schon tot ist. Sie werden immer weniger. Wer nicht mehr kann, wird erschossen und liegengelassen. Zwei Frauen bekommen unterwegs ihre Kinder. Beide Neugeborenen sterben nach wenigen Stunden und werden am Wegesrand verscharrt.

Dann erreichen sie das Hauptlager. Es sind so viele Menschen da, wie Narcissio sie bisher nur einmal gesehen hat. Im letzten Jahr in Xai-Xai, als sein Vater ihn ins Fußballstadion mitgenommen hatte. In Lisboa hatte er einmal Eusebio spielen sehen, und er schwärmte dauernd von ihm. Und so hieß Narcissio mit dem zweiten Vornamen auch Eusebio. Aber hier in Mozambik sind das keine Zuschauer, sondern alles Gefangene.

Doch endlich gibt es etwas zu essen. Viele Ochsen werden geschlachtet, und auch Narcissio bekommt ein schönes Stück von ihrem Fleisch.

Am nächsten Tag beginnt das Training. Narcissio lernt, wie man mit einem Maschinengewehr umzugehen hat. Er gehört zu den Jüngsten, aber älter als fünfzehn ist keiner seiner Kameraden. «Aus euch machen wir Elite-Banditen!» ruft der Kommandante. «Ihr werdet die besten Mörder weit und breit!»

Dann wird Madalena erwischt, wie sie beim Wasserholen fliehen will. Rogério läßt sie an einen Baum binden und ruft Narcissio heran. Er bekommt ein Gewehr mit einem Bajonett in die Hand gedrückt. Es ist so schwer, daß er es kaum hochhalten kann.

Zustoßen! schreit Rogério. In den Hals!

Madalena, Avertinos Frau, Laurindas Mutter, schreit und betet, fleht ihn an.

Narcissio weint und jammert. Ich kann nicht… Rogério versetzt ihm einen Faustschlag ins Gesicht. Blut spritzt ihm aus der Nase. Das Gewehr fällt auf den Boden.

Nein! Narcissio kann es nicht.

Da reißt Rogério sein Buschmesser heraus. Narcissio weiß, daß er sterben muß. Und darum reißt er das Gewehr wieder hoch, um Rogério das Bajonett in den Bauch zu stoßen.

Doch der ist viel schneller. Das Buschmesser zischt durch die Luft. Narcissio sieht seinen Kopf schon in hohem Bogen…

Da ist der Kommandante dazwischen und reißt Rogérios Arm zurück. Ob er verrückt sei. Wir brauchen jeden Kämpfer! Ein Toter nützt uns doch nichts mehr!

Dann steht er dicht vor Narcissio. Die Pistole in der Hand. Sie oder du!

Narcissio weiß, daß er Madalena niemals töten kann.

Gebt ihm Tabletten! sagt der Kommandante. Sie stürzen sich auf Narcissio und reißen ihm den Mund auf wie einem kranken Pferd. Ein weißes Zeugs muß er trinken.

Die Welt dreht sich. Er schwebt. Ihm ist alles egal. Rogério drückt ihm das Gewehr mit dem Bajonett von neuem in die Hand.

Los!

Das Gewehr ist nun so leicht wie ein vom Baum gefallener Ast. Narcissio läuft los. Hebt das Bajonett. Madalena schreit.

Da hat er ihr die Klinge durch den Hals gestoßen. Weit noch in den Baum hinein, an dem sie festgebunden ist.

Narcissio zieht das Bajonett heraus. Rogério, der Kommandante und seine Kameraden klatschen in die Hände.

Er kehrt zu ihnen zurück und ist erleichtert. Sie sind zufrieden mit ihm. Und er wird weiterleben können.

Der Bug des blauen Faltbootes fuhr durch die dicke Entengrütze wie ein Messer durch die Butter. Am Süllrand innen stand mit ungelenk gemalten Buchstaben *Bootsverleih Enrico Rasch, Zeuthen*. Das schurrende, schleifende Geräusch nervte ein wenig. Ab und an blieben sie an den Ästen umgestürzter Bäume hängen, kamen aber immer wieder frei, wenn Mannhardt ein wenig kippelte und sein Paddel voll durchs Wasser zog. Heike war vollauf damit beschäftigt, ihre eingecremte Haut vor Bremsen und Mücken zu schützen. Sie hatten sich ein wenig im Gosener Graben verfranzt, einem überaus idyllischen Stückchen Spreewald innerhalb Berlins, fünf Kilometer östlich des Großen Müggelsees gelegen, noch richtig Urstromtal. Über ihnen kreisten die Libellen, so blau und durchsichtig wie Neonfische. Sie mußten die Köpfe einziehen, um unter einem verfallenen Steg hindurchzukommen.

Plötzlich saßen sie fest, und Heike schrie auf. «Da liegt 'ne Leiche im Wasser!»

«Witzboldin, ich hab Urlaub, und auch die schönste Leiche interessiert mich nicht. Seit ich dich kenne, brauch ich ja die Nekrophilie nicht mehr...»

«Nein, ehrlich!»

Mannhardt drehte das Boot ein wenig zur Seite – und erschrak nun auch. Ein bleicher, fetter Körper lag da im trüben Wasser, und aus dem schwappenden Grünzeug auf und unter der Oberfläche schaute jenes struppige Borstenhaar hervor, wie es für märkische Bauern so typisch war. Seine erste Leiche als Leiter der 11. Mordkommission im nunmehr wiedervereinten Groß-Berlin. Und noch dazu selber gefunden...

Quatsch, es war lediglich ein totes Schwein.

«Noch mal Schwein gehabt...!»

Heike hatte das die Lust an der Bootsfahrt gründlich verdorben, und Mannhardt paddelte nach Gosen zurück. Das lag schon im neuen Bundeslande Brandenburg und war nicht zu verwechseln mit jenem aus der Bibel bzw. aus den Kreuzworträtseln. Heike wußte mehr, hatte vor kurzem erst für die *zitty*, die Berliner Stadtillustrierte, etwas über diese Gegend geschrieben.

«1. Buch Mose, 47. Kapitel, sprach der Pharao zu Moses: ‹...das Land Ägypten steht dir offen, laß sie am besten Ort des Landes wohnen, laß sie im Lande Gosen wohnen...›»

«So auch Erich Mielke zu Markus Wolf – und der baut sich hier an den Gosener Bergen sein großes Stasi-Schulungszentrum hin, mitsamt atombombensicherem Bunker...»

Heike drehte sich um. «Was meinst du denn, wie oft deine neuen Mitarbeiter da drin gewesen sind, dein neuer Freund Janotta beispielsweise...?»

Mannhardt klopfte auf den hölzernen Süllrand des Bootes. «Wahrscheinlich sind hier in seinem Boot noch Mikrofone eingebaut...»

«Du bist wirklich 'n Weltmeister, was das Verdrängen betrifft.»

«In dubio pro Leo!» lachte Mannhardt.

«Ich denke, der heißt Walter? Mein Gott, Walter!»

«Ja, aber nicht nach Mike Krüger, immerhin ist er ja schon fünfunddreißig, sondern nach Ulbricht, Walter Ulbricht. Der Vater ist 'n strammer Kommunist gewesen.»

«Und Leo ist bei der Stasi sein Deckname gewesen?»

«Quatsch, die nennen ihn nur so, weil er mal bei 'ner Laienaufführung den Ober Leopold gespielt hat. Im ‹Weißen Rößl› am Wolfgangsee.»

«Wer's glaubt, wird selig.»

«Will ich ja schon lange werden...»

Schweigend fuhren sie den Seddin-See hinunter und kamen am Oder-Spree-Kanal vorbei nach Schmöckwitz, wo gleich hinter der Brücke an einer kleinen Bucht, die sie die Grimnitz nannten, Janotta seinen Bootsstand hatte. Rechter Hand ragten nun am Horizont die Müggelberge auf, ein alter Thingplatz der Germanen, der Sueben und Semnonen, und hier, wo vier Seen zusammentrafen – neben dem besagten Seddin- noch der Zeuthener und der Lange See sowie die Große Krampe –, wurde das Wasser ganz schön rauh, und Mannhardt hatte große Mühe, sie heil durch das Gewirr von Segel-, Motor- und Ruderbooten hindurchzulavieren.

«Paß auf!» schrie Heike, denn unter der Brücke schoß ein Schubschiff hervor, ein Riesenwal, der sie verschlucken wollte. Seine eigene Angst vor diesen Ungetümen war wahrhaft traumatisch, und Mannhardt riß das Boot mit ein paar Paddelschlägen so kräftig zur Seite, daß sie um ein Haar kenterten. Die Leute, die im Gasthaus «Zur Palme» ihren Kaffee tranken, hatten was zum Gaffen und kreischten vor Freude, als sie von einer Dampferwelle voll erwischt wurden und so viel Wasser im Boot hatten, daß es ein herrliches Sitzbad ergab.

Heike schimpfte gewaltig und legte noch zu, als Mannhardt es wagte, ihr – der großen Psychologin, die sie werden wollte – mehr Frustrationstoleranz zu wünschen. Einen Begriff, den er gerade aufgeschnappt hatte.

«Das lern ich bei dir ja jeden Tag!»

«So befruchtet halt einer den anderen…» Und als Mannhardt dazu noch lachte wie Alf, schien der Tag gelaufen.

«O Gott!» stöhnte sie. «Ich werd heute nacht bei meiner Mutter schlafen, denn Penetranz schließt Penetrieren aus!»

Sie dümpelten schweigend auf dem Zeuthener See, denn Janotta war noch nicht in Sicht. Vor ihnen lag die alte Villa Herzog, ein halbes Schloß, das sich der legendäre Berliner Kaufhaus-König Rudolph Herzog einmal errichtet hatte, nach dem Krieg und bis zur Wende das Gästehaus der DDR-Regierung, und links hinter dem alten FDGB-Ferienheim, Harry Tisch und so, begann der Schmöckwitzer Werder, eine kiefernbestandene Halbinsel, ein Keil Berlins, der weit hineinragte in die alten Kreise Königs Wusterhausen beziehungsweise Fürstenwalde.

Mannhardt hatte zuletzt in Bramme an der HÖV, der Hochschule für Öffentliche Verwaltung, als Dozent für Kriminalistik sein Gnadenbrot verdient, nach seiner Entlassung aus der Psychiatrie, und war auch jetzt in Berlin an der Polizeihochschule wieder als Nebenamtler im Einsatz, und da fiel ihm wieder die Passage ein, die er den Studenten und Studentinnen jedes Semesters, wenn es um Knochenfunde und deren Deutung ging, aus dem Buch «Gesicherte Spuren» von Adriaan von Müller vorlas. Schon bei dem «von Müller» wachten sie auf und kicherten los. Und dann erst recht.

«Auf diese Anlagen stieß der Oberstudiendirektor Karl Hohmann bald nach dem Ersten Weltkrieg bei seiner Untersuchung des mittelsteinzeitlichen Fundplatzes auf dem Schmöckwitzer Werder, nahe der Dahme im Berliner Bezirk Köpenick. Inmitten der Wohnreste lagen die Grabgruben, ovale Mulden, die in Sorge um das Weiterleben des Toten im Jenseits mit Ocker ausgestreut waren, denn rot wurde gleichgesetzt mit der Farbe des Lebens. Die Reste der Toten selber aber schienen auf den ersten Blick ohne Zusammenhang in die Grube geworfen zu sein. Bei genauerer Beobachtung des Befundes stellte sich allerdings heraus, daß eine gewisse Ordnung der Knochen vorhanden war, Zusammenhänge einzelner Körperpartien, die in dieser Form nur zustande kommen konnten, wenn man die Verstorbenen bald nach Eintritt des Todes zerstückelte und die Einzelteile in die Grabgrube legte. Dabei schienen die Hinterbliebenen sorgsam darauf geachtet zu haben, daß aneinander passende Körperpartien nicht nebeneinander gelegt wurden, ja oftmals legt man in die Grabgrube nicht einmal alle zum Körper des Toten gehörenden Teile. In einem Fall hatten sie sogar den Unterkiefer vom Schädel getrennt und abseits beigesetzt. Auch derartige Zerstückelungen werden meist mit der Furcht vor der Wiederkehr des Verstorbenen begründet...»

«Wie schön», war Heikes Kommentar, «wie schön, daß sie dich nach deinem Ableben verbrennen werden.»

«Vielleicht brühen mich die lieben Kolleginnen und Kollegen auch als eine Art Nes-Tee wieder auf, als Nes-Menschen. Vielleicht ist Kannibalismus morgen wieder in.»

Da erschien Leo Janotta am Anlegesteg, lang und vierschrötig, und winkte zu ihnen herüber.

«Wieso is'n das sein Boot?» fragte Heike. «Hier am Rand steht doch dran *Bootsverleih Enrico Rasch, Zeuthen...?*»

«Gott, der Rasch ist pleite gegangen, weil sie in der Ex-DDR kein Geld zum Bootfahren und die Westberliner das Paradies hier noch nicht entdeckt haben. Und da hat Leo zugegriffen und sich das Schiff hier aus der Konkursmasse... Hallo, Herr Kollege!»

Es war 15 Uhr...

...und 21 Minuten.

Ramona ist allein zu Hause.

«Mammi kommt gleich wieder, Mammi ist nur schnell mal einkaufen gegangen. Da mußt du keine Angst haben. Du spielst inzwischen mit deinen Playmobil-Figuren. Und wenn das Telefon klingelt, gehst du nicht ran. Du darfst jetzt zum Pony-Hof.»

Ramona plappert das immer wieder vor sich hin, während sie die kleine Plastikfigur, die den Namen Biggi trägt, in hohen Sprüngen über den grauen Teppichboden eilen läßt. Hüüüüiiih! Hüüüüiiih! Die Ponys freuen sich auf Biggis Besuch. Ich hab euch auch viele Zuckerstückchen mitgebracht.

Die Playmobil-Figur mit nur noch einem Arm ist Frau Flatus. Pappa hat sie so genannt. Biggi, wo ist denn dein Pappa? Mein Pappa ist in die Schule, der lernt um. Biggi, du darfst heute «Gänseblümchen» reiten. Au fein!

Das Telefon klingelt.

Frau Flatus, Ihr Telefon klingelt. Herr Keuchhuster will sich anmelden. Nein, Biggi, das ist doch deine Freundin Melanie. Die will mit dir zusammen ausreiten.

Das Telefon klingelt weiter. Es ist das richtige Telefon auf dem Schränkchen neben dem Fernseher. Und wenn das Telefon klingelt, gehst du nicht ran. Aber wenn es nun die Mammi ist...? Mammi hat kein Geld mehr und kann nicht mehr zurück.

Ramona nimmt den Hörer ab. «Mammi, bist du es...?»

«Nein, hier ist das Fernsehen. Können wir mal deine Mammi sprechen?»

«Die ist einholen, die kommt aber gleich wieder...»

«Hier ist ‹Verstehen Sie Spaß›. Das kennst du doch. Wo die Kamera versteckt ist, und die Leute immer was Ulkiges tun müssen.»

«Ja, das seh ich immer.»

«Na, siehst du. Und bei euch im Haus gegenüber, da steht jetzt auch so eine versteckte Kamera...»

«Ich seh keine!»

«Nein, die ist ja auch versteckt. Du willst doch bestimmt auch mal ins Fernsehen. Wo dich alle sehen können...»

«Ja...»

«Dann mußt du jetzt auf den Balkon gehen und was runterwerfen. Unten auf der Straße muß es ordentlich Platsch machen...»

«Was denn...?»

«Nimmst du am besten eine große Vase und wirfst sie runter!»

«Die ist aber teuer, da krieg ich Haue für!»

«Das Fernsehen kauft euch doch eine viel schönere. Da freuen sich deine Eltern ganz bestimmt drüber.»

«So richtig aus'm Fenster werfen?»

«Ja. Und dann kommst du runtergelaufen, und da steht dann die Paola mit 'nem großen Teddybären und viel Kinderschokolade für dich...!»

«Hallo, ihr beiden Hübschen!» Janotta griff Heikes ausgestreckten Arm, um das Boot vollends an den Steg zu ziehen.

Vom Wasser aus kam Mannhardt der neue Kollege noch länger vor, als er ohnehin schon war, einsneunzig etwa. In seiner Jugend hatten sie solche Typen «Funkturm» oder «Spargel-Tarzan» genannt und ihnen hinterhergerufen «Heh, Langer, wie is'n die Luft da oben!?» Und einen merkwürdig schmalen Kopf hatte Janotta. Da er zudem hohlwangig war und die weizenblonden Haare als daumenlange Bürste trug, wirkte er unheimlich asketisch. Solche

Leute, konnte sich Mannhardt erinnern, verspotteten alle Marathonläufer als weichliche Kerle, weil für sie nur die Rennen über hundert Kilometer zählten. Als Heike ihn vorhin gefragt hatte, wie denn Janotta sei, war ihm nur das eine eingefallen: hager. Wie denn, Kurt? hatte sie gefragt und damit auf den früheren SED-Chefideologen angespielt. Ein bißchen sicher schon, obwohl Janotta alle Überprüfungen im Hinblick auf Stasi-Tätigkeiten und eine allzu große Liebe zum Regime hinter sich gebracht hatte und übernommen worden war. Doch die Ossis hatten ja unter Modrow alle selber ihre Kaderakten säubern dürfen...

Mannhardt hievte sich aus dem Boot und zog es an einer Leine auf den Strand hinauf.

«Meine Frau wartet schon mit dem Kaffeetrinken auf uns», sagte Janotta.

Mannhardt kannte den zwangsneurotischen Rhythmus seiner Ostverwandten: 8.00 Frühstück, 12.00 Mittagessen, 16.00 Kaffee, 19.00 Abendbrot. Egal, ob einer Hunger hatte oder nicht.

Zeit für einen kleinen Umweg war aber noch, und der Ossi-Kollege zeigte ihnen noch solche Schmöckwitzer Sehenswürdigkeiten wie das alte Rathaus mit seiner angebauten Feuerwache und das Straßenbahndepot daneben, in dem ein rühriger Club alte Wagen restaurierte. Alles wunderbar wilhelminisch, roter Backstein mit hellem Putz zwischen den Bögen. Und Türmchen dazu, wie eine kleine Kathedrale. *Time stood still*, summte Mannhardt in Gedanken.

«Die 86, die hier auf dem Dorfanger ihre Wendeschleife hat, ist die schönste Straßenbahnlinie Berlins, wenn nicht gar der ganzen Welt», schwärmte Janotta. «Am Anfang war's die ‹Uferbahn›. Da fuhr man noch mit Benzoltriebwagen.»

Sie kamen an Landhäusern und Villen vorbei, die unter dem Reichskanzler Hindenburg zum letzten Mal frisch verputzt worden waren, wenn überhaupt jemals wieder nach ihrer Fertigstellung. Feldgrau war das alles, und eher war von Tristesse denn von Charme zu sprechen, so Heike, die überall an den Giebeln nach Einschußlöchern suchte oder aber nach Resten von Aufschriften wie «Colonialwaren» oder «Rindt- und Schweine-Schlächterei». Sie sei wohl dem Verfall verfallen, merkte Mannhardt an.

Das Haus am Weiselpfad, in dessen oberster Etage die Janottas schon seit Jahren wohnten, wollte da keine Ausnahme machen.

Frau Janotta war mehr als korpulent, hatte ein schlimmes Mehlteiggesicht und roch nach ranziger Butter. Und, o Gott, sie berlinerte mit ihrer Kodderschnauze derart scheußlich, daß sich Mannhardt am liebsten die Ohren zugehalten hätte. In jedem Film wäre sie die Idealbesetzung der verpennerten Nutte gewesen. Er beschloß, einen eingetragenen Verein zu gründen und sich für den Rest des Lebens nur noch der Wiederspaltung Deutschlands zu widmen.

Zugleich tat es ihm leid, solches zu denken, und er nahm sich vor, zu seinen Ostkollegen nun besonders lieb und nett und hilfreich zu sein. Auf daß sie dann noch länger mit ihren Stinke-Trabbis durch die Gegend kurvten und seinen jahrzehntelangen Kampf für den Kat konterkarierten...

Sie tranken Kaffee, *Jacobs Krönung* sogar, und spielten dann Kniffel. Dabei lief im Hintergrund ununterbrochen der Fernseher, aus alter Gewohnheit ausnahmslos mit dem Programm des DFF. Es war gemütlich. Die Blümchentapete und die dunkel furnierten Spanplattenmöbel, die Deckchen und die Biergläser, die Plüschtiere und die Männchen aus dem Erzgebirge, das alles ließ Mannhardt zurückkehren in die gute Stube seiner Eltern. Alles war ungemein ordentlich, und die beiden Janotta-Kinder waren so brav, daß ihm dagegen selbst die Junge Union wie ein chaotischer Haufen erschien.

Frau Janotta erwies sich allerdings nicht als, bestenfalls, Stallausmisterin in der LPG Roter Schnuller, sondern als Bibliothekarin, wenn auch derzeit in der Warteschleife, und empfahl Heike Hermann Kants «Die Summe» als dufte Ferienlektüre.

«Da kommse in Budapest zusammen und woll'n wat jründen wie so 'ne jewaltige Kulturstiftung für janz Europa.»

Doch Heike hatte schon angeekelt das Gesicht verzogen, als der Name nur fiel, und murmelte etwas auf englisch, was Janotta gründlich mißverstand. *«I hate all the brown-nosers...!»*

«Die braunen Nasen, die machen uns ja ganz schön Mühe hier, die Fidschis und die Mozzis...!»

«Wer?» fragte Heike (denn «brown-nosing» ließ sich am besten mit Arschkriecherei übersetzen).

Mannhardt erklärte ihr, daß damit die Vietnamesen und die Mosambikaner gemeint seien, jene, die damals von der alten DDR als billige Arbeitskräfte ins deutsche Land geholt worden seien.

«Und warum machen die Arbeit?» wollte Heike wissen.

Janotta brauchte nicht lange nachzudenken. «Weil die die Rechten bei uns reizen, unsere Skinheads auf die Palme bringen. Wie neulich in Dresden...»

Mannhardt kannte die Sache aus dem SPIEGEL.

...Jorge Joao Gomondai, 28, hatte keine Chance: Als die Linie 7 der Dresdner Straßenbahn um 4 Uhr morgens am «Platz der Einheit» hielt, stiegen seine letzten beiden Mitfahrer aus – dafür stürmte ein halbes Dutzend Skinheads den Wagen. Der Mosambikaner Gomondai saß in der Falle. Die Straßenbahn zog an. In dem Moment schlugen die Rechtsradikalen auch schon auf ihn ein. Nach wenigen Metern rissen sie die Türen auf und stießen Gomondai aus der rollenden Tram. Die Fahrerin sah die Warnlampe aufleuchten, bremste, stieg aus und rannte zu Gomondai, der blutüberströmt auf dem Pflaster lag. Wenig später brachte ein Krankenwagen den Verletzten auf die Intensivstation. Die Ärzte operierten ihn mehrmals, doch Gomondai blieb bewußtlos. Am Sonntag vor einer Woche starb er an seinen Kopfverletzungen. Bisher fahndet die Polizei erfolglos nach den Tätern...

Heike fragte Janotta, ob er etwas gegen Farbige hätte.

«Nein», Janotta schüttelte den Kopf. «Aber sie sollen bei sich zu Hause bleiben und uns hier nicht die Arbeitsplätze wegnehmen und unsere Jugend rebellisch machen.»

Mannhardt stöhnte auf, denn nun begann Heike zu reden und zu reden, und der Abend war gelaufen.

Es war 20 Uhr...

...und 49 Minuten.

Frieder Schönfließ saß im Keller seiner Schlachtenseer Villa und ließ diverse ICE-, Güter- und Nahverkehrszüge computergesteuert über seine üppig bestückte Anlage schnurren. Es war die mit Abstand größte Modellbahn, die ein Privatmann im Berliner Raum besaß. Er hatte sie von Profis bauen lassen. Auf Firmenkosten, versteht sich, denn dem Finanzamt gegenüber war das Ganze als «Objekt zur Vorführung bürobezogener Elektronik» deklariert worden, und in der Tat hatte er in diesem Raum mit entzückten Besuchern schon so manchen Vertrag abzuschließen vermocht. Nicht zuletzt gab es etliche lindgrüne Güter- wie Lastkraftwagen mit der roten Aufschrift *Schönfließ Computer + Bürotechnik*. Das rechtfertigte alles.

Zufrieden sah er zu, wie in seinem bunten Mikrokosmos alles von selber funktionierte.

Vor wenigen Tagen hatte Frieder Schönfließ seinen 53. Geburtstag feiern können, doch die Lästermäuler unter seinen Angestellten meinten, daß er noch immer jenem satten Säugling glich, der er bei Kriegsbeginn gewesen war. Diplomierte Kunden aus privater Industrie wie öffentlicher Verwaltung sprachen gar von gottbegnadeter Naivität, vorpubertärer Fröhlichkeit und dem Segen, ein Nur-IQ-80-Mensch zu sein, doch in Wahrheit waren sie nur neidisch auf dieses Exemplar von Mensch. Sein Englisch, so spotteten sie, reichte nicht aus, zu wissen, was das war, aber er sei es halt: ein lucky loser.

Alles, was Schönfließ anpackte, mißlang ihm gründlich, doch immer nur strahlte er, fand er einen Dreh, aus Niederlagen Siege zu machen. Verlor er beim Skat einen Grand mit vieren, so freute er sich, weil so etwas die allgemeine Stimmung ungemein hob. Schnappte ihm die Konkurrenz einen fetten Brocken weg, so wieherte er, weil die sich damit sicher überhoben hatten. Starb ihm ein dreijähriges Kind, wie 1988 geschehen, so war das gut, denn damit sei ihm ja vieles erspart geblieben: Aids und Liebeskummer, neue Kriege und die Umweltkatastrophe, die Bundeswehr und das elende Dahinsiechen im Altersheim. Verließ ihn seine zweite Frau wie die erste auch, zeigte er sich froh darüber, diese selten dußlige Kuh endlich losgeworden zu sein.

Schönfließ Computer + Bürotechnik. An allen Wochentagen, auch sonnabends, sind wir für Sie da. Zwischen 9.00 und 17.00 Uhr warten wir auf Sie, um Ihnen die neuesten Modelle bei Kopierern, Computern, Netzwerken, Faxgeräten, Textsystemen, Büromöbeln usw. zu zeigen. AEG Olympia – Commodore – Hewlett Packard – Lanier – Olivetti – Ricoh – Unisys. Auf Ihren Besuch in unserem Technik-Center in der Wielandstraße freuen sich unsere 90 Mitarbeiterinnen und Mitarbeiter!

Ein Plakat mit diesem Text hing über seiner Eisenbahn. Das Geschäft hatte er vom Vater geerbt, und sowenig er von allem begriff – seine kaufmännische Lehre hatte er schon nach knapp einem dreiviertel Jahr abbrechen müssen –, er schaffte es nicht, die Firma Schönfließ zugrunde zu richten. Das lag einmal daran, daß seine Angestellten geschickt genug waren, ihn in die richtige Richtung zu lenken, zum anderen aber am sozusagen strukturellen Glück. Denn schien noch eben alles aus zu sein, so bescherte ihm nun die wiedervereinigte Zone vor den Toren Berlins einen Wahnsinnsmarkt, entsprach doch die Büroausstattung und -technik in den neuen Bundesländern in etwa dem, was im Westen Anfang der 60er Jahre als letzter Schrei gegolten hatte.

Sein Name umschloß das volle Programm seines Lebens: Friedlich und schön floß alles dahin. Alles tat er ohne Absicht, ließ es geschehen. Seine Leute, so glaubte er, würden schon von sich aus alles tun, um *Schönfließ Computer + Bürotechnik* am Leben zu erhalten.

Am meisten freute ihn, daß ihn inzwischen auch die Wissenschaft als großes Vorbild lobte, hatte doch ein Doktorand gerade seine FU-Dissertation zum Thema «Tao-Prinzipien im Management eines mittelständischen Betriebes» mit Studien in seiner Firma begonnen. Er fischte ein Kärtchen aus dem Jackett, auf dem die drei Kräfte der Tao-Energie aufgeschrieben waren: «Die Kraft des Werdens geschieht durch offenes Fließen. Die Kraft der Liebe geschieht durch Absichtslosigkeit. Die Kraft des Nicht-Tuns geschieht durch Loslassen und Zulassen.»

Der Weg zum inneren Frieden... Frieder Schönfließ hatte ihn schon lange gefunden.

Als er ein Geräusch hörte, fuhr er herum.

Sein Mörder stand vor ihm.

Ungefähr zwei Wochen später saß Hans-Jürgen Mannhardt, inzwischen mit dem schönen, wenn auch ein wenig komischen Titel Erster Kriminalhauptkommissar bedacht («...wer immer strebend sich bemüht, den werden wir erlösen...»), im Dozentenzimmer der Polizeihochschule und korrigierte den Rest seiner Hauptprüfungs-Klausuren. Eine wunderschöne Beschäftigung für die letzten Urlaubstage.

Es war kurz vor 22 Uhr, aber er hatte keine Lust, nach Hause zu fahren und dort alleine herumzusitzen. Heike war morgens nach Dresden gereist, um dort zu recherchieren. Sie wollte, sollte oder mußte für die *zitty*, aber auch für ihr noch immer geliebtes *Brammer Tageblatt* einen Bericht über den Mosambikaner schreiben, den die Skins aus der Straßenbahn gestoßen und dadurch getötet hatten.

Mannhardt stöhnte zum wiederholten Male. Klausurenlesen war eine ganz spezielle Art der Psychofolter. Es ging in seiner Aufgabe um die Festnahme von Tatverdächtigen und die Einleitung von Fahndungsmaßnahmen, und genau 56 Mal hatte er Sätze zu lesen wie diesen: «Die ‹Sofortfahndung im Nahbereich› ist eine Fahndungsart, welche die PDV 384.1 – Polizeiliche Fahndung – nicht kennt. Der Begriff hat sich aus der polizeilichen Fahndungspraxis entwickelt. Obwohl diese Fahndungsart mit der Alarmfahndung (PDV 384.1 Ziff. 2.2.2) gewisse Parallelen aufweist, ist sie formal darunter nicht einordenbar.»

Stumpfsinn, Stumpfsinn, o du mein Vergnügen, Stumpfsinn, Stumpfsinn, o du meine Lust... Vor vier Jahrzehnten hatten sie das bei Schulausflügen gesungen. Zusammen mit Songs wie «Links 'ne Pappel, rechts 'ne Pappel – und in'er Mitte liegt 'n Pferdeappel!» oder «...zwei belegte Brote, eins mit Schinken, eins mit Ei... Und dazu Coca Cola, eisgekühlt, eisgekühle Coca Cola... Und dazu: zwei belegte Brote, eins mit Schinken, eins mit Ei... Und dazu: Coca Cola, eisgekühlt...» Stundenlang. Die ‹Sofortfahndung im Nahbereich› ist eine Fahndungsart, welche die PDV 384.1 – Polizeiliche Fahndung – nicht kennt...

O Gott! Er stand auf, um ein paar gymnastische Übungen zu machen. Ob seine Studentinnen und Studenten das wirklich alles auswendig gelernt hatten? Oder hatten sie nicht eher die entsprechenden Texte im nächsten Cop-Shop bis zum Geht-nicht-mehr verkleinern lassen und sie dann irgendwie in den Hörsaal geschmuggelt, um sie Wort für Wort abzupinseln...? Was hatte er hier zu messen: a) echtes Wissen, b) die mnemotechnische Begabung oder c) die Fähigkeit zu schummeln, ohne daß man sich dabei erwischen ließ?

Mannhardt durchmaß das langgestreckte Dozentenzimmer mit ein paar federnden Schritten und zog dann die Knie im Storchengang an, wie ein Sprinter kurz vor dem Start. An einer der ansonsten kahlen Wände hing eine Karte Groß-Berlins, und seine Kolleginnen und Kollegen hatten sich den makabren Spaß gemacht, all die Stellen, an denen sich seit der Wende Kapitalverbrechen ereignet hatten, durch Stecknadeln mit dicken roten Köpfen zu kennzeichnen. Ganz schön schon. Vielleicht hatte man im Jahre 2020 New York, Chicago oder Los Angeles dicke eingeholt. Verbrechen schaffte Arbeitsplätze in Hülle und Fülle. Vom Polizisten über Staatsanwälte und Richter bis zu Justizvollzugsbeamten.

Mannhardt blieb stehen und sah aus dem Fenster. Die PHS, die Polizeihochschule, war in einem alten Wehrmachtsgebäude am Hohenzollerndamm untergebracht worden, und vom zweiten Stock, vom Dozentenzimmer aus konnte er zum Grunewald hinüberblikken. Der Himmel war noch immer so rosa und hellblau wie bei einer Mittsommernacht im schwedischen Film. «Sie tanzte nur einen Sommer» fiel ihm wieder ein oder «Lieber John», all die Onanieranregungen seiner Jugendjahre halt.

Das paßte wenig zu der anderen Assoziation, die sich mit dem Grunewald und Schlachtensee verband: dem Mord an diesem stadtbekannten Büro-Ausstatter und PC-Betreiber. Schönfließ, Frieder... Das war nicht seine Sache, sondern die des Freundes und Kollegen Thomas Hundt und seiner Crew, doch die hatten bislang noch nichts herausgefunden. Außer daß der Mann mit einem alten Bleikabel getötet worden war. Mit einem Schlag auf den Kopf. Stumpfe Gewalt... Streifenförmige, doppelt konturierte Hautblutungen... Fremdkörper im Wundgrund: Bleisplitter... Das erinnerte ihn wieder an seine Klausuren, wo es in einer der Vorfragen darum ging, die «scharfe Gewalt» (Schnitt und Stich) von der «stumpfen Gewalt» (Schlag, Sturz und Kollision) zu unterscheiden.

Er kehrte zum Schreibtisch zurück und machte sich an die 28. Arbeit, an die des Kommissar-Anwärters Karsten Kniehase... Auch das noch! Kniehase galt nicht gerade als Leuchte, doch Mannhardt mochte ihn, weil er ihn in vielem an seinen Sohn Michael erinnerte, den mehr oder minder verlorenen (der derzeit in den kanadischen Wäldern herumstromern sollte). Nicht nur das. Nach seiner Rückkehr aus dem Brammer Exil, und bevor Heike im total überlaufenen Berlin eine Wohnung für sich und ihn gefunden hatte, war er bei Mutter Kniehase untergekommen, hatte in der Schöneberger Wartburgstraße in einer früheren Dienstmädchenkammer sein Bett gehabt. Nun ja, ohne Ansehen der Person...

«Schnittwunden erkennen wir an den glatten Wundrändern. Im Wundgrund und in den Wundwinkeln finden sich keine Gewebsbrücken...» Ein Häkchen. Na prima, Karsten hatte gelernt. «Platzwunden dagegen zeichnen sich aus durch unregelmäßige Wundränder...»

Mannhardts Gedanken schweiften wieder ab. Kniehase... Marie Kniehase... Die Heldin aus Theodor Fontanes erstem Roman, «Vor dem Sturm». Das märchenhafte Feenkind. Von einem vorüberziehenden Gaukler gezeugt, aufgezogen im Hause des Dorfschulzen Kniehase. Heiratet den edlen Lewin von Vitzewitz im

Oderbruch. Marie von Vitzewitz, geborene Kniehase... Dunkeläugig und empfindsam, anspruchslos und stark, ehrlich und demütig, voller Phantasie und verhaltener Leidenschaft und mit untrüglichem Sinn für das Echte und Schöne, so schwebt sie durch die Welt der preußischen Befreiungskriege... Mannhardt schloß die Augen und stürmte mit dem Generalmajor von Bamme und dem Lewin von Vitzewitz durch die Straßen von Frankfurt/Oder, um Napoleons Truppen zum Teufel zu jagen...

Bis er eingeschlafen war.

Erst das Telefon riß ihn zurück ins Hier und Heute. Er schreckte auf und brauchte einige Hundertstelsekunden, bis er begriffen hatte, wo er war. Noch immer benommen, nahm er den Hörer hoch und krächzte ungehalten sein «Mannhardt, ja bitte...?»

«Hallo, du...?»

«Ja-doch...! Was ist denn...?» Endlich checkte er, daß es Heike war und schaltete sofort auf süßes Säuseln um. «Oh! Das ist ja eine freudige Überraschung! Bist du schon aus Dresden zurück?»

«Wie sich dä gesellschafdlichn Forrhäldnisse forrändern, niwworr, da bin ich jeddz ferrdch. Ach, wahr das ä Gemähre! Ei forrbibbch!»

«Ah, ja...» Er schaffte es nicht, ihren Dialog mit etwas ebenso Witzigem voranzutreiben. «Nun...»

Heike schien irgendwie mißtrauisch zu werden. «Stör ich dich...? Hast du wieder 'ne hübsche Studentin im Büro...? Oder die Kollegin Grabow...? Auf die bist du ja schon lange scharf.»

Mannhardt überhörte die Anspielung. «Die Grabow hat ein altes Haus in Bad Saarow geerbt. Die ist da unten am Scharmützelsee und freut sich über ihre antiken Stücke.»

«Wenn sie andere hat, kann sie dich ja vergessen.»

Mannhardt sah aus dem Fenster. «Gott, es ist ja schon dunkel geworden... Gleich 22 Uhr... Muß ich eingeschlafen sein über meinen Klausuren.»

«So allein in dem großen Gebäude...» Heike machte sich echt Sorgen um ihn.

«Komm, ich bin gelernter Bulle!»

«Trotzdem: Soll ich in die Hochschule kommen, dich abholen? Damit du nicht mit der U-Bahn...?»

«Ja, gerne... Aber ich krieg ja noch Besuch...»

«Und das sagst du mir so offen...!»

«Quatsch, keine Studentin! Dieser Karsten Kniehase. Hab ich dir doch von erzählt. Wo ich mal in Untermiete gewohnt hab. Bei der Mutter... Der steht so ziemlich auf der Kippe und hat vorhin hier angerufen, ob ich ihm nicht 'n paar Tips für die mündliche Prüfung geben kann.»

Heike lachte. «Beziehungen, aha!»

«Mann, das is 'ne arme Sau...! Ich hab die Tür unten schon aufgeschlossen, damit er gleich...»

Mannhardt brach ab, denn draußen im Flur und weiter weg im Treppenhaus war etwas, was ihn... Der Lärm umstürzender Gegenstände. Schreie. «... du, hier ist was...! Ich muß...! Ruf 110 an...!»

Er warf den Hörer auf die Gabel, rannte zur Tür seines Büros, drehte den Schlüssel herum, riß sie auf, stürzte auf den Flur hinaus und hastete zur Treppe. Zugleich schrie er aus Leibeskräften.

«Aufhören da! Ich komme!»

– Nur keine Panik!

Umsonst. In unsichtbaren Wellen kamen die Erregung, die Todesangst, die Aggressionsschübe seiner Artgenossen nach oben geflutet und erfaßten ihn. In seiner Nähe kämpften Menschen um ihr Leben, starb vielleicht schon einer. Eine Fensterscheibe zersplitterte.

Als er das Treppenhaus erreicht hatte, fühlte er sich wie ein Skispringer oben auf der Schanze. Mit der linken Hand am Treppengeländer stürzte er sich in die Tiefe. Kam gut auf, knickte nur ein wenig ein, wirbelte herum, flog weiter hinunter. Von Podest zu Podest.

Eine schrille, hysterische Stimme ließ ihn noch schneller werden.

«Hilfe...! Das ist 'n Mörder! Haltet ihn!»

Endlich war er unten.

«Was ist denn hier...!?»

Es nahm ihm den Atem. Vor dem Zimmer der Grabow lag ein junger Mann mit einem Gesicht wie eine zermanschte Tomate. Irgendwie kam er ihm...

O Gott, sein Student Karsten Kniehase...!

Seine Schwester Andrea kam taumelnd auf ihn zu, und er mußte sie auffangen, sonst wäre sie zusammengebrochen.

«Andrea, was ist denn...!?» Erst jetzt bemerkte er den weißen Schaum überall auf dem Flur. Er schüttelte die junge Frau. «Andrea!»

Sie schluchzte auf. «...ein Mann, ganz plötzlich... Erst hat er meinen Bruder... Vorsicht: der Feuerlöscher, der Schaum!»

Mannhardt machte sich los und rutschte aus. «Scheiße, ja!» Er raffte sich wieder auf, schlitterte weiter und ließ sich neben Kniehase auf die Seite fallen. «Karsten, was is'n...!?»

Kniehase wimmerte. «...meine Nase, mein Kopf...!»

«Laß mal, ich...» Doch als Mannhardt ihn anfaßte, schrie er derart auf, daß es ihn an Szenen erinnerte, wie er sie aus Kriegsfilmen kannte. Wenn die Hubschrauber landeten und sich die Sanitäter auf die Schwerverwundeten stürzten.

«Lassen Sie ihn», sagte Andrea. «Ich ruf die Feuerwehr an.»

Da fuhr Karsten Kniehase plötzlich hoch. «Ist er tot?»

«Wer?» Mannhardt sah ihn verständnislos an.

«Der bei Frau Professor Grabow im Zimmer...»

Mannhardt kam wieder auf die Beine und riß die Tür zu einem der Dozentenzimmer auf. Auf dem beigefarbenen Teppich lag ein hagerer Mann in einer Blutlache, so groß, wie er nie zuvor eine gesehen hatte. Das Bild war deshalb so schrecklich, weil der Mann einen total kahlen Schädel hatte. Nicht so einen kräftigen wie Yul Brunner oder Kojak, sondern einen wesentlich kleineren und eiförmigen Gelehrtenkopf. Die schmale Goldbrille hing mit einem Bügel noch im grauen Bart. Das war nicht einer der x-beliebigen PHS-Professoren, sondern Rüdiger Prützke, ihr Verwaltungsleiter.

«...erschlagen», sagte Andrea Kniehase und zeigte auf einen goldglänzenden Fußballwanderpokal, der auf dem Boden lag. «Mit dem da... Das Blut...! Ich kann nicht mehr...!»

Mannhardt sah das Fenster mit der zerbrochenen Scheibe. «Und der Täter ist da durch...?»

«Ja...» Andrea fiel auf einen der auberginefarbenen Besucherstühle.

Endlich vernahm Mannhardt die Martinshörner der heranrasenden Streifenwagen. Heike hatte sie... Es dauerte immer Ewigkeiten, bis sie... Er wandte sich noch einmal zu Andrea um. «Die Kollegen...! Wir werden alles versuchen...!»

Dann lief er ihnen entgegen. Es war aber nichts mehr zu machen. Vom Täter keine Spur. Danach das Übliche.

Heike nutzte die Gunst der Stunde und war allen Journalistinnenkollegen um soviel voraus, daß sie mit ihren Honoraren in den nächsten Tagen fürstlich essen gehen konnten. In der *Berliner Zeitung* zum Beispiel, der tüchtigen Konkurrenz des betulich-langatmigen *Tagesspiegels* las sich ihr Bericht wie folgt:

**Diesmal war es keine Übung –
Mord im Ausbildungszentrum
der Kripo Berlin-Brandenburg**

Gestern abend kurz nach 22 Uhr wurde Rüdiger Prützke, der 46jährige Verwaltungsleiter der gemeinsamen Polizeihochschule (PHS) der Bundesländer Berlin und Brandenburg, bei einem Rundgang durch das Dienstgebäude am Berliner Hohenzollerndamm von einem Unbekannten angegriffen und mit einem Sportpokal aus massivem Bronceguß so schwer am Kopf verletzt, daß er trotz sofortiger Einlieferung ins St. Gertrauden-Krankenhaus nicht mehr gerettet werden konnte.

Der Kommissar-Anwärter Karsten Kniehase, 22, der mit seiner fünf Jahre älteren Schwester Andrea die Hilferufe des Überfallenen gehört hatte, kam um Sekunden zu spät. Er stürzte sich sofort auf den Mann, der Prützke getötet hatte, wurde jedoch mit demselben Pokal niedergeschlagen und trug einen Nasenbeinbruch, eine Gehirnerschütterung und eine mehrere Zentimeter lange Platzwunde im Stirnbereich davon.

Vorangegangen war offensichtlich ein Einbruch in das Büro der bekannten PHS-Jura-Professorin Gertrud Grabow, 38, in dem der Täter sichergestelltes Rauschgift vermutet haben könnte.

Der Täter wird als außergewöhnlich groß und auffallend schlank beschrieben. Die 9. Mordkommission der Berliner Kriminalpolizei hat die Ermittlungen aufgenommen, aber bisher noch keine zweckdienlichen Hinweise entgegennehmen können.

Mannhardt wurde gleich am nächsten Morgen zu seiner Chefin gebeten, der Kriminaloberrätin Karin Aurak, die ihm von Minute zu

Minute mehr als deutsche Doppelgängerin der legendären Margret Thatcher erschien und die lebendige Widerlegung von Heikes großer These war, daß die Geschichte der Menschheit um so vieles glücklicher verlaufen wäre, wenn Frauen sie geschrieben hätten.

Die Aurak legte ihre Zeitung beiseite und fixierte ihn mit einem Blick, zu dem ihm nur das Adjektiv inquisitorisch einfallen wollte. «Sie sind doch mit dieser Heike Hunholz kräftig liiert?»

Mannhardt spielte auf die Fürsorgepflicht seiner Dienstherrin an. «Ansonsten hätte ich schon lange Selbstmord begangen...»

Seine Chefin blätterte in ihren Unterlagen. «Wenn es so eine Art Sucht ist, dann... Wissen Sie übrigens, wer Ihr Vorgänger war, einer Ihrer Vorgänger...?»

«Wo, bei wem?»

«Na, bei ihr!»

«Nein. Muß ich...?» Er wollte ganz der Coole sein, doch irgendwie traf es ihn doch. Und böse starrte er sie an.

Die Aurak lachte auf. «Ich nicht!»

Mannhardt wurde das, was die Berliner pampig nannten. «Das hätt ich mir schon denken können! Siehe Heikes Kommentare über Sie in der *zitty* – und daß Sie daraufhin zum Gericht gelaufen sind...»

«War ja auch 'n bißchen arg daneben...»

Unter der Überschrift *Arrak macht die Aurak stark* hatte sich Heike über die These seiner Oberrätin erregt, daß diejenigen «Schreiberlinge», die immer nur die Täter als die eigentlichen Opfer sähen, maßgebende Wegbereiter des Verbrechens seien und auch eingesperrt gehörten. Der Arrak war eine Anspielung darauf, daß die Aurak gerne einen trank, anders hätte sie ja auch in einer tendenziell männerbündischen Organisation kaum Karriere machen können, doch die eigentliche Gemeinheit hatte darin bestanden, daß Heike – deshalb auch von der feministischen Front unisono getadelt – die Definition des Dudens dazugeschrieben hatte: *Arrak*, arab. araq, eigtl. = Schweiß.

«Nun, ja...» Mannhardt beließ es bei dieser Bemerkung.

Die Aurak ging zum Angriff über. «Nun, zum Thema zurück... Was meinen Sie denn, Mannhardt, wer vor Ihnen im Bett der Heike Hunholz sein Glück gefunden hat... Beziehungsweise parallel mit Ihnen?»

«Das interessiert mich nicht im allergeringsten!» fauchte Mannhardt. Doch das stimmte nicht, denn natürlich war er brennend daran interessiert, mit wem denn Heike wieder eine ihrer Affären gehabt hatte. Seit sie beschlossen hatte, so zu leben und zu lieben wie ein Mann, brauchte ihr nur einer über den Weg zu laufen, der bei ihr das auslöste, was in den feministischen Büchern wie der Meulenbelt oder der Jong mit «Schmetterlinge im Bauch» und «Flammen in der Möse» beschrieben stand, und schon setzte sie alles daran, den Kerl im Bett zu haben. Das ändert doch an meiner Liebe zu dir nicht das allergeringste, war ihr Standardkommentar, wenn er es erfuhr. Vom Verstand her hatte sie natürlich recht, denn sie war ja nicht sein Eigentum, und die Sache erhöhte außerdem noch seine Lust auf, unter, neben oder hinter ihr, doch vom Gefühl her lief er Amok und hätte den jeweilig Auserwählten schon liebend gerne kastriert bis umgebracht. Kurzum, es schmerzte gewaltig. Und nun die Aurak mit ihrer Begabung, in den Wunden anderer zu stochern.

«Interessiert Sie nicht», sagte sie und steckte sich eine Zigarette an. «So... Mich aber!» Und dann nach einem langen Lungenzug: «Weil es nämlich unsere sehr verehrte Leiche war.»

Mannhardts Körper krampfte sich zusammen. «Was denn: Prützke...!?»

«Eben der... Und in seinem Schreibtisch haben wir Briefe gefunden, die darauf hinweisen, daß er der Dame Hunholz noch immer tief verbunden ist...»

Mannhardt wußte, daß das stimmte. Wahrscheinlich war es damals bei der kurzen Reise nach Berlin passiert, wo sie für *Radio Bremen* etwas über die Neonazis in den neuen Bundesländern produziert hatte, vor ihrem Umzug. Rüdiger Prützke war ja einer derjenigen, die am lautesten gegen die neuen Braunen protestiert hatten, und natürlich hatte sie ihn interviewen müssen. Mannhardt bemühte sich, seine Erregung zu verbergen. «Tief verbunden...? Klar, im Kampf gegen die ‹Pankower Front› und die anderen Neonazis...»

Die Aurak fuhr sich mit den Fingerkuppen mehrmals über die Nasenspitze und drückte sie zusammen. «Das Motiv ist immer der Schlüssel...»

Mannhardt zuckte zusammen. «Wollen Sie damit sagen, daß *ich*...!?»

«Ich will gar nichts, ich denke nur laut... Zumal wir Ihre Fingerabdrücke gefunden haben – auf dem Pokal, auf der Mordwaffe also...»

Mannhardt lachte. «Natürlich hab ich das Ding in der Hand gehabt. Wie Frau Grabow sicher auch – und 'n Dutzend anderer, die Putzfrau eingeschlossen...»

«Sie sagen es! Alle aber mit einem absolut wasserdichten Alibi.»

«Und der Täter?» fragte Mannhardt. «Keine Fingerabdrücke vom Täter...?»

«Nein, der hatte Handschuhe an. Wir haben ein winziges Stückchen davon am Sockel unten gefunden. Da, wo die Sieger mit 'ner Messingplakette verewigt werden. Gelbe Haushaltshandschuhe. So wie die, mit denen Sie letzte Woche Ihr Rad geputzt haben...»

Jetzt war es aus mit seiner Selbstbeherrschung und auch seiner Angst vor möglichen negativen Konsequenzen. «Was soll denn der Quatsch!? Andrea und Karsten Kniehase haben schließlich den Täter gesehen...!»

Die Aurak lächelte milde-arrogant. «Leider nur die beiden...»

«Was soll denn das nun wieder heißen...!?»

«Nichts! Außer daß Sie der Familie Kniehase doch quasi familiär verbunden sind...»

Mannhardt fing sich wieder. «Könnten wir diese Ablenkungsmanöver bitte mal lassen und zum Eigentlichen kommen...!»

«Und das wäre?» Seine Oberrätin sah demonstrativ auf ihre Uhr.

Mannhardt faßte in die Seitentasche seines Sakkos. «Dieses Tonband hier, das ich von Prützke habe... Sie wissen, daß er unsere Leitfigur war, immer vorneweg im Kampf gegen die Reps und Neonazis bei uns im Polizeibereich, gegen alles, was faschistisch ist...»

«...wie das bloße Einhalten bestehender Gesetze, ich weiß!» Ihr Sarkasmus galt als vorbildlich.

«Hören Sie mal...!» Mannhardt hatte ein geeignetes Gerät auf ihrem Aktenbock entdeckt, steckte seine Cassette mit einer provozierend obszönen Bewegung in den aufnahmebereiten Schlitz und drückte die entsprechenden Tasten.

Zu hören war ein jüngerer männlicher Anrufer mit einer absichtlich verfremdeten Stimme. «Prützke, du rote Sau, verschwinde endlich aus dem Bau! Oder wir legen dich um! Du Nestbeschmutzer, du! Ende!»

Mannhardt schaltete den Recorder wieder ab. «Da sollten Sie mal nachhaken...»

Die Aurak grinste so breit, daß die Schönheit ihres Kukident-Gebisses voll zur Geltung kam. «Danke für den Hinweis...» Vielleicht hätte sie noch anderes hinzugefügt, doch ohne daß sie angeklopft hätte, stand plötzlich Andrea Kniehase im Zimmer, weizenblond die kurzen Haare, gruftieschwarz die Lederhosen und die Jacke, ganz Streetfighterin und unbesiegbar von solchen Frauen, wie die Aurak eine war, den «Tussies aus'm Quelle-Katalog».

«Ah, das Fräulein Kniehase!» rief die Oberrätin, und Mannhardt spürte genau, daß das eine Kampfansage war.

«Frau!» rief Andrea auch wie auf Knopfdruck hin. «Ende des zwanzigsten Jahrhunderts sollte mensch das draufhaben... Aber... Ich wollte Ihnen nur sagen, daß ich bei meinem Bruder im Krankenhaus war und mir die Phantomzeichnung angesehen habe, die er da gemacht hat. Ist okay, hab ich auch so gesehen.» In diesem Moment hatte sie auch Mannhardt entdeckt. «Hans-Jürgen, hallo...!»

Mannhardt stand auf und umarmte sie kurz nach linker Szene-Art. «Grüß dich, Andrea...! Wie geht's Karsten?»

«...ganz gut, den Umständen entsprechend. Bis Freitag soll er noch im Krankenhaus bleiben.»

«Hat er wirklich noch mal Glück gehabt. Und dir selber?»

Andrea spielte mit den silbernen Ketten, die ihr am Gürtel hingen. «Nich so... Der Schock...»

«Klar...»

Ein Polizeimeister kam herein und legte der Chefin die Phantomzeichnung auf den Tisch, von der Andrea Kniehase eben gesprochen hatte. Ein karminroter Zettel war oben angeklammert. *Mordfall Prützke – Täterbeschreibung*. Sie musterte das Gesicht sehr eingehend und sagte dann zu Mannhardt, daß der junge Mann ihm selbst verblüffend ähnlich sehe. «Ihr Sohn kann das nicht zufällig...? Wie hieß er noch mal... Michael!»

Mannhardt pustete unmutig Luft in den Raum. Ihre permanenten Spitzen nervten ihn nun doch. «Bitte...!» Andererseits ließ sich nicht leugnen, daß der Täter eine frappierende Ähnlichkeit mit Michael hatte. Dieselbe märkisch-kräftige Nase und dazu die kleine Warze rechts über der Lippe. «Ach, das ist doch völlig außerhalb jeder...!» Er konnte den Satz nicht mehr zu Ende bringen, denn in diesem Moment kam die Grabow herein.

«Ah, die Frau Professor Doktor...!» Die Aurak war von einer solchen falschen Herzlichkeit, wie sie Wolfgang Spier auf seinen

Boulevardbühnen nicht besser inszeniert hätte. Die Grabow war das genaue Gegenteil von ihr. Sie hatte wunderbare Beine und trug dazu so enge kurze Röcke, daß den Studenten bei ihrem Anblick reihenweise die Erregungstropfen abgingen. So manchen hatte sie dadurch schon in arge Nöte gebracht, denn sie war eine erklärte Koryphäe des Bürgerlichen Rechts, und ihre Klausuren galten als außerordentlich schwer. Sie haßte die verbissenen Feministinnen, hielt sich aber nichtsdestoweniger in echt feministischer Manier jüngere Männer der unteren Schichten, insbesondere Italiener und Griechen, aber auch *blacks*, in einer Art und Weise als Bettgefährten, wie es die Herren der höheren Stände seit Ewigkeiten getan und als ihr Privileg gesehen hatten.

Die Aurak blieb sitzen und nahm die Akte Prützke zur Hand. «Was gefunden bei genauer Durchsicht Ihres Büros...?»

«Nichts! Kein Schrank offen, keine Schublade durchwühlt, keine Akten durcheinandergebracht...»

Andrea war erstaunt darüber. «Der Mann ist aber bei Ihnen aus dem Zimmer gekommen... Mit Ihrem Pokal in der Hand...!»

«Der Mordwaffe!» wie Mannhardt betonte.

Die Grabow, Spitzname «Greta», wie anders auch, reagierte gelassen. «Das ist der Wanderpokal im Volleyball. Den haben wir Professorinnen und Professoren im letzten Jahr gegen die Verwaltungsleute gewonnen. Durch ein 15 zu 13 im letzten Satz. Und raten Sie mal, wer den entscheidenden Schmetterball...?»

Mannhardt konnte kaum lächeln dabei. «Prützke...?»

«So ist es.»

Die Aurak tat weiterhin das, was eigentlich Sache der Mordkommission war, in Sonderheit die ihrer Oberkommissarin Petra Zechow. «Na schön. Aber was sollte der Mann bei Ihnen gesucht haben?»

Die PHS-Juristin fand nun endgültig zu jener Talk-Show-Heiterkeit, mit der die Teilnehmer immer am meisten punkteten. «Was wird er wohl gesucht haben? Mich natürlich. Und nachdem er mich genommen hatte, vielleicht noch was zum Mitnehmen. Etwas zu essen und zu trinken, Geld, vielleicht auch Rauschgift, wenn er wirklich die Gebäude verwechselt haben sollte. Ich habe Null-24, und das Heroin, das neulich am Bahnhof gefunden worden ist, liegt im Raum Null-25, aber nicht in der PHS, sondern in der Polizeikaserne draußen.»

«Na schön, dann hätten wir's vorerst...» Die Aurak stand auf und machte mit den Händen eine Geste, als wollte sie einen Haufen Hühner aus dem Zimmer scheuchen.

Mannhardt, obwohl ja immer noch im Urlaub, machte sich auf den Weg in sein nahes Büro, um zu sehen, was es dort an Neuigkeiten gab.

Es war 10 Uhr...

...und 48 Minuten.

Silvio ist allein zu Hause.

Die jroßen bunten Bauklötza sind blöde. Die hat der Vati selba jemacht. Da hatta 'ne lange Latte jenommen, un da hatta die alle abjesägt von. Un dann hatta die alle mit 'ner Ruppelfeile glatt jemacht. Aba krumm sind se noch un fall'n dauernd um. Un Oma hat jesagt, wenn de 'n Turm aus die schaffst bis an die Lampe o'm ran, dann kriegste 'n Eis.

Scheiße sind die! Silvio wirft einen Bauklotz gegen die Wand. Is'n Loch drin. Vati haut ihn mit'm Bügel, wenn der ditte sieht. Die Tapete is abgeratscht.

Silvio geht ins Klo und holt eine Tube Zahnpasta. Eine Fingerlänge davon schmiert er in den Ratscher. So merkt ditte keena.

Vielleicht jeht det mit die andern Steine. Mit die blanken. Er holt sie vom Schrank. Oma is bei ALDI. Da isse imma lange. Jetzt jeht et bessa. Er schafft einen Turm bis zu seiner Kinnspitze. Det wackelt zwar wie 'n Glibberpudding, aba umfall'n tut et nich.

Das Telefon klingelt.

Du mußt imma abneh'm: et kann wat Wichtiget für Vati sein.

«Silvio Landowski...»

«Ja, guten Tag, hier ist der Herr Grundmann von der Berliner Feuerwehr – 112. Kann ich mal deinen Vati sprechen...?»

«Der is arbeiten...»

«Was macht er denn?»

«Er macht die Leute die Wohnung neu...!» Silvio ist stolz darauf, daß er das weiß.

«Ein schöner Beruf, ja. Dann gib mir doch mal die Mutti oder die Oma...»

«Mutti is im Krankenhaus, un Oma is einhol'n...»

«Das ist ja schrecklich! Wir müssen nämlich einen Brandschutztest bei euch machen, und wenn keiner zu Hause ist, dann müßt ihr alle aus der Wohnung raus!»

«Ick will aba nich raus!»

«Na, vielleicht kannst du das auch selber machen... Damit ihr alle da bei euch in der Mühlenstraße wohnen bleiben könnt... Weißt du denn, wo bei euch die Streichhölzer liegen?»

«Ick darf die aba nich...»

«Nein, da haben deine Eltern völlig recht. Aber wenn die Feuerwehr anruft, dann darfst du. Wirklich...!»

«Ick hol se aussa Küche...»

«Ja, du bist wirklich ein intelligenter Junge...!»

Silvio läuft in die Küche und holt die Streichhölzer. «Ick hab se jeholt...»

«Prima. Und nun mußt du eins anzünden und es an eure Couch halten... Und gucken, ob die dann brennt...»

Mannhardt saß mit Heike auf einer Bank am Tegeler See und genoß den Urlaubstag, das Hochgefühl, nicht arbeiten zu müssen, ebenso wie die schmerzliche Lust, daß es schon bald wieder aus sein würde mit dem schönen freien Leben. Aber in zehn Jahren war er ja pensioniert, und dann war Zeit genug, immer hier zu sein und den weißen Ausflugsschiffen nachzuschauen, wie sie von den Stegen an der Greenwich Promenade in Richtung Hasselwerder zogen. Die «MS Angela», die «Reinickendorf» oder die «Feengrotte», das waren die kleineren, die Riesen wie «Moby Dick», der in der Tat in der Form eines Riesenwals gebaut worden war, «Ernst Reuter» oder «Havelstern». Vor der Insel Scharfenberg, weithin durch eine Internatsschule, die «Schulfarm», bekannt, zeigte sich das größte aller Schiffe, die «Havel Queen», die einem Mississippi-Steamer nachempfunden war.

«Scheußlich», sagte Mannhardt. «Paßt doch überhaupt nicht in die märkischen Gewässer, ist und bleibt 'n Fremdkörper, dieser Dampfer!»

Heike lachte. «Ich find's exotisch und endlich mal was anderes, und außerdem ist es kein *Dampfer* mit Kohlefeuerung und Kessel, sondern ein Wasserfahrzeug mit Dieselmotor.»

«Die Berliner sagen eben weiterhin Dampfer...»

Heike brummte etwas von Ignoranz, las dann aber weiter im *Ta-*

gesspiegel und freute sich über einen längeren Bericht auf der letzten Seite, wo es das Vermischte gab aus aller Welt.

«Der Massenmörder von Milwaukee ist geständig. Vermutlich 18 junge Männer getötet – Kannibalismus nicht bestätigt...»

«Schade.»

«Der 31jährige Jeffrey Dahmer soll seine Opfer in Lokalen und Einkaufszentren kennengelernt und dann in seine Wohnung gelockt haben. Er habe sie dort zumeist erwürgt und die Leichen dann zerstückelt. Die Schädel habe er teilweise ausgekocht, um sie als Totenköpfe zu präparieren.»

Mannhardt blieb lakonisch. «So was brauchen wir endlich auch mal in Berlin, wenn wir wirklich Metropole sein wollen...»

«Und ich hätte endlich *den* Stoff für meinen ersten Kriminalroman.»

«Eh du den fertig hast, ist der Frauen-Krimi lange wieder out.»

«Ich werd's schon schaffen, daß sich meine Freunde und Freundinnen unter den Journalisten gewaltig einen abjubeln.»

«Ach, da zählt doch eh nur das, was in den USA passiert», wandte Mannhardt ein.

«Ja, das ist schon ein Problem...» Heike sah zur Villa Borsig hinüber, zum Stammsitz der *Deutschen Stiftung für Entwicklungshilfe*. «Bei allem, was jung ist und links, gilt Deutsches von vornherein als ekelerregend. Die Deutsche Küche, der Deutsche Schlager, der Deutsche Krimi. Ihren Orgasmus kriegen sie nur, wenn was in Amerika oder zumindest anderswo passiert. All diese Jüngelchen, die mal im Deutschaufsatz 'ne Zwei plus hatten und im ersten Semester Germanistik ein mittelprächtiges Referat über den Niedergang des deutschen Krimis halten – womit sie dann ein für allemal als Kenner ausgewiesen sind. Alles Deutsche langweile sie...»

«Sie mich schon lange», sagte Mannhardt. «Immer nach dem Motto: Wenn du selber auf kein Denkmal kommen kannst, pinkele andere Denkmäler an. Und diese Flucht aus dem Deutschsein dadurch, daß man alles Nicht-Deutsche hochjubelt, die ist erst recht zum Kotzen.»

«Wahrscheinlich sind das die deutschesten aller Deutschen – siehe Projizieren und Überkompensieren. Damit arbeiten sie's dann ab.»

«Laß das mal lieber mit dem Krimischreiben: Jeder, der in der ersten Klasse für 'n Gedicht 'ne Eins gekriegt hat – *Das Grubenunglück*, Rumpeldiepumpel, futsch ist der Kumpel! –, der glaubt doch, daß er's kann.»

Heike stöhnte auf. «Ich werd's mir überlegen...»

«Da, gucke mal!» Mannhardt zeigte auf eine Deutsche Dogge, die unbehelligt von ihrem deutsch-debilen Besitzer einen Riesenschiß genau vor einem der Dampferanleger auf die Steine setzte.

«Als richtiger Deutscher müßte man den jetzt anzeigen», sagte Heike.

«Und als unrichtige Deutsche warten wir, bis der nächste Dampfer ankommt und wetten vorher, ob wer reintritt oder nicht.»

«Gut. Um was?»

«Wer gewinnt, kann sich nachher seine Lieblingsstellung aussuchen.»

«Okay.» Mannhardt schloß die Augen. «Meiner Ansicht nach tritt keiner rein.»

«Meiner Ansicht nach tut es einer.»

Sie warteten, bis die «Havel Queen», das Flaggschiff der Berliner Stern- und Kreisschiffahrt, angelegt hatte, und an die fünfzig zumeist ältere Passagiere auf Tegeler Boden entließ. Die ersten entdeckten den riesigen Hundehaufen und schrien auf, worauf sich der Strom so teilte wie der Pulk der Tour-de-France-Fahrer vor einer Verkehrsinsel.

«O Gott!» Mannhardt hatte echtes Mitleid mit den alten Damen. «Wenn da eine reintritt, dann spritzt es der doch bis zum plissierten Rock hinauf...»

«Dein hohes Maß an Empathie ist wirklich toll!»

«Was für 'n Dings?»

«Empathie gleich die Fähigkeit, sich in andere hineinversetzen zu können.»

«Hätt ich Internist werden sollen; würden wir die Magenschläuche und die Herzkatheter sparen...»

Da, ein Schrei! Ingrid Matthäus-Meier, die geifernde Berlin-Gegnerin aus den Reihen der SPD, war an Bord gewesen und hineingetreten. Mannhardt, selber mit der silbernen Ehrennadel dieser seltenen Partei geschmückt, sprang auf, rief «Bravo, Genosssin, Matthäußßß-Meier!» und klatschte wie von Sinnen in die Hände. Der Tag war gelaufen.

Frohgemut zogen sie durch die Tegeler Fußgängerzone.

«Ich hab Hunger auf was Deftiges», sagte Heike und blieb vor einer der vielen Speisegaststätten stehen.

«Hier», Mannhardt zeigte auf die Speisekarte, «nimm doch Hähnchen Kondom bleu, oh…!»

«Cordon bleu!»

«Entschuldigung, ohne Brille, da…» Er war ausgelassener als der sprichwörtliche Schuljunge, und ihre Stimmung steigerte sich noch, als sie bemerkten, daß vor einer der Telefonzellen am Einkaufstempel C & A westliche Rentnerinnen zum Sturm auf eine Ossi-Frau ansetzten, die sich einen Klappstuhl mit hinein genommen hatte und die Attacken der anderen dadurch abzuwehren suchte, daß sie fortlaufend schrie: «Da heerd sich doch verschiedenes uff, was soll'n der Gwadderaddadsch, Sie hamms doch gehärd, 's dud mir leid, ich griech dä Gwasslschdribbe in Leibzch ärschd in vier bis fimf Monatn!»

Sie gingen weiter und kamen an einem gelben übermannshohen Holzkasten vorbei, den Mannhardt zuerst für einen Bienenstand hielt, wie ihn die Imker gern an die Rapsfelder stellten, der sich aber alsbald als Sammelcontainer für gebrauchte Kleidungsstücke entpuppte. Die Buchstaben auf dem angeklebten Schild waren so groß, daß Mannhardt den Appell auch ohne Brille zur Kenntnis nehmen konnte. *Bei den Kurden erfrieren die Menschen. Hilf uns spontan mit deiner Kleiderspende*!!!

Kaum hatte er ihn fertig gelesen, da riß er sich, ohne daß ihn Heike, die im Schaufenster daneben gerade nach ein paar neuen Schuhen gesehen hatte, daran hindern konnte, Hose und T-Shirt vom Körper und warf beides in den Schlitz des Sammelkastens.

«Bist du verrückt geworden!?»

«Nein, ich hab nur spontan was gespendet. Es hat mich mitgerissen!»

«O Gott!» Jetzt riß sie ihn mit und schleifte ihn auf Nebenwegen nach Hause. «Mann, bist du ein Kindskopf geworden!»

«Zum Kinde reifen, das ist das letzte Ziel des Menschen», sagte Mannhardt.

«Aber nicht als Polizeibeamter!»

«Mehr Empathie, mein Kind», lachte Mannhardt. «Versetz dich mal auf meine Liege, äh, in meine Lage…»

«Los, unter die kalte Dusche!» Heike stieß ihn in ihre Naßzelle.

«Danach will ich aber meinen Preis von der Doggenschißwette!»

«Der Preis ist heiß!» rief sie.

Damit drehte er weltzufrieden den Wasserhahn auf und zog sie zu sich heran.

Doch kaum hatten sie sich *danach* auf dem Lotterbett gelagert, da schrillte das Telefon.

«Laß doch klingeln», sagte Heike.

Mannhardt zögerte. «Was Dienstliches wahrscheinlich...»

«Gott, du hast Urlaub heute! Und was ist denn wohl wichtiger als... Einmal ist keinmal.» Sie zog ihn zurück aufs Bett.

Doch er befreite sich aus ihrem Griff und sprang zum Apparat. Es war Janotta. Siehst du! signalisierte er, doch Heike hatte sich schon gekränkt zusammengerollt und ihm den Rücken zugedreht.

«Was gibt's denn?» fragte Mannhardt. «Ist dein Faltboot gesunken, haben wir 'n Loch reingemacht?»

«Wie...?» Janotta verneinte das mit einem Ernst, der noch um einige Grade ernster war als der allgemeine Ernst, den die Ex-DDRler in jenem Sommer an den Tag legten. «Es ist eine schlimme Sache, die dich persönlich betrifft...»

Mannhardt überlegte, was er denn ausgefressen haben könnte, fühlte sich genauso unwohl wie über all die Jahrzehnte hinweg bei seinen dienstlichen und privaten Kontakten mit Vopo und MUKs, sprich: Morduntersuchungs-Kommissionen. Hatte er irgendwie unbewußt «Beihilfe zur Republikflucht» geleistet? Hatte er sich versehentlich in Sperrgebieten aufgehalten? Hatte er etwas in die DDR eingeführt, was er nicht hätte in die DDR einführen dürfen: 1. Schußwaffen, Sprengstoffe (z.B. Luftdruckwaffen, Alarm- und Gaspistolen, Munition, pyrotechnische Erzeugnisse)? 2. Personaldokumente und andere Ausweise, einschließlich des zur Herstellung von Personaldokumenten geeigneten Papiers oder Vordruckmaterials? 3. Funk- und Sendeanlagen...? 4. Magnettonbänder und andere Tonträger...? 5. Arzneimittel oder ihnen gleichgestellte Stoffe...? Was wollten sie ihm da anhängen? Vielleicht alles mit dem Ziel, ihn insoweit zu erpressen, daß er für die Stasi arbeitete?

«Hallo, bist du noch da?» fragte Janotta.

«Ja, sicher. Was ist denn passiert?»

«Ich hab hier durch Zufall was gesehen, was deinen Sohn betrifft...»

Mannhardt zuckte zusammen, sah Michael in einem grell aufflammenden Bild in der Pathologie der Ost-Berliner Kollegen liegen, wie sie ihm gerade den Brustkorb öffneten, um zu sehen, wie der Messerstich verlaufen war, der ihn getötet hatte. «Ist er...?» Er mußte sich am Türrahmen festhalten.

«Wieder freigelassen worden, ja, aber es wird 'n Verfahren geben...»

«Gott sei Dank!»

«Wie...?» Janotta war irritiert.

«Ich dachte schon...» Mannhardt mußte tief durchatmen.

«Nein, Tote hat's ja diesmal zum Glück keine gegeben.»

«Was ist denn passiert?» Mannhardt registrierte, daß Heike hochgeschreckt war und nun zu ihm kam und ihn mit angstvoller Spannung umarmte. Sie preßte das Ohr mit ihm an den Hörer.

«Michael... Er war bei den Krawallen dabei, in Rostock, bei den Hooligans, wie das bei euch heißt... Die sind mit dem FC Berlin mitgefahren, haben oben bei den Fischköppen alles zertrümmert und den D-Zug auch...»

«Wo war'n eure Polizei da?»

«Das haben wir früher nicht gekannt», betonte Janotta. «Wie überhaupt die Kriminalitätsrate...»

«Lieber sechzig Hooligans und kleine Kriminelle als sechzigtausend bezahlte Staatskriminelle», murmelte Heike.

«...und zur ‹Pankower Front› soll er auch gehören», fügte Janotta hinzu.

Das traf Mannhardt schon wesentlich härter. Sein Sohn bei den Rechten, bei den Nazis, bei den Skins, o Gott!

«Scheiße! Aber vielen Dank für deinen Anruf. Ich werd gleich mal sehen...» Nach ein paar Abschiedsfloskeln legte er auf und preßte seine Stirn gegen Heikes Hals. «Mann, ist mir schlecht...!»

Doch sie tröstete ihn nicht, sie schnauzte ihn an. «Das ist doch nicht deine Schuld, wenn der Knabe da so 'n Mist macht, der ist doch schließlich schon 'n paar Jahre lang volljährig – oder!?»

«Da muß doch irgendwas in der Erziehung...»

«Ja», höhnte sie, «weil du ihm keine Herde lebender Elefanten gekauft hast, als er mit drei eine haben wollte!»

Mannhardt hörte gar nicht hin. «Ausgerechnet die ‹Pankower Front›...! Wo nicht auszuschließen ist, daß einer von denen Prützke totgeschlagen hat.»

Heike wurde nun doch um einiges nachdenklicher. «Das scheint ja wirklich eine böse Sache zu sein. Wollen wir nicht mal gucken, ob wir ihn irgendwo erwischen und dann sehen, ob er noch zu heilen ist?»

«Nach Pankow rüber?»

«...rüber ist ja wohl nicht mehr so ganz zeitgemäß», merkte Heike an. «Aber fahren wir mal, vielleicht kann ich da 'ne kleine Reportage für irgend 'nen Sender draus machen.»

Auf dem Weg nach unten stritten sie sich schon wieder, daß die Fetzen flogen, denn auf Heikes simple Frage, wie sie wohl mit öffentlichen Verkehrsmitteln am besten nach Pankow kämen, reagierte er unerbittlich mit einer Antwort von größerer Länge, als sie RIAS 2 benötigte, um seinen Hörern das gesamte aktuelle Weltgeschehen zu vermitteln.

Es wäre munter weitergegangen, wenn Mannhardt nicht in eben dieser Sekunde einem Mann in die Arme gelaufen wäre, einem Jogger, der erst losbrüllen wollte, ob es denn nur noch Idioten gebe auf dieser Welt, dann aber vor Schreck zusammenfuhr und am liebsten wohl die Flucht ergriffen hätte, so daß Heike instinktiv an einen Kapitalverbrecher dachte, der zur Fahndung ausgeschrieben war, schließlich aber vor Freude geradezu jauchzte.

«Mensch, du!»

«Ich werd verrückt: der Koch!» Mannhardts alter Kumpel aus frühen Kripotagen. Ihr 400-Meter-Star mit Zeiten um die 48 Sekunden herum. Sein blondes Haar war noch um viele Grade schütterer geworden, doch sein gutmütig-naives Onkel-Pelle-Gesicht hatte er behalten. «Gott...» Mannhardt wollte den anderen beim Vornamen nennen, doch er kam nicht mehr darauf, peinlich, so sehr er sich auch mühte. Gerhard wahrscheinlich. Sie hatten ihn nie beim Vornamen genannt. «Wie kommst du denn hierher nach Tegel...?»

«Ich hab noch knappe fünfzehn Jahre abzureißen...»

Mannhardt erschrak, und auch Heike machte einen kleinen Schritt zurück. «Im Knast hier...?»

«Ja, sicher.» Koch starrte auf seine Schuhspitzen.

«Bist du aber Freigänger jetzt?» Den zweiten Teil der Frage, oder ob er ausgebrochen sei, ersparte er sich.

«Urlaub», erwiderte Koch.

«So ohne weiteres?»

Koch wieherte los. «Mensch, ich bin doch nicht als Knacki da, sondern als Teilanstaltsleiter. Als du noch in Bramme warst, bin ich weg von der Kripo und hin zur JVA, Justizvollzugsanstalt.»

«Ist ja 'n Ding!» rief Mannhardt aus.

«Wegen des Geldes?» fragte Heike nach.

«Das auch, gleich 'ne Gruppe höher, nee, aber weil das doch 'n bißchen ruhiger ist als in so 'ner Mordkommission – oder? Vor allem aber, weil ich 'n paar von unsern Jungs, die wir damals gekriegt haben, so lieb hatte, daß ich für immer in ihrer Nähe bleiben wollte.»

«Ah, ja...» Mehr fiel Mannhardt nicht ein, und da auch Koch und Heike *small talk*-Probleme hatten, entstand ein Schweigen, bei dem das abgegriffene Adjektiv lastend durchaus seine Berechtigung hatte, denn auf Koch und ihm lastete in der Tat etwas...

Acht, neun Jahre war es her...

Kochs Freundin, Geliebte, Partnerin oder Lebensgefährtin, wie auch immer, Denise, ein kapriziöses und hochsensibles Persönchen, hatte eine Boutique eröffnet, war aber alsbald pleite gegangen. Dies vor allem, weil die Modegeschäfte ringsum einem gewissen Heribert K. gehörten und der keinen seiner miesen Tricks ungenutzt ließ, sie in den Ruin zu treiben. Hatte sie beispielsweise in Paris bei Modeschöpfer XY zehn Kleider eines bestimmten Typs geordert, so sprach Heribert K. Stunden später dort vor und sagte, lieber XY, ich bestelle hundert Kleider bei dir – aber nur, wenn du dieser Denise nichts lieferst. Heribert K. war ohne Zweifel ein Miststück, ein Schwein.

Kurzum, nach einem Jahr ist Denise am Ende, geschäftlich wie mit den Nerven. Selbstmordversuch. Einen Tag bevor sie die Klinik wieder verlassen kann, wird Heribert K. ermordet aufgefunden, und die 7. Mordkommission mit Koch in ihren Reihen übernimmt den Fall. Der Täter ist schnell gefunden, ein Stricher vom Zoo, das ist nicht das Problem, doch Mannhardt erwischt Koch dabei, wie der ein geheimes Gelddepot des Toten entdeckt, unter der mit Kacheln verkleideten Badewanne lag eine viertel Million, und davon 30000 Mark für sich abzweigt. Das heißt, nicht für sich, sondern für Denise. Als Entschädigung, als Kapital für einen neuen Start.

Mannhardt sieht es – und sieht darüber hinweg, weil es für ihn ein Stück höherer Gerechtigkeit ist...

Das war es, was beide jetzt vor Augen hatten. Es war nie darüber gesprochen worden, aber Mannhardt war sich sicher, daß Kochs Ausscheiden aus dem Polizeidienst durchaus damit in Zusammenhang stand. Die Frage war nur, ob es so etwas wie Selbstbestrafung war, daß er sich um die besagte Stelle in Tegel bemüht hatte, galt doch die Justizvollzugsanstalt als «Müllkippe der Nation» und der Dienst dort als Horrortrip. Zwar war Koch nicht als Knacki im Knast, aber dennoch... Offen war auch, inwieweit Koch bei ihm, Mannhardt, irgendwelche Beweise für seine damalige Straftat vermutete. Aber wahrscheinlich waren die gar nicht nötig, denn Heriberts K.'s Rechtsanwalt hatte genaue Aufzeichnungen über das Vermögen des Ermordeten gefunden und beim Nachzählen ein Minus von eben 30000 Mark entdeckt. Ein anonymer Brief hätte da gereicht, denn Denise hatte sich nun auf die Gastronomie geworfen und für Kauf und Renovierung eines Bistros kurz nach Heribert K.'s Beisetzung haargenau 30000 Mark als 1. Rate gezahlt.

Klar, daß Koch jetzt die Götter verfluchte, weil sie seinen Zusammenstoß mit Mannhardt herbeigeführt hatten, und mehr und mehr befangen wirkte.

«Dein Erzfeind, der Dr. Weber, ist ja nun leider nicht mehr bei mir gelandet...»

«Nein...» Der hatte sich, als seine langjährige Zusammenarbeit mit Erich Mielkes Stasi-Leuten ans Licht gekommen war, nach alter Offiziersmanier selber erschossen.

«Aber sonst sind viele unserer alten Kunden da», wiederholte Koch und zählte eine Reihe von Namen auf. «Hast du selber mitgeholfen, die einzuliefern.»

Mannhardt nickte. «Ich hoffe, du resozialisierst sie auch alle.»

«Na, aber!» Koch flüchtete sich in eine Munterkeit, die überdreht bis schon hysterisch wurde. «Und wenn sie dich nach deinem ersten Mord mal einliefern werden, was meinst du, was wir da für 'n edlen Menschen aus dir machen. Aber mal im Ernst: Wenn du Probleme hast, dann ruf an. Ich schulde dir ja von damals noch so einiges an Dank...»

«Is lieb von dir...» Mannhardt griff Kochs Oberarm und drückte ihn. «Kann ich vielleicht bald mal brauchen... Um meinen Sohn sieht's gar nicht gut aus.»

«Der Michael, Mann! Damals hat er noch in die Windeln gemacht. Na, viel Glück dann...» Koch begann unruhig hin und her zu trippeln. «Ich bin mit 'n paar Freunden verabredet, wir wollen einmal um den Tegeler See rumtraben... Wie gesagt: Ruf doch mal an!»

«Mach ich!»

Koch lief weiter, und sie winkten sich so lange zu, bis er hinten am Ufer verschwunden war.

Heike stieß einen ungewissen Ich-weiß-nicht-Laut aus. «Irgendwie kommt der mir komisch vor...»

Mannhardt zögerte. Sollte er, sollte er nicht? Aber bei aller Liebe und Vertrautheit ließ er es dann, ihr von Kochs – und seiner – «Verfehlung» zu berichten. Datenschutz.

Wollankstraße verließen sie den alltäglichen Museumszug der S-Bahnlinie 1, Baujahr 1928, auf einem Bahnhof, der seit 1961 als ein schönes Kuriosum gegolten hatte. Direkt am verminten Grenzstreifen und an der Mauer gelegen, war er Teil Ost-Berlins gewesen, der Hauptstadt der DDR, auch von der östlichen Reichsbahn (DR) verwaltet worden, hatte aber im Alltag von den Westberlinern und ihrer eigenen S-Bahn benutzt werden dürfen; ohne Personalausweis, Passierschein und Kontrollen.

«Jetzt klingt das alles nur noch erfunden, unwahr, nach der Phantasie eines mittelprächtigen Schriftstellers», bemerkte Heike in einem Feuilletonstil, der Mannhardt ärgerte.

«Und die Vopos und die Grepos und diese fürchterlichen Flintenweiber vom Zoll, die mich und meine Familie damals schikaniert haben und vor denen ich gezittert habe, die werden jetzt in unseren öffentlichen Dienst übernommen – und ich darf sie mit meinen Steuern finanzieren!» Die Bilder waren noch allzu deutlich. «Nachts, wenn wir von den Verwandten aus Ost-Berlin zurückgekommen sind, immer dieselbe Scheiße an der Grenze: die schlafenden Babys von den Rücksitzen nehmen und die dann hochklappen. Alle aussteigen, Motorhaube aufmachen. Die Kinder schreien, ich verbrenn mir die Pfoten. ‹Was haben Sie in der Deutschen Demokratischen Republik käuflich erworben und was an Geschenken erhalten? Führen Sie noch Mark der DDR bei sich?› Und währenddessen hält einer von den Ärschen den Spiegel unters Auto und ein anderes Schwein fährt mit seinem Meßstab in deinen Tank hinein.»

«Komm, reg dich ab!»

«Sie haben uns Westberliner geschurigelt, gedemütigt und dauernd gedroht, uns zu schlucken und zur Sau zu machen.» Er schoß eine herumliegende Bierdose weit über den Bahnsteig. «Bis 1989 haben wir uns retten können vor ihnen – doch mit ihrer Kapitulation haben sie uns doch noch besiegt. Und jetzt werden wir auch noch völlig eingemeindet in die DDR, wenn das gemeinsame Bundesland Berlin-Brandenburg erst kommt!»

Heike lachte, während sie die steile Bahnhofstreppe hinunterstiegen. «Pikant ist nur, daß sich die Ex-DDRler ebenso als die Verlierer sehen. Aber so ist es doch nicht, wenn man dialektisch denkt: BRD und DDR zusammen werden auf Dauer sicher einen höheren Zustand ergeben.»

Er nahm sie in den Arm. «So sehr ich deinen Standpunkt schätze – dein Höhepunkt ist mir lieber.»

«Ich hasse Männer, die sich nur über ihren Schwanz definieren können!»

Damit hatten sie die Straße erreicht und wandten sich nach links, um unter der S-Bahn-Brücke hindurch nach Pankow zu gelangen.

«Pankow, Pankow... Klingt immer noch nach kaltem Krieg: Pankow und Bonn, Adenauer und Ul...» Sie stockte, weil Mannhardt urplötzlich den Kopf herumgerissen hatte. «Is was?»

«Nein, nein, nur 'ne Wespe.» Das stimmte aber nicht, er hatte mit dieser Aktion nur feststellen wollen, ob ihnen jemand folgte. Seit sie in Hermsdorf in die S-Bahn gestiegen waren, wurde er das Gefühl nicht los, daß man ihn beobachtete. Es war ein Gefühl, das nur der haben konnte, der bald dreißig Dienstjahre hinter sich hatte. Wer aber und warum? Hing das mit Prützke zusammen, ließ die Aurak ihn wirklich beschatten? Wie auch immer, er sagte nichts zu Heike, wollte sie nicht unnötig in Unruhe versetzen.

«Pankow wird wohl immer mit Stalin und der SED in Verbindung gebracht werden...»

«Kille, kille, Pankow», sagte Mannhardt mit einer Art Berliner Reflex, um dann zu singen: «Komm, Karlineken, komm, wir woll'n nach Pankow jehn, in Pankow is et wunderschön.» Damit packte er Heike zu ein paar Polkaschritten.

«Hör auf, die Leute drehn sich schon um nach uns!»

«Alles Hinterwäldler!»

Sie gingen die Wollankstraße hinauf, die direkt zum Pankower Zentrum führte, der Johannes-R.-Becher- (oder früher und nun auch bald wieder) Breiten Straße mit der kleinen Pfarrkirche am alten Dorfanger und dem protzigen Rathaus in schönster wilhelminischer Einschüchterungs-Architektur.

«Viel hat sich ja noch nicht verändert», fand Mannhardt und klagte vor allem über den abenteuerlich zusammengestückelten Straßenbelag. Mal unebener Asphalt, mal graues Kleinpflaster mit Löchern darin, aus denen der märkische Sand strandgelb nach oben quoll, dann wieder blauer Basalt, der vielleicht aus dem Hofe einer Villa stammte, neben schief eingesetzten Platten aus gekämmtem Beton und wuchtigen, aber dennoch abgekippten Granitquadern. «So richtig DDRlich...»

«Hör auf, zu hetzen gegen die, man sieht doch, daß sich was tut.» Heike wies auf die schon verputzten Häuser und die vielen Gerüste, auf die neuen Läden mit den bunten Werbetransparenten und die westlichen Wagen an den Kantsteinen.

Mannhardt hörte schon gar nicht mehr hin, suchte nach Spuren der «Pankower Front», aufgesprühten Sprüchen wie AUSLÄNDER RAUS! und Hakenkreuzen, sowie auch einer Art Vereinslokal besagter Gruppe, vor allem aber nach einem jungen Menschen, der sein Sohn sein konnte. Jemanden zu fragen, blieb immer noch Zeit.

Da Heike zu enge Schuhe anhatte, fing sie schon nach einem knappen Kilometer laut zu maulen an. So wurde beschlossen, irgendwo einzukehren und eine Berliner Weiße zu trinken, mit rotem oder grünem Schuß natürlich. Es fand sich auch eine Kneipe, die für Westbier warb und sicherlich mit Hilfe der entsprechenden Brauerei der Treuhand abgerungen worden war. Ein paar Stühle standen auf dem Gehsteig. Sie fläzten sich hin und warteten auf den Genossen Ober.

Plötzlich sprang er auf und riß sie am Arm. «Los, schnell...!»

«Was ist denn!?»

«Lilo kommt da um die Ecke.» Seine Noch-immer-Ehefrau.

«Na und...?» Heike ließ sich nur widerwillig mitziehen.

«Du weißt doch, was jetzt kommt. Und ich hasse nichts mehr als diese sogenannten Aussprachen!»

«Weil du Angst hast, daß wir uns beide gegen dich verbünden!»
«Quatsch!»
Obwohl sie sich beeilt hatten, blieb ihnen Lilo dicht auf den Fersen, offenbar wild entschlossen, sie beide zu stellen.
Ob er wirklich fürchtete, daß sich beide zusammentun und ihn unter Druck setzen konnten, sich lustig machen über seine Schwächen und seine Zögerlichkeit? Nein, eher floh er, weil er Heike nicht spüren lassen wollte, daß er doch noch irgendwie an Lilo hing. Schließlich hatten sie zwanzig Durch-dick-und-dünn-Jahre miteinander verbracht und mehr oder minder lustvoll zwei Kinder gezeugt beziehungsweise auf die Welt gebracht; neben dem Sohn, der ihm derzeit soviel Kopfzerbrechen bereitete, noch eine Tochter, die bürgerlich-glücklich mit einem Arsch von Jungunternehmer im Eigenheim wohnte. Vielleicht war es auch weniger die Rücksicht auf Heike, die ihn da rennen ließ, sondern die Angst, daß Lilo ihn doch wieder einfangen könnte.
Sie erreichten den S-Bahnhof Pankow in der Sekunde, da gerade ein Zug der Linie S 10 nach Oranienburg abfahren wollte.
«Zurückbleiben!» kreischte der Stationsbeamte, und neben der Tür, die er noch aufzureißen versuchte, schrillten Alarmklingeln und blinkten rote Lampen. Doch es gelang ihm, die beiden Hälften der alten Schiebetür so weit auseinanderzureißen, daß Heike an ihm vorbei- und in den Wagen schlüpfen konnte. Er selber schaffte es dann auch.
Schnaufend fielen sie auf die grau-blauen Plaste- und Elastepolster.
Heike trug einen kurzen, saharagelben Rock und zeigte soviel Schenkel, daß er, überdreht wie er war, unheimliche Lust auf sie bekam und ihr ins Ohr flüsterte, was er sich vorher in seinem Leben in vergleichbaren Situationen, und erst recht nicht bei Lilo, nie getraut hatte. «Ich möchte dich durchvögeln, du...!»
Heike öffnete die Beine ein wenig. «Bitte...»
«Da sind doch Leute im Abteil!» stöhnte er.
«Die gucken gerne zu, und vielleicht können wir Eintritt nehmen...»
«Vielleicht tun sie uns den Gefallen und...» Mannhardt hoffte auf die vergleichsweise menschenleeren Gebiete hinter Pankow-Heinersdorf, daß da alle ausstiegen und keiner mehr ein. Zwischen Berlin-Blankenburg und der Station mit dem schönen Namen Müh-

lenbeck-Mönchmühle war der Zug, das wußte er, acht Minuten unterwegs, und das reichte allemal.

Doch er wurde bitter enttäuscht, denn in Blankenburg enterte eine Gruppe älterer Damen, Postseniorinnen, wie sich herausstellen sollte, ihr Abteil und vereitelte alles.

«Schwitz es durch die Rippen», lachte Heike.

«Dabei heißt das doch öffentlicher Personennahverkehr, und nun dürfen wir nicht nah verkehren...» Mannhardt rückte ein Stück von Heike weg. «Ich halt es nicht mehr aus... So dicht bei deinem Feuchtbiotop, ohne daß ich...»

«Dann laß dir mal was einfallen...»

Das tat er denn auch, als der Acht-Wagen-Zug aus unerfindlichen Gründen plötzlich und ziemlich ruckartig stehenblieb. Er nahm sie bei der Hand und ging mit ihr zum Ende ihres Triebwagens, wo sich einer der unbenutzten Führerstände befand.

«Ein sogenannter Vollzug besteht aus zwei Halbzügen...» Ohne solche Erklärungen kam er auch im Zustand höchster Erregung nicht aus. «Und an jedem Ende eines Halbzuges befindet sich ein Führerstand. Kuppelt man nun zwei Halbzüge aneinander, gibt es in der Mitte zwei unbenutzte Führerstände. Und in einen von denen gehen wir jetzt...»

«Hast du den Schlüssel dazu?»

«Nein, aber ich weiß, wie man die Schlösser aufbekommt. Fortbildungslehrgang 31/89 ‹Von Einbrechern lernen›.»

Und es bereitete ihm in der Tat keine Mühe, das Schloß der Schiebetür zu knacken.

Blieben zwei jüngere, vierschrötige Männer in blauen Overalls, die auf den Querbänken vor dem Führerstand hockten und mißtrauisch guckten.

«Steht immer noch, der Zug...» sagte Mannhardt. «Kollegin, sehen wir mal hier, ob die Hauptsicherung rausgeflogen ist. Ich als Ingenieur müßte das ja eigentlich besser wissen als der Fahrer vorn...»

Damit standen sie im leeren Führerstand, und Mannhardt schob die Tür hinter sich zu. Zu seinem Glück fuhr der Zug Sekunden später an, so daß der Argwohn der beiden Männer draußen ganz sicher verflogen war.

Schon lag Mannhardt auf dem Boden und hatte sich die Hose vom Körper gerissen.

«Guck mal», sagte er zu Heike. «Ragt er nicht auf wie der Fernsehturm über Berlin...»

«Dein Altmännerstolz, hurra! Sex ist keine todernste Sache! *Psychologie heute*, 4/91.» Sie kramte einen Moment in ihrer Tasche. «Mach ich's erst mal wie Christo, verpack ich ihn...»

Kaum war das geschehen, hockte sie schon über ihm und half ihm beim Hineinbugsieren.

Wie oft hatte Mannhardt vordem über die schludrig verlegten Gleise der Reichsbahnstrecken geschimpft, wie es einen da hin und her schüttelte, man hochgerissen wurde, um sofort wieder in ein tiefes Loch zu fallen, wie die ungeschweißten Schienenstöße den Körper Mal für Mal vibrieren und sich krümmen ließen – doch heute genoß er das alles mit höchster Lust und Heike nicht minder. In Mühlenbeck-Mönchmühle, als der Zug hielt und sie jeden Augenblick entdeckt werden konnten, was aber ihre Erregung nur um ein Vielfaches potenzierte, kam sie zum ersten und zwischen Bergfelde und Hohen Neuendorf zum zweiten Mal, während er sich sehr lange zurückhalten konnte, dann aber, kurz vor der Bahnhofseinfahrt Birkenwerder eine derartige Ejakulation erlitt, daß ihm Schläfen wie Schwanz zu platzen drohten und er in lustvollem Schmerz so schrie wie nie zuvor in seinem Leben.

Sie, ebenso erschöpft wie er, fiel auf ihn herab, und keuchend lagen sie da, küßten sich, umarmten sich, flüsterten sich all das an Zärtlichkeiten zu, wozu zuvor die Zeit nicht da gewesen war.

Doch plötzlich bummerte jemand gegen die Tür.

«Aufmachen!»

Crash! Mit ihren Schirmen waren sie himmelhoch über die Erde gezogen und stürzten plötzlich in die Tiefe hinab.

Sie schnellten in die Vertikale zurück. Er riß seine Hose hoch, sie ihren Rock hinunter.

«Momentchen bitte...!»

Die Haare waren noch zu ordnen, die schwarze Kondomhülle (Contur, anatomische Form, feucht) schnell aufzuklauben und in die Tasche zu stecken.

Heike fand das eher aufregend und furchtbar komisch, doch Mannhardt litt unter dieser Szene. Wie ein Pennäler verhielt er sich da. Es war demütigend. Und er hatte Angst. Wenn die Aurak das erfuhr, flog er endgültig raus.

«Na, wird's bald!» Wieder das Bummern an der Tür.

Mannhardt öffnete und starrte einem hageren und stoppelbärtigen Reichsbahner ins Gesicht. «Bitte...?»

«Wissen Se denn nich, wat Sie da...!?» Er schnauzte los und setzte an, ihnen lang und breit etwas von Transportgefährdung zu erzählen und daß er sie der Polizei übergeben werde.

«Nicht nötig», sagte Mannhardt, und obwohl er noch immer verdammt weiche Knie und einen viel zu hohen Puls hatte, ja, am ganzen Körper zitterte, bemühte er sich, während er in seiner Herrenhandtasche nach dem Dienstausweis suchte, um jenen arrogant-nonchalanten Ton, den amerikanische Serienhelden so unnachahmlich kultiviert hatten. «Die 11. Mordkommission. Meine Kollegin und ich sind in einem Mordfall unterwegs... Und zwar als Liebespaar getarnt... Hier auf der Strecke nach Oranienburg soll unser Tatverdächtiger des öfteren...»

Der Mann, keinesfalls auf den Kopf gefallen, nahm den Ausweis in die Hand, um ihn ganz genau zu prüfen. Mannhardt schluckte klugerweise das hinunter, was ihm auf der Zunge lag, ob denn die Stasi-Methoden noch immer... und so weiter. Wenn der Gute auch noch Heike überprüfte, konnte die Sache, siehe oben, peinlich werden. Wäre er allein gewesen, so hätte er sich ja bei der Aurak noch damit herausreden können, daß er im Fall Prützke hinter einem Skin der «Pankower Front» hergewesen sei, aber so... In einer derart eindeutigen Situation mit Heike.

Der altgediente Reichsbahner gab Mannhardt den Ausweis zurück. «Schönchen... Und det Liebespaar, det habta ja wirklich perfekt jespielt...»

«Ja», sagte Heike. «Die Ausbildung bei uns bei der Kripo, die ist schon gut...»

Der Reichsbahner tippte mit zwei Finger gegen die Mütze. «Und allet Jute denn, wat den Nachwuchs betrifft...»

Damit ließ er den Zug dann weiterfahren.

Mannhardt und Heike kuschelten sich, nun im normalen Abteil, eng aneinander und kosteten das aus, was gewesen war.

Es wurde noch ein wunderschöner Nachmittag am Lehnitzsee bei Oranienburg. Sie aßen «Aal grün» und ruderten dann im gemieteten Boot ein Stündchen umher.

Gegen 18 Uhr stiegen sie wieder in die S 10, um zurückzufahren nach Pankow und dort die Suche nach Michael Mannhardt und der «Pankower Front» mit neuen Kräften fortzusetzen.

Als sie wieder am Bahnhof Pankow standen, da, wo sie Lilo gerade eben man entkommen waren, blieb ihnen zunächst nichts, als auf den Zufall zu hoffen; daß er ihnen den Michael Mannhardt selber in die Arme trieb oder wenigstens einen jungen Mann, der so aussah, als hätte ihn das völkische Erwachen ganz besonders gepackt.

Aber Fehlanzeige, so sehr sie die vorbeiströmenden Ossis auch musterten. Sicher, viel deutscher als der Schnitt der Westler wirkten sie noch immer, das heißt, blasser, teigiger, betulicher, so ganz Vati und Mutti beim Grillen, waren durchweg biederer gewandet, auch rochen sie eher nach Schweiß und Kernseife als nach *Lancaster* oder *Fendi UOMO*, und wenn sie den Mund aufmachten, dann hatte ihr Berlinerisch jenen Hilfsarbeiter- bis Ganoventouch, den man im Westen gar nicht mochte, doch so nach «Sieg Heil!» sah niemand aus. Im Gegenteil, den ersten brauchbaren Tip bei ihrer Frage nach der «Pankower Front» bekamen sie von einem verhärmten Männlein, das einen blauen Plastiksack schleppte beziehungsweise die Straße entlangschleifte.

«Die Skins...? Die kommen sicher zum Afrikaner-Fest, um da Krawall zu machen.»

«Welches Afrikaner-Fest?» wollte Heike wissen.

«Na, da am ‹Nassen Dreieck› steht doch die alte Fabrik, wo jetzt die Ausländer und die Asylanten untergebracht worden sind. Die haben heute ihren großen kulturellen Abend. Das Ganze ist eine Idee von unserm Jugendsenator Thomas Krüger. Abbau der Ausländerfeindlichkeit. Und die Kleidungsstücke hier», er zeigte auf seinen Plastiksack, «die will ich den Afrikanern dort schenken.»

«Na, dann helfen wir Ihnen mal beim Tragen.» Mannhardt nahm ihm den Beutel aus der Hand.

Der alte Herr, so stellte sich heraus, hieß Hanke-Binz, hatte in der alten DDR Kriminalromane geschrieben und bei garantierten Auflagen von 100000 Exemplaren auch sehr gut davon leben können, stand aber nun nach der Wende vor dem Nichts, da sein Verlag eingegangen war und die westlichen Lektoren mit seiner episch breiten Schreibe nichts anfangen konnten.

So geleiteten sie Hanke-Binz durch die Flora- und andere kleinere Straßen zum sogenannten «Nassen Dreieck», einer an sich gottverlassenen Stelle, die sich nördlich des S-Bahnhofs Bornholmer Straße aus der Verzweigung der Strecken nach Frohnau und Oranienburg/Bernau ergab. Zu DDR-Zeiten hatte man, um ein besseres Blick-

und Schußfeld zu haben, ungenutzte Bahndämme und Brücken abgetragen, nun aber diente das Areal an der alten Ost-West-Demarkationslinie im wesentlichen als Lagerstätte für abgetragene Mauersegmente, als sogenannter «Mauerfriedhof». In der Mitte stand ein lindgrüner Steinschredder der *ARGE Recycling Grenzanlagen*, dem riesige Schaufelbagger die meterhohen Drei-Tonnen-Teile aus Beton zuführten.

«In genau 25 Sekunden ist aus einem Mauerteil Granulat und Split geworden», wußte Hanke-Binz zu berichten, «und das geht dann zum Autobahnbau nach Weißensee.»

Als sie näherkamen, vibrierte die Erde, und Mannhardt dachte unwillkürlich an ein Beben, so ausgeschlossen das für Berlin auch sein mochte. Dann klang es wie ferner Geschützdonner, und eine Staubwolke stieg auf.

Zum Glück wurde gerade zum Feierabend geblasen, als sie von der Brehmstraße her das «Nasse Dreieck» durch ein Tor betraten, durch das, so schien es, eben noch die schießbereiten Grenztruppen in ihren Jeeps den Todesstreifen erreicht hatten.

Für einen Augenblick herrschte fast absolute Stille.

Mannhardt erinnerte sich an die vielen Male, wie er oben im S-Bahnzug nach Hermsdorf gesessen hatte, seiner alten Heimat, und vom Westen über die Mauer hinweg auf dieses Stück Osten hinuntergeschaut hatte. Sein Großvater hatte das Ende des Wahnsinns nicht mehr erlebt, sein Vater nicht mehr – und er war sich sicher gewesen, daß auch er... Und nun war das Wunder geschehen, aber er hatte nichts Besseres zu tun, als pausenlos über die Ossis zu lästern...

Seine S-Bahn, sandgelb und rot, rubinrot, gespritzt, rollte leise vorüber, gleitend wie ein Intercity, und hinter ihm röhrte und ratterte das östliche Pendant, mehlbreigrau und ebenfalls rot, aber in einem Rot, das eklig war wie geronnenes Blut.

Ein Exemplar der schon wieder selten gewordenen Gattung der Mauerspechte begann, ohne jedes Geschick kleine Teile aus einem der Grafitti-bunten Mauersegmente herauszuhämmern.

Vom südlichen Ende des «Nassen Dreiecks» her, offensichtlich aus der alten uniformgrauen Fabrik, dem Ausländer- und Asylantenheim Pankow, drangen dumpfe Trommeln zu ihnen herüber.

«Sie werden angefangen haben», sagte Hanke-Binz. «In der Mehrzahl leben Mosambikaner hier, und das sind überwiegend

Bantus. Der Begriff ‹Bantu› bezeichnet aber keine anthropologische Gruppe, sondern nur eine ganz bestimmte Sprachfamilie. Von Zaire, vom Kongo, geht das rüber bis nach Kenia und Mosambik. Zweihundert Sprachen.»

Mannhardt wußte dieser Gelehrsamkeit nichts weiter entgegenzusetzen als seine Erinnerung an einen uralten Caterina-Valente-Schlager: «Drei Tage und drei Nächte lang erklang am Kongo Bongo-Klang.»

Nationalpreisträger Hanke-Binz, das sah man ihm an, fühlte sich in all seinen Vorurteilen über die amerikanisierte Un-Kultur der Wessis voll bestätigt, und Heike hielt es für opportun, ihn auf den letzten Metern ihres gemeinsamen Weges allein zu lassen. Mit ein paar Floskeln nahm man Abschied voneinander. Sie beide gingen vor, und der tiefgründelnde Schriftsteller mit seinem gutgemeinten Kleidersack folgte ihnen langsam.

Die freie Fläche hinter der alten Fabrik war in etwa so geschmückt, wie sie es von Kindergeburtstagen her kannten, nur gab es neben Luftballons und Girlanden noch Afrikanisches wie Pfeil und Bogen, Trommeln und Masken, aber auch die farbenfrohen Flaggen von Mosambik, Vietnam, Angola und anderer Staaten der dritten und/oder vierten Welt.

Schätzungsweise 150 Menschen waren schon gekommen. Neben den afrikanischen Gastgebern fanden Mannhardt und Heike genau jene Deutschen, die sie hier vermutet hatten: kosmopolitisch bewegte Sozialarbeiter, Erzieher, Lehrer und nur sich selbst bekannte Kulturschaffende aller Gattungen, dazu eine beträchtliche Schar von Journalisten solcher Programme wie *Radio 4 U, FAB* (gleich: Fernsehen Aus Berlin) oder *DT 64*.

Sie erreichten den eigentlichen Festplatz in der Sekunde, da die Berliner Sozialsenatorin Ingrid Stahmer gerade die einleitenden Worte sprach und ihr Sponsoring begründete. Die Mikrofonanlage war mäßig, und Mannhardt verstand nichts weiter als immer wieder das Wort «Empathie-Management». Das müßte vorangetrieben werden, und das große Ziel einer multikulturellen Gesellschaft sei nur erreichbar, wenn es den Deutschen gelänge, sich in die ausländischen Mitbürger hineinzuversetzen. Das fand er sehr überzeugend, zumal er diese Senatorin wegen ihres Engagements und ihrer Kompetenz überaus schätzte.

«Aber wahrscheinlich hat sie in dieser Karnickelzüchter-Partei von SPD nie 'ne Chance, ganz groß herauszukommen», kommentierte Heike seine Stahmer-Laudatio. «Oh!» rief sie dann. «Jesus selber ist ja auch gekommen!»

«Das ist der besagte Jugendsenator Thomas Krüger...»

Von dessen Rede nun bekamen sie gar kein Wort mehr mit, denn gerade als er das Mikrofon ergriffen hatte, entdeckten sie in ihrer Nähe die Grabow – und zwar Arm in Arm mit einem Schwarzen, der dem legendären Kongo-Präsidenten Patrice Lumumba zum Verwechseln ähnlich sah. Oder...? Er war sich nicht mehr sicher. Lumumba, Lumumba...? War das nicht 'n Cocktail? Vielleicht sah er doch eher aus wie Edwin Moses, jener ebenso unsterbliche Unendlich-Sieger über die 400 Meter Hürden, der sogar eine Berlinerin geehelicht hatte.

Gott, so viele Schwarze auf einmal beisammen. Archaisches Unbehagen kam in ihm auf, und mit ihm zwanghaft Assoziationen wie: Gorillas, Urwald, Negerkral, Missionare im Kochtopf, Zehn kleine Negerlein und so weiter. Er schämte sich für sie, doch er schaffte es nicht, sie wegzudrücken. Das heißt, je mehr er es versuchte, desto kräftiger sprudelte es aus versteckten Quellen hervor.

Die Grabow lachte, als Heike ihr auf die Schulter getippt hatte. «Hallo, ihr Süßen! Was hat euch denn hierher verschlagen?»

Da Mannhardt ja schlecht sagen konnte, daß es eigentlich sein Neonazi-Sohn gewesen war, kam er zunächst ins Stottern. «Na, der Hanke-Binz eigentlich... Quatsch, der reine Zufall...»

Die Grabow gab sich bürgerlich und startete das Vorstellungs-Ritual. «Das hier ist mein immer noch geliebter Ex.» Was offensichtlich Ex-Geliebter bedeutete. «Jacinto. Ein echter Mosambikaner.»

Mannhardt brachte, als er dem *black* die Hand schüttelte, nichts Gescheiteres hervor als das blöde deutsche «angenehm, Mannhardt». Aus dem Unterbewußtsein schoß nun ein anderes Bild in ihm auf, ein Bericht des *Tagesspiegels*: wie in Nairobi, Kenia, vor kurzem 300 Jungen den Mädchentrakt des St.-Kizito-Internats gestürmt und dort in einer Orgie der Gewalt im Schlafsaal 19 Mädchen zu Tode gequetscht und 71 vergewaltigt hatten. Sogar die genauen Zahlen hatte er behalten. Er wich ein wenig vor dem Mosambikaner zurück.

– O Gott, wie sind wir alle schon vergiftet worden!

Er konnte nur noch schweigen.

Heike hingegen versuchte, Jacinto mit ihren Portugiesisch-Brokken eine kleine Freude zu machen. «Boa noite. O que há? Como está?»

Jacinto lachte. «Muito obrigado, sido muito bem.» Weiter kam er nicht, denn nun riefen ihn seine Landsleute nach vorn ans Mikrofon.

«Er ist der große Organisator hier», verriet ihnen die Jura-Professorin aus der PHS.

«Sehr sympathisch», sagte Mannhardt.

Heike stöhnte auf. «Typischer ‹Sympathie-Effekt›!»

«Hör doch auf mit deinem zweiten Semester Psychologie!» blaffte Mannhardt.

Doch sie ließ sich dadurch nicht stören, zumal auch die Grabow wissen wollte, was das sei. «Viele Leute sagen zwar, daß ihnen Schwarze, Homosexuelle oder Behinderte sympathisch sind, aber in Wahrheit haben sie 'ne ganze Menge gegen sie und gehen ihnen aus'm Weg. Und ihre lautstarke Sympathie-Bemerkung ist nur der scheinheilige Versuch, bei den anderen als ein edler und tief humanistischer Mensch zu gelten.»

«Danke für die Blumen!» Mannhardt wandte sich ab und stieß gegen eine korpulente und nicht mehr allzu junge Frau, die ein kleines Mädchen auf dem Arm hatte. «Oh, Entschuldigung!»

«Das ist Corinna», sagte die Grabow. «Zu Besuch aus Eberswalde. Die Kleine heißt Laurinda. Ihr Vater ist ein Angolaner gewesen, ein Freund von Jacinto. Von Skins erschlagen.»

Sie konnte nicht weiter darüber reden, denn nun setzte Jacinto vorn auf der improvisierten Bühne zu seiner Begrüßungsrede an, und hinter ihm warteten schon die Bantu-Tänzer auf ihren ersten Auftritt.

«Wir zeigen Ihnen jetzt», schrie Jacinto in fast lupenreinem Deutsch ins Mikrofon, «wie es beim Bantu-Stamm der Nyungwe zugeht, wenn man dort das *marombo*-Fest feiert. Die Nyungwe wohnen in Mosambik am Sambesi, da wo Ihr den riesigen Staudamm von Cabora Bassa kennt. Der *marombo*-Tanz ist ein Heilkult, wo es um Frauen geht, die von Geistern befallen sind...» Er mußte wegen der hintersinnig gemeinten Lacher im Publikum eine kleine Pause machen. «Es sind Geister von unseren Ahnen, die in die Frauen gefahren sind. Warum sind sie das? Weil die Ahnen sich vernachlässigt gefühlt haben, weil ihre Verwandten, die noch am

Leben sind, ihnen keine Opfergaben mehr dargebracht haben.» Er sah über die Bahndämme hinweg zum Himmel hinauf. «Langsam wird es dunkel, und wir können mit der Behandlung der besessenen Frau beginnen. Die spielt bei uns hier unsere Cecilia...» Er winkte sie, wie alle anderen Darsteller auch, auf die Bühne hinauf, wo sie sich kurz verneigten und sich dann unter dem anmachenden kurzen Klatschen der Festgäste im Hintergrund postierten, um auf ihren Auftritt zu warten.

Mannhardt litt weiter unter Mannhardt, denn just in dieser Sekunde fielen ihm all die gewiß nicht bös gemeinten, aber alles in allem doch sehr rassistischen und diskriminierenden Sprüche seines Vaters ein. Daß er ab und zu zum Kaffee *Negerschweiß* gesagt hatte und zur Blutwurst *Negerpimmel.* Er begann, heftig zu schwitzen.

Jacinto fuhr indessen fort mit seinen einführenden Worten. «Wir brauchen für unseren Kult noch eine *nyabezi*, eine Doktorin, die das alles leitet. Da wir aber fast alles Männer sind, nehmen wir einen Doktor – unseren Narcissio...!»

Der Mosambikaner, der jetzt die Bühne betrat, erinnerte Mannhardt überaus lebhaft an den bulligen Ben Johnson, den tragisch gescheiterten kanadischen Ex-Weltrekordler.

«Der wäre auch gut als richtiger Arzt», lachte die Grabow, «denn der arbeitet in 'ner Fleischwarenfabrik und zerlegt die geschlachteten Schweine in ihre Einzelteile.»

Jacinto kam zum Ende seiner einführenden Worte. «Nun seht ihr hier noch Bier und einige Nahrungsmittel, was nachher wichtig wird, und eine Ziege... Die binden wir hier an den Baum... Sie wird nachher geschlachtet werden. Aber keine Angst, symbolisch nur. Wenn der Geist aus der besessenen Frau herauskommt, soll er gleich ihr Blut trinken können und zufrieden sein. Jetzt noch die Musiker mit ihren Trommeln, den *n'goma*... Und ich selbst nehme die Stabrassel, die *tsauo*. So, der *marombo*-Tanz kann beginnen!»

Fünf farbige Frauen bildeten jetzt einen Halbkreis um Narcissio und die vom Geist besessene Cecilia, die auf einer Matte saß und völlig mit einem weißen Tuch bedeckt worden war. Die Trommeln wurden im dumpfen Rhythmus geschlagen, und die anwesenden Mosambikaner klatschten dazu in die Hände und sangen. Jacinto schüttelte seine Stabrassel nahe dem Kopf der Kranken.

Die Grabow grinste lustvoll in Richtung Mannhardt. «Ganz echt ist die Sache aber nicht...»

«Wieso?»

«Weil sowohl die Patientin wie auch die Frauen ringsum an sich keinen Schamschurz, keinen *mcopa*, tragen dürfen. Dem liegt die Annahme zugrunde, daß der Geist, der *matumonyo*, durch die Vagina in den Körper der Frau gefahren ist – und nun nicht daran gehindert werden soll, ihn auf diesem Wege auch wieder zu verlassen...»

«Hoffentlich hat sie vorher nicht...» Mannhardts Phantasie ging wieder mit ihm durch.

«Ruhe!» rief Heike.

Narcissio, der beziehungsweise die amtierende *nyabezi*, tanzte nun mit einer kleinen Axt in der Hand um Cecilia herum und sang so lange ein Bantu-Lied, bis alle Frauen ihm folgten.

Die Kranke begann sich zu bewegen, und die Zeremonie strebte ihrem Höhepunkt entgegen. Immer lauter wurde die Musik, und Cecilia warf schließlich ihr Tuch beiseite und tanzte nun mit den anderen auf der Bühne wirklich «wie besessen».

Da röhrte und lärmte es plötzlich hinter ihnen wie bei einer Sonderprüfung der Rallye Monte Carlo. Als sie herumfuhren, erkannten sie etwa ein Dutzend heranrasender Trabbis, allesamt in militärischen Tarnfarben gestrichen. Und als sie stoppten, sprangen die Leute auf den Festplatz, die Mannhardt im geheimen die ganze Zeit über schon erwartet hatte: *Glatzen* in Bomberjacken und Springerstiefeln, mit einem großen PF in Nazi-Fraktur auf dem Rücken, die «Pankower Front».

Die Mosambikaner auf der improvisierten Bühne erstarrten, und Mannhardt hatte das Gefühl, das Ende eines Films zu sehen, wo im Drehbuch stand «Bild friert ein».

Alle verharrten sie so, Sekunden oder Ewigkeiten, niemand wußte es, die Mosambikaner, die anderen ausländischen Zuschauer und auch die Deutschen. Dadurch verlor die Szene irgendwie ihren realen Schrecken, löste bei Gästen wie Agierenden die Schockreaktion nicht aus, die von der «Pankower Front» ganz offensichtlich einkalkuliert worden war; denn nun standen auch die *Glatzen* ratlos da. Ihre Waffen blieben gesenkt, hingen gleichsam schlaff in ihren Händen, die Baseballschläger, die japanischen Kampfhölzer, die Fahrradketten, die Gasdruckpistolen, die Messer, die Dosen mit den Reizgassprays.

Einer hatte eine Hakenkreuzbinde um den Oberarm geschlungen

und hielt in der rechten Hand einen Trommelrevolver, der Mannhardt auf die Entfernung von fünf, sechs Metern verdammt echt erschien. Ein *Lightning Speed Loader*, da war kein Irrtum möglich, wie sie ihn im Schwarzwald für den Export in die USA herstellten. Der Lauf zeigte auf die Stiefelspitzen des Mannes und pendelte umher. Auch die beiden Fahnenträger wußten nicht, was Sache war, und stießen ihre Bambusstöcke in den Boden. Weder die alte schwarzweißrote Reichskriegsflagge mit dem Adler wollte flattern, noch die schwarzrotgoldne Deutschlandfahne mit der Aufschrift «SS – Sieg Heil».

Es schien, so schoß es Mannhardt durch den Kopf, etwas Archaisch-Tierisches passiert zu sein: Die Demutshaltung der potentiellen Opfer hatte bei den stärkeren Tieren das ausgelöst, was man Beißhemmung nannte. Wie bei den Wölfen.

Doch diese kleine Phase der Lähmung ging schnell vorüber, als der PFler mit dem Hakenkreuz am Arm und dem Blitzlader-Revolver in der Hand dem Hünen in der Mitte zurief «Maik, nu' mach ma' los!»

Maik war offensichtlich der Führer der Truppe. Eine gelungene Kreuzung der alten Wikinger, wie sie Jahrhunderte zuvor brandschatzend die europäischen Küsten überfallen hatten, und jenes hochmodernen Spielertyps, wie ihn die Clubs im American Football für ihre Defensives-Lines heranzüchteten. Auf beiden Armen trug er riesige blau-rote Tätowierungen. Einmal war H-A-S-S zu lesen, das andermal APARTHEID – JA!

Maik stampfte mit dem rechten Fuß auf den Boden und schrie: «Drei, vier: ein Lied!»

Es folgte zwar kein Lied, aber die PFler skandierten aus voller Kehle immer wieder dieselben Sprüche:

«Husch, husch, husch – Nigger in den Busch!»

«Deutschland den Deutschen!»

«Sieg Heil!»

«Heil Hitler!»

«Für Führer, Volk und Vaterland!»

Noch immer hatten sich die Mosambikaner und die anderen kaum gerührt, geschweige denn die Flucht ergriffen, und sie taten es erst recht nicht, als Narcissio ansetzte, nach hinten in die Büsche zu springen, und der PFler mit der Hakenkreuzbinde sofort einen Schuß in seine Richtung abfeuerte.

«Keine Bewegung, sonst werd' ihr alle umgelegt!»

Mannhardt war klar, was die *Glatzen* wollten: die Festteilnehmer allesamt verprügeln. Die Mosambikaner bis zur vollen Krankenhausreife, die anderen so, daß sie jede Fraternisierung mit den Schwarzen in Zukunft sein ließen.

Auch Jacinto, quasi der Stammeshäuptling aller Bantus, Zulus und Herreros aus Mosambik und anderswo, schien das zu wissen und wollte mit Maik über eine Lösung verhandeln, die den Seinen das Schlimmste ersparte.

«Was wollt ihr? Wir machen alles, was ihr wollt!»

«Dann vergast euch selber, aber alle!» schrie Maik zurück.

Heike griff ein. «Nun komm! Du bist jetzt hier in der Bundesrepublik – und das ist kein rechtsfreier Raum!»

«Du alte Votze halt das Maul, sonst wirst du von allen mal kräftig durchgefickt!» Und er machte auch schon den ersten Schritt in ihre Richtung.

Mannhardt war an sich ein feiger Mensch und hatte eine wahnsinnige Angst vor körperlichen Schmerzen, doch nun trieben ihn archaische Kräfte voran, und ohne daß er es eigentlich wollte, stand er Maik im Weg und ließ ihn auflaufen. «Laß sie in Ruhe…!»

Doch Maik fand ihn und seine Drohgebärde nur ebenso lächerlich wie ein Superschwergewichtler den Schwinger eines zehnjährigen Knaben. Sein kurzer, trockener rechter Haken traf Mannhardt, obwohl der das Boxen im PSV früher oft genug geübt hatte, ungeschützt mit Urgewalt, und er ging würgend und kotzend zu Boden, krümmte und wälzte sich, schrie und hatte das furchtbare Gefühl, daß ihm Magen, Leber, Milz und Därme zu Matsch zerquetscht worden waren.

«Mein Gott!» Heike zog ihn nach hinten.

Doch in Mannhardt erwachte nun das, was er später spottend das Übermenschliche im Menschen nennen sollte. Als er wieder zu sich kam, lag er genau unter dem PFler mit der Hakenkreuzbinde und starrte auf dessen *Lightning Speed Loader*. Und schon folgte der nächste an sich unerklärliche Reflex: Er schnellte hoch und hieb dem Jungen mit einem fast Karateschlag auf den ausgestreckten Arm, so daß der die Waffe fallen ließ. Das hatten sie in seiner langen Kripozeit hundertmal geübt, und auch die nächsten Aktionen waren bei ihm so fest einprogrammiert, daß er wenige

Zehntelsekunden danach den Revolver gepackt hatte, zu Maik gesprungen war und sie dem Führer nun gegen die rechte Schläfe drückte.

«Kripo Berlin! Deine Leute ziehen sich auf der Stelle zurück – oder ich knalle dich ab!»

Zugleich mit diesen Worten überfiel ihn eine ganz andere Art von kalter Angst: Durfte er das? Ging seine Handlungsweise über das hinaus, was in den Paragraphen als Notwehr und als Eigensicherung voll abgedeckt war? Was würde ihm die Aurak die Hölle wieder heiß machen!

Die nächste Assoziation war klar: Mannhardt, der deutsche James Bond – die Lachnummer des Jahres!

Das waren nur Funken in den Schaltkreisen seines übererregten Gehirns, war auch Verdrängung, verdrängte Todesangst.

Denn offen war, was die PFler nun taten. Wenn sie ihren Führer opferten und sich alle auf ihn stürzten, dann war er trotz seiner sechs Schuß Munition verloren, dann erschlugen sie ihn wie einen räudigen Hund.

Herr, hilf mir, dachte er noch.

Vater im Himmel,
dieser Tod ängstigt uns,
denn wir denken bei uns:
das könntest auch du sein,
auch dich hätte dieser Tod
treffen können, wenn du,
wie unser teurer Verstorbener,
mutig dem Unrecht entgegentrittst.

Viel stärker als sonst
dringt in unser Bewußtsein,
daß der Tod nicht nur etwas ist,
was andere treffen könnte,
sondern auch uns selbst.

Vater im Himmel,
laß uns diesen Gedanken aushalten,
denn wir tun oft schon so, als ob zu unserem Leben
der Tod
nicht mehr hinzugehörte.

Aber gib du auch, Herr,
daß wir uns nicht in der Angst
vor dem Tod verlieren.

Führe du, Herr, uns alle
auf den Weg des Glaubens,
aus dem heraus wir sprechen können:
«Leben wir, so leben wir dem Herrn,
sterben wir, so sterben wir dem Herrn,
darum: wir leben oder sterben,
so sind wir des Herrn.»

Mannhardt kam von Prützkes Trauerfeier und war völlig down, hatte er sich doch selber die ganze Zeit über vorn im Sarg liegen sehen. Statt des ermordeten Verwaltungsleiters der Polizeihochschule oder mit ihm zusammen.

– Beim Hochschulsport, liebe Trauergemeinde, haben sie oft im Doppel auf dem Tennisplatz gestanden, und nun liegen sie hier zu zweit und...

– Schluß, aus! Hör auf damit!

Wir sind noch einmal davongekommen...

Nur noch diesen Spruch hatte er im Kopf und immer wieder das Bild vor Augen, wie er auf dem Gelände des «Nassen Dreiecks» dagestanden hatte, den Revolverlauf an Maiks Schläfe gepreßt und die Meute der «Pankower Front» um sich herum. Wolf unter Wölfen...

Aber die Meute war abgezogen, ohne Jacinto, Narcissio und den anderen Mosambikanern auch nur ein Haar zu krümmen, hatten aber, als Maik ihnen nachgefolgt war, blutige Rache geschworen. Die Presse heute morgen hatte ihn als Helden gefeiert, zu seinem Schutz aber nur vom Ersten Kriminalhauptkommissar Hans-Jürgen M. geschrieben. Da hatte natürlich auch die Aurak nicht losschlagen können.

«Zwar werden wir uns beide auch in Zukunft nicht gerade lieben», so ihre Worte, «aber ich werde Sie natürlich decken.»

Nun ja. Nach Prützkes Trauerfeier und dem anschließenden Leichenschmaus, wo in kameradschaftlicher Fröhlichkeit alles Elend zu verdrängen war, abzuarbeiten, wie Heike sagte, hatte er den

Pflicht-Impuls verspürt, sich wieder einmal um seinen alten Schützling Karsten Kniehase zu kümmern.

Mannhardt war zu sehr Hypochonder, um beim Besuch eines Krankenhauses irgendwelche Lüste zu verspüren, etwa die Euphorie, die sich aus der Erkenntnis herleitet, daß Glück immer die Summe des Unglücks ist, dem man entgangen war, oder die Freude darüber, daß sie einen heutzutage auch noch zusammenflicken konnten, wenn man als breiige Masse eingeliefert wurde. Er hatte viel zu große Angst davor, sich irgendwie zu infizieren, wenn er auch nur zehn Minuten lang die Luft hier atmen mußte. Ganz zu schweigen einmal von den Bildern, die er ständig vor Augen hatte, obwohl sie bestenfalls englischen Witzfilmen entstammten: wie urplötzlich kerngesunde Besucher von fehlgelenkten Pflegern gepackt, auf eine Bahre mit Rädern geschnallt und dann in den Operationssaal gekarrt wurden, um später ohne Blinddarm oder Beine aufzuwachen. Das einzige, was ihn erfreute, waren die braungebrannten Krankenschwestern, von denen ja – ebenfalls aus Filmen – sattsam bekannt war, daß sie die kleine Nummer zwischendurch über alles liebten.

Wenn er sich dennoch entschlossen hatte, Karsten Kniehase zu besuchen, dann aus dem alt-preußischen Gefühl heraus, daß das ganz einfach zu seinen Pflichten gehörte. Als Dozent des jungen Mannes ebenso wie quasi als Freund des Hauses. Abgesehen davon, wäre es für sein Image gut gewesen, wenn er so *en passant* im Urlaub herausbekommen hätte, wer ihren Verwaltungsleiter ganz und den Kommissar-Anwärter halb erschlagen hatte. Vielleicht konnte er Kniehases Erinnerungsvermögen im trauten Dialog ein wenig auf die Sprünge helfen. Natürlich, eines war nicht zu vergessen, obwohl es ihm höchst lächerlich erschien: Ein bißchen stand er ja auch unter Mordverdacht... Ein bißchen nur? Schließlich hatte er ja schon einige Zeit in der Psychiatrie verbracht, damals, nachdem er seinen Vorgesetzten um ein Haar mit einem Stein erschlagen hätte. Wie sich die Bilder gleichen, würden alle denken, die Aurak an der Spitze.

Die Auskunft nannte ihm die Zimmernummer, und er ging mit jenem bangen Gefühl zur Unfallchirurgie hinauf, das er auch vor seinen Flügen hatte. Daß jeden Augenblick der Tod eintreten konnte. Hier im Krankenhaus hatte der ja seinen ständigen Sitz.

Die Zimmertür. Er klopfte und trat ein. Es war ein Drei-Bett-Zimmer, aber die anderen beiden Patienten hatten wohl schon aufstehen und mit ihren Besuchern in den nahen Park gehen können.

Karsten Kniehase, das Gesicht so in Mull gehüllt, wie man es aus den Witzblättern kannte, war allein mit seiner Mutter. Mannhardt machte auf munter.

«Hallo, Karsten...! Schlimm, was, wenn man sein Gesicht verloren hat!»

«Oh, Herr Mannhardt...» kam es mit einer eher knabenhaften Stimme.

Mannhardt schloß die Tür und ging zum Bett, um Karsten die Hand zu schütteln. «Ja, ich wollte doch mal sehen... Ah, Frau Kniehase...! Daß Sie auch gerade...! Ich hoffe, ich störe nicht...?»

Frau Kniehase erhob sich vom Besucherstuhl und reichte Mannhardt in einer Art die Hand, als sei er der Bundeskanzler höchstpersönlich. «Nein, gar nicht, Herr Mannhardt, nehmen Sie doch Platz, bitte... Mein Sohn hat schon gefragt, wo Sie denn bleiben.»

Mannhardt setzte sich am Fußende auf die Bettkante. «Na, Karsten, wie stehen denn die Aktien? Man sieht ja gar nichts mehr von dir vor lauter Tüllgardine...»

«Die Nase, die Lippen... Alles geschwollen...» Karsten Kniehase nuschelte mitleiderregend.

«Aber alles in allem hast du trotzdem noch gewaltig Glück gehabt», sagte Mannhardt.

«Ja», fiel seine Mutter ein, «wo der andere, der Herr Prützke wirklich tot ist!»

«Hör auf!» Kniehase schlug unwillig, ja, zornig mit beiden Händen auf die Matratze.

Mannhardt lächelte. «War meine ganz spezielle Freundin Petra Zechow schon hier und ist dir auf die Nerven gegangen?»

«Selbstverständlich.»

«Trotz deiner Kopfschmerzen...» Mannhardt rieb sich unwillkürlich selber die Schläfen.

Frau Kniehase sah ihn tadelnd an. «Was sein muß, muß sein, Herr Mannhardt!»

Mannhardt dachte an den dünnen Kaffee der Hannelore Kniehase, an ihre Margarinestullen und ihre Sparsamkeit, die so weit ging, daß sie im Urlaub die Batterie aus ihrer Küchenuhr nahm, um sie zu schonen. Ihr Mann war vor Jahren an Magenkrebs gestorben, und sie arbeitete seither als Zugabfertigerin auf verschiedenen Bahnhöfen der Berliner U-Bahn, hatte alle paar Minuten aus ihrem Häuschen zu treten. «Zu-rück-blei-ben!» zu rufen und dem Fahrer mit einem kleinen Dreh eines Dreikantschlüssels weißes Licht zur Weiterfahrt zu geben. Immer pünktlich, immer zuverlässig. Und wenn ihre kleine Spieluhr «Üb immer Treu und Redlichkeit» klimperte, dann war damit die große Maxime ihres Handelns auf den Punkt gebracht. Ihre Tochter Andrea hatte das schon im Alter von 17 Jahren nicht mehr ertragen können und war nach Kreuzberg ausgewandert, lebte in der Skalitzer Straße vom Körnchenverkauf. Karsten dagegen hatte das Abitur geschafft, wenn auch nur mit Mühe und Not, und war nun dabei, Kripo-Kommissar zu werden. Seine Mutter hätte es viel lieber gesehen, wenn er zur Bundeswehr gegangen wäre, denn nichts schätzte sie mehr als strenge und harte Soldaten, doch dazu hätte er zur damaligen Zeit nach Westdeutschland ziehen müssen, was ihr schier unmöglich erschien.

Mannhardt hatte stets eine erhebliche Ehrfurcht vor Frauen wie dieser, erinnerten sie ihn doch immer an Tucholskys tränentreibendes, aber doch auch wieder so wunderbares Gedicht von «Mutterns Hände» (... un jewischt und jenäht, un jemacht und jedreht... alles mit deine Hände). Der Mythos von der einfachen Frau aus dem Volke. Millionen von ihnen taten die Drecksarbeit, damit der Laden Deutschland lief – und einige in diesem Lande 200000 Mark und mehr verdienen konnten.

Er hatte Mühe, wieder auf das Eigentliche zu kommen, zu sehen, ob es versteckte Spuren gab.

«Sag mal, Karsten, ihr seid beide den Flur entlanggekommen, Andrea und du, und habt bei Frau Grabow, der Greta, im Zimmer Geräusche gehört...?»

«Ja.»

«Erzähl doch mal ein bißchen, Junge!» Frau Kniehase war etwas ungehalten, hatte sie doch schon immer bemängelt, daß ihr Sohn ein wenig maulfaul sei.

«Was soll ich da groß erzählen: Andrea wollte ihm guten Abend sagen, weil sie ihn von früher her kannte...»

«Den Prützke, wieso...?»

«Von 'ner Demo gegen die Reps. Die beiden hatten das zusammen organisiert.»

«Ah, ja... Und in Frau Grabows Zimmer, da hatte der Täter Prützke schon erschlagen und ist dann mit dem Pokal auf dich losgegangen...?»

«Ja, als wir den Flur langgekommen sind...»

Frau Kniehase fuhr ihrem Jungen über den Kopf. «Und hat ihn voll im Gesicht getroffen. Hoffentlich bleibt da nichts nach...!»

Mannhardt sagte, daß er das natürlich auch hoffte. «Und Andrea, was hat die...?»

«Die hat den Feuerlöscher von der Wand gerissen, um damit zu spritzen...»

«Daß er kampfunfähig wird, ja. Keine schlechte Idee. Er ist aber dann aus Frau Grabows Fenster raus. Im Parterre da...?»

Frau Kniehase unterbrach ihn. «Trink mal noch von dem Vitaminsaft, Karsten, du brauchst das jetzt! Hier...»

«Ja doch, Mutter...» Karsten Kniehase war wenig erbaut davon, wie ein Kleinkind behandelt zu werden, leerte aber dennoch den Plastikbecher.

Mannhardt nahm den Faden wieder auf. «Und dann bin ich auch schon unten gewesen bei euch...»

«Ja.»

«Irgendwie bekannt vorgekommen ist dir der Täter aber nicht?»

«Nein.»

Frau Kniehase stöhnte nun auf. «Ach, Herr Mannhardt, wenn man Karsten bloß die Hauptprüfung schafft! Zwei Fünfen im schriftlichen Teil bis jetzt... In Zivilrecht und in Betriebswirtschaftslehre... Und das Mündliche erst.. nach allem, was geschehen ist...»

Mannhardt hatte von Heikes Psychologiestudium bislang schon soviel profitiert, daß er deren berufsspezifischen Ton ziemlich gut drauf hatte, diese honigsüße Mischung aus Therapeuten-Empathie, der Kunst also, sich in andere hineinversetzen zu können, und Pfarrerstrost: Denn siehe, der HERR wird seine Liebe auch ausschütten über dich, in Ewigkeit, Amen! «Keine Bange! Bei mir hat er eine gute Klausur geschrieben, und Karsten ist doch bei uns an der PHS der Urtyp des guten Polizisten. Immer fleißig, viel motivierter als alle anderen.»

Frau Kniehase strahlte. «Ja, das hat er meinem Mann versprechen müssen, noch auf dem Totenbett. Daß er es mal bis zum Ersten Hauptkommissar bringt. Mindestens.»

Karsten Kniehase drehte sich zur Seite. «Mutter, hör auf damit!»

«Wird er schon!» Mannhardt strich über Karstens Handrücken.

Frau Kniehase bekannte ihre Ängste. «Ich weiß nicht. Sie haben ja gehört, von den sechs Klausuren, da hat er ja bei zweien ganz sicher 'ne Fünf. Das ist schon durchgesickert.»

«Wie gesagt: Bei mir in Kriminalistik, da hat er dafür 'ne glatte Zwei.»

«Aber jetzt die Gehirnerschütterung und der Schock. Und lernen kann er auch nicht für die Mündliche.»

«Die Prüfungskommission wird darauf Rücksicht nehmen, ganz sicher. Ich sitze ja auch da drin...» Mannhardt war das personifizierte Wohlwollen.

«Wenn er durchfällt, das überleb ich nicht...» Frau Kniehase schloß die Augen und begann, leise zu schluchzen.

Mannhardt wurde energisch, griff sie an den Oberarm und schüttelte sie. «Gott, Frau Kniehase, so kann man doch nicht reden!»

Doch sie blieb weinerlich. «Mein Mann, sein Vater, der war Pförtner bei der Polizei, und Karsten, der...»

Sie brach ab, denn in dieser Sekunde betrat Andrea das Zimmer, eine *taz* in der Hand, und ging sofort dazwischen. «Quälst du ihn schon wieder...!?»

Frau Kniehase fuhr herum. «Andrea...!? Wo kommst du denn plötzlich her...?»

«Na, durch die Tür, Mensch!» Sie knallte sie zu. «Hör doch bloß endlich auf, ihm die Hölle heiß zu machen! Was kann er denn dafür, daß er da was abgekriegt hat!?»

«Ich hab ihr ja schon gesagt, daß wir das mit der mündlichen Prüfung ganz sicher hinkriegen werden», wiederholte Mannhardt.

«Ja, bloß keine Panik!» Andrea ließ sich auf den Boden fallen und kreuzte ihre langen Jeans-Beine zum Schneidersitz. «Mir tun die Augen weh, ich komm grad von der Verbrecherkartei...»

Mannhardt starrte lustvoll auf die Nähte ihrer Jeans, die überdeutlich ihre Möse markierten, und fragte dann: «War er drin?»

«Nein...»

«Schade...»

«Ja.» Mannhardt stand auf. «Kann man nichts machen...» Die Sache wurde immer peinlicher für die Polizei wie die Law-and-order-Fetischisten an der PHS. Nichts ließ die Leute mehr lästern und erschütterte die dahinterstehenden Ideen, als wenn man einen sittenstrengen Priester im Bordell erwischte, einen fanatischen Vegetarier beim Steak oder einen Polizisten beim Klauen. Und dann erst sozusagen anderthalb Morde im Tempel von Gesetz und Ordnung.

«Dann werd ich mal wieder... Mach's gut, Karsten, gute Besserung. Tschüß dann, Andrea, auf Wiedersehen, Frau Kniehase...»

Während sich der PHS-Jahrgang, dem Karsten Kniehase angehörte, von den Schrecken der schriftlichen Staatsprüfung erholte und langsam mit dem Pauken für das Mündliche begann, lief das Semester für alle anderen Kommissar-Anwärter, -innen gab es nur sehr wenige, weiter nach Plan. Und Mannhardt nutzte die letzten Urlaubstage, um seine Lehrveranstaltung einmal so intensiv vorzubereiten, wie er das immer vorgehabt hatte, und dann auch «durchzuziehen», ohne vom Selektiv-Ruf, dem «Pieper», zum nächsten Einsatz gerufen zu werden.

«Heute geht es um Bißmarken», sagte er, als er im Hörsaal stand, um die K 3 zu «beschallen».

Schlucki lachte. «Haben wir denn Politologie...?»

Mannhardt stutzte. «Nein, Kriminaltechnik. Wieso...?»

«Na, weil es um Bismarcken geht; Bismarcken seine Politik...»

Da Eckhard Schlukowski der opinion leader war, wieherten alle 22 Kommissar-Anwärter los, die drei Frauen eingeschlossen.

Mannhardt nahm es gelassen, durchaus als Erfolg, denn was sie sich alle wünschten, war ein Entertainer vorne am Overhead-Projektor oder an der Tafel. Lernen wollten sie schon, doch Spaß sollte es machen, Lernlust bereiten. Und wenn diese Lust nicht zu bekommen war, dann wichen sie auf eine andere aus: diejenige, die im Fertigmachen der Dozenten bestand. Wehe ihren Opfern! Und Mannhardt wußte, daß er stets Gefahr lief, eines zu werden, denn für die Mehrzahl seiner Schützlinge war er viel zu «links», zu rotgrün angehaucht und hatte sich vor allem von Heike zu einem Experiment anstiften lassen, das übel enden konnte. Tu so, als ob du ein Homosexueller bist, und sei dann der Super-Dozent für sie, bring sie voran und nimm sie in Schutz.

Er packte seine Materialien aus. «Nicht Bismarck, sondern Bißmarken; Bißmarken bei Sexualdelikten...» Ein Oh und Ah ging durch die Reihen. Nur die drei Studentinnen guckten gequält, und Elke Klein ging, als die dummen Bemerkungen gar nicht abreißen wollten, zur Attacke über.

«Haben Sie die Stelle aus dem ‹Garp› fotokopiert?» fragte sie mit Hinweis auf Mannhardts Stapel.

«Aus dem ‹Garp›...? Kenne ich nicht. Ist das 'n neues Lehrbuch hier?»

«O Gott! Ich kann's nicht fassen!» Elke war die geborene Schauspielerin, und Mannhardt hatte so das ungewisse Gefühl, daß sie ein wenig scharf auf ihn war. Dann belehrte sie ihn. «‹Garp› is 'n Roman von John Irving, bei Rowohlt, und da ist 'ne Stelle drin, wo eine Frau einem Typen auf der Garagenzufahrt den Schwanz abbeißt, als der Wagen plötzlich runterrast!»

«Stimmt!» warf Gunnar ein, ihr «Intellektueller», einer, der neben Telefon- und Scheckbuch noch andere Bücher besaß und las.

Jetzt war seine K 3 so richtig drauf. Mannhardt genoß es. Auch, daß sie sofort wieder still wurden, als er mit dem Stoff beginnen wollte und Arwed Walther «Ruhe!» befohlen hatte.

«Bißspuren können von Menschen und Tieren stammen. Sie finden sich an Lebenden oder Toten, in Lebensmitteln oder Textilien. Eine besondere Stellung nehmen die Bißspuren am Opfer bei sexuellen Delikten wie Notzucht oder Lustmord ein. Bißmarken können entstehen als Quetsch-, Riß-, Riß-Quetsch- und als Stichwunden...»

Sie schrieben mit, daß es eine Freude war. Wieder war er Sieger geblieben, war er der große Dompteur. Der Herr im Ring zu sein war einfach schön. Mitunter haßte er diese männerbündlerische Gesellschaft mit ihrer geistigen Enge, diesem Hengstgeruch, der so ätzend sein konnte, dann wieder überkam ihn ein wohliges Wagenburg-Gefühl: Hier in ihrer Mitte war er absolut sicher und geborgen.

Mannhardt musterte seine Truppe, während sie brav das abpinselten, was er per Overhead-Projektor an die Wand geworfen hatte: BISSMARKEN AN MENSCHEN durch: ABWEHR, PSYCHOPATHEN, SEXUALDELIKTE (Notzucht, Lustmord).

Von den 22 waren bestenfalls vier in irgendeiner – natürlich nicht krimineller – Weise «auffällig». Neben Schlucki noch Gunnar, Elke Klein und Arwed Walther.

Gunnar galt als ihr «Intellektueller», was er durch einen gewaltigen Schnauzbart zu unterstreichen wußte. Er las und diskutierte viel und gerne und war der Berliner Landesvorsitzende der «Gruppe progressiver Polizisten», abgekürzt ProPo's. Er hatte wegen seiner differenzierten Haltung gegenüber beispielsweise Ausländern, Asylanten oder Autonomen einen schweren Stand unter seinen Kameraden, wurde aber nicht allzusehr attackiert, weil man ahnte, daß er es unter einem roten bis rot-grünen Senat einmal sehr weit bringen, sprich: bald einmal ihr Vorgesetzter sein konnte. Er war nicht nur mit einem viel höheren IQ als die anderen gesegnet, sondern konnte es auch erhaben hinnehmen, wenn man ihn mit seinem ehrbaren schwäbischen Nachnamen immer wieder hänselte, indem man den Ruf nach ihm in eine Aufforderung umwandelte: «Gunnar, v/Vögele!»

Schlucki hieß eigentlich Eckhard Schlukowski und war in einer Art Nebentätigkeit halber Fußballprofi bei einem Berliner Landesligisten. Er berlinerte in jener flapsig-rüden Art, die die meisten Nicht-Berliner nun gar nicht abkonnten und die seiner Stadt fast die wahren Hauptstadtfunktionen gekostet hätte, mit Äih und Rülps und Watt-is'n-dette-hier? Er war der beste Freund von Karsten Kniehase. Sie hatten beim 1. FC Neukölln, «95» wie man sagte, gemeinsam in der Ersten A-Jugend gespielt.

Arwed Walther war der ideologische Rechtsaußen des Jahrgangs, ein Michael Kühnen-Verehrer, der von der Rückeroberung Königsbergs ebenso träumte wie von einer Apartheid auf deutsch, von S- und U-Bahn-Abteilen mit der Aufschrift «Nur für Deutsche» beispielsweise. Und man wußte von seinem Ausspruch, daß Mannhardt der erste sei, den er einliefern würde, wenn es in Deutschland wieder KZs gäbe. Noch vor Gunnar Vögele, dem man nachsagte, er hätte auf eine Toilettentür im 1. Stock geschrieben «Mir geht es wie Hitler – unter mir die braune Masse».

Schließlich Elke Klein, die burschikose Aufstiegsbeamtin mit dem feministischen Touch, die es im Speerwerfen und über 100 Meter Hürden auf Westberliner Ebene immer bis aufs Treppchen geschafft hatte, nun aber als westliches Wende-Opfer gegen die ganz anders getrimmten Ex-DDRlerinnen kaum noch Endkampfchancen hatte.

Mannhardt ergriff wieder das Wort. «Nun zur Bißspurensicherung... Was machen wir da...? Erstens: Schnelles Erkennen der Hautmarke als Bißspur. Zweitens: Fotografieren. Drittens: Speichelprobe sichern. Viertens: Abformen der Bißmarke. Und das alles mit höchstmöglichem Tempo, da sich die Eindrücke auch an Leichen rückbilden...»

Dann verteilte er den vorbereiteten Fall mit den notwendigen Fotografien und ließ die Truppe in kleinen Gruppen selber brüten.

Eine 18jährige Verkäuferin war in ihrem Apartment tot aufgefunden worden. Bißspuren an der rechten freiliegenden Brust und der rechten Wange. Anhand verschiedener Anhaltspunkte war herauszufinden, ob es sich a) um einen Sexualmord handelte (siehe Bißspuren, aber auch Sperma an der Pyjamahose) oder b) um einen Raubmord (einiges fehlte) mit sexuellen Handlungen am lebenden oder toten Opfer) oder c) um einen Verdeckungsmord.

Mannhardt hatte Zeit, die Post aus seinem Fach zu holen und für eine gute halbe Stunde in seinem Zimmer die Beine auf den Tisch zu legen und etwas zu dösen.

An Post gab es einen dicken Umschlag eines wissenschaftlichen Verlages, mit dem er nichts anzufangen wußte, und die Aufforderung bzw. Bitte des Verwaltungsleiters Prützke, doch zum 55. Geburtstag des PHS-Rektors Hans-Georg Weinert reichlich zu spenden. Prützkes letzte Amtshandlung. Statt der Geburtstags- nun die Trauerfeier. Mannhardt wurde flau im Magen, und er mußte zur Toilette.

Beim Händewaschen traf er dann auf den Präsidenten der PHS, einen vierschrötig-dicken Pfeifenraucher, der zu Zeiten der Berliner Blockade seine Polizeikarriere als Schutzmann angefangen hatte und durch geniales Brown-nosing bis zum Prof (leider ohne ein Dr. davor) und PHS-Chef aufgestiegen war. Seine wichtigste und einzige Veröffentlichung, so lästerte die Grabow immer, sei eine Anzeige in der *BZ* gewesen: Suche Drei-Zimmer-Wohnung mit Bad.

Leutselig fragte ihn Weinert, ob er denn klarkäme mit dem hektischen Berlin. «...nach der Ruhe da in Bramme und der Anstalt mit allem...?»

«Im Chaos liegt die Chance des Neuen», sagte Mannhardt und gab sich alle Mühe, Weinert zu reizen, indem er Heikes Lieblingssätze wiederholte. «Alles ist ja mit allem verbunden, und das Ganze ist stets mehr als die Summe seiner einzelnen Teile...»

Weinert sah ihn verständnislos an und nahm seine Pfeife vom Waschbecken, um ein paar Züge zu tun. «Frau Aurak hat mich angerufen... Daß Sie unter Mordverdacht stehen...»

«Stünden!» korrigierte Mannhardt. «Das alte Drama dessen, der ein Mordopfer findet... Daß die Kripo erst einmal annimmt, er selber sei es gewesen...»

«Mir geht es um den guten Ruf der PHS!» betonte Weinert.

Die leidet doch am meisten unter dir! dachte Mannhardt. Du hast ja noch weniger Charisma als Honecker. Er sagte aber nur, daß er sich selber um die Suche nach dem Täter kümmern werde, freiwillig und zusätzlich zu dem, was die Zechow machte.

Weinert nickte huldvoll und dampfte davon.

Mannhardt ging zu seinem Büro hinüber, warf die Post auf den Tisch und beschloß, erst einmal zu sehen, ob Heike noch zu Hause war oder schon wieder im Psychologie-Hörsaal saß und herauszufinden suchte, warum alles so war, wie es nicht mehr sein durfte.

Sie war noch zugegen. «Hallo, ich bin's!»

«Danke für die Warnung!» lachte sie.

«Ich weiß: Dein Züch-Assi wär dir lieber gewesen. Dir geht's gut – und wie geht's mir...»

«Wer...?» fragte sie.

«Na, der Schnauzbärtige da, der für die Grünen bei uns im Bezirk Stadtrat werden will...?»

«Timo...»

«Mein potentieller Nachfolger bei dir, ja...»

«Mach dir mal keine Hoffnungen... Aber weißt du, was das Schärfste ist...?»

«Nein...» Mannhardt klatschte eine Mücke tot, die sich auf seinem rechten Unterarm vollsaugen wollte.

«Er hat dir sein Buch geschickt...»

Mannhardt staunte. «Was denn: mir...!?»

«Ja, dir. Titel *Zwanzig Jahre älter als ich*. Untertitel *Eine empirische Untersuchung von Paaren mit extremen Altersunterschieden.*»

Mannhardt lachte und nahm den dicken Umschlag. «...jetzt versteh ich: ist schon angekommen hier. Steht sicher drin, daß ich die Hände von dir lassen soll... Weil ich dein Vater sein könnte... Und daß er sich unsterblich in dich verliebt hat... Bei der letzten Friedensdemo...»

«Na, lies erst mal... Ich muß sowieso Schluß machen. Weil ich noch den Bericht über die Mozzis fertig schreiben muß. Für die *zitty*...»

«Ah, ja. Aber nenn bitte nicht meinen Namen, siehe Datenschutz, und ich möchte da bei denen nicht bundesweit bekannt sein wie 'n bunter Hund.»

«Na, sicher. Aber mal was anderes: Bringst du nachher Vollkornbrot mit...?»

Sie stritten sich noch ein Weilchen, wer was einholen sollte, dann legte er auf und nahm den dick gefütterten Umschlag mit dem Absender des renommierten Kölner Verlages *Mensch und Organisation* zur Hand.

Links oben auf der Rückseite guckte eine Lasche hervor. Er brauchte sie nur aufzureißen, um Timos Buch herauszuziehen.

Er tat es…

…und löste damit den Zünder einer Briefbombe aus.

Jacinto saß am Steuer eines uralten sandgelben Golfs, den er für gerade DM 450.– bei einem Westberliner Schrotthändler gekauft und wieder flottgemacht hatte. Seit einiger Zeit ging es die Autobahn hinauf, die vom Berliner Ring zur deutsch-polnischen Grenze bei Pomellen führte, am Werbellinsee und der Schorfheide vorbei, mit Ausfahrten nach Bernau, Finow-Eberswalde, Prenzlau und anderen Ortschaften in den neuen Bundesländern Brandenburg und Mecklenburg-Vorpommern.

Auf dem Beifahrersitz hockte Narcissio. Aber die beiden sprachen kaum mal miteinander. Vieles trennte sie. Der eine, Jacinto, war hochgebildet und auf dem Weg zum Akademiker, zum Diplomingenieur, der andere, Narcissio, ungelernter Arbeiter. Auch war Jacinto schon Mitte Dreißig und Narcissio fünfzehn Jahre jünger, kam der eine aus dem Bantu-Volk der Ndau, das nördlich des Flusses Save lebte, während der andere zum Stamm der Zimba gehörte, der am Sambesi zu Hause war. Das alles aber zählte kaum gegenüber der Tatsache, daß Jacinto ein glühender Anhänger der FRELIMO war, die, vom Ostblock unterstützt, Mosambik von der portugiesischen Kolonialherrschaft befreit hatte, während Narcissio in den Reihen der von Südafrika ausgehaltenen Widerstandsbewegung RENAMO gekämpft hatte.

Jacinto hatte das Gefühl, daß Narcissio in jeder Sekunde ein Messer unter seinem weiten Hemd hervorreißen und auf ihn einstechen könnte. Im Schlachthof hatte er das ja bestens gelernt. Gleichzeitig war ihm aber auch bewußt, daß der andere auch von ihm eine solche Attacke befürchtete. Da er sich ab und an ein paar Mark als nebenberuflicher Korrespondent einer Zeitung in Maputo verdiente, wo seine hintersinnigen Berichte gern gelesen wurden, formulierte er es so: Die Fortsetzung des mosambikanischen Bürgerkrieges auf einer Autobahn in der Kolonie Deutsch-Brandenburg.

Doch sie lächelten sich nun hin und wieder an. Zwei Bantu-Krieger im Feindesland, die nichts anderes wollten, als zu überleben. Jacinto war noch von seinem geliebten Präsidenten Samora Machel zum Studium nach Berlin/DDR entsandt worden, Narcissio war nach seiner Gefangennahme zwei Jahre lang mit den Regierungstruppen durch Mosambik gezogen, um dann mehr oder minder als Arbeitssklave an die DDR verkauft zu werden.

«Willst du wieder nach Hause?» fragte Jacinto, als das Schweigen unerträglich wurde.

«Nein…»

«Weil sie dich in deiner Heimat lynchen würden?»

«Ja.»

Jacinto haßte den anderen zutiefst, doch andererseits tat ihm Narcissio auch wieder leid. Was konnte er dafür, daß er so geworden war? Und als getaufter Christ mußte er natürlich denken: Liebet eure Feinde, seid barmherzig, wie auch euer Vater barmherzig ist.

Narcissio sah zu ihm herüber. «Und du?»

«Mich wird auch keiner mehr haben wollen…» Sein großer Freund und Gönner, der Präsident Machel, war 1986 unter mysteriösen Umständen im Dreiländereck von Südafrika, Swasiland und Mosambik abgestürzt, und damit, wie generell mit der Öffnung des Landes nach Westen, hatte Jacinto alle Chancen eingebüßt, in eine einflußreiche Position zu gelangen, ja, überhaupt einen Job zu finden. Wahrscheinlich stand er, wie Narcissio auch, auf den Abschußlisten irgendwelcher Leute.

Sie passierten die Ausfahrt Wandlitz, und Jacinto wußte, was dieses Wort für die DDR bedeutet hatte.

«Wenn ich nur etwas Geld hätte», sagte Narcissio.

Jacinto lachte. «Kennst du nicht das alte Bantu-Märchen, wo zwei starke Burschen aufbrechen, den Ort zu suchen, wo der Tod wohnt…?»

«Nein.» Narcissio schüttelte den Kopf.

«Nun… Sie schließen den üblichen Pakt, den Tod miteinander teilen zu wollen. ‹Wenn dich ein Büffel auf die Hörner nimmt, will ich deinen Tod teilen.› – ‹Und wenn dich ein Büffel erwischt, will ich ebenfalls mit dir sterben.› Während sie so sprachen, nahmen sie Gras von der Steppe und zerrissen es zwischen sich. So wurden sie Partner und gingen zuerst zum König, um ihn zu fragen: ‹Du weißt doch alles und kennst alles, was geschieht bei Tag und Nacht. Also sag uns: Woher kommt der Tod? Das, was wir *Tod* nennen, wie entsteht das?› Der König antwortete: ‹Ihr sucht also den Tod, und wenn ihr ihn gefunden habt, wollt ihr gegen ihn kämpfen?› Sie bejahten dies, und der König schickte sie zu einem Hügel in der Ferne, wo ein großer Kasten liegen sollte, in dem der Tod wohnte. Und in der Tat fanden sie den Kasten. Als sie ihn öffneten, sahen sie, daß er voller Geld war…» Jacinto hielt inne, weil sich vor ihnen wegen einer Baustelle die Fahrbahn auf nur einen Streifen verengte.

«Und weiter?» fragte Narcissio.

«Kennst du *kengu* oder *kedja*?»

«Ja, das, was einen Menschen tötet.»

«Ein Gift, ja. Und das schütteten sie sich nun gegenseitig in den Wein, um das ganze Geld für sich alleine zu haben. Jeder bereitete den Tod des anderen vor. Als beide im Sterben liegen, kommt der Tod und triumphiert: ‹Seht ihr, wenn ihr den Weg des Todes sucht, werdet ihr zuerst das Geld sehen. Wenn du das Geld gesehen hast, wird der Tod dich ergreifen. Wer das Geld sucht, sucht den Tod. Wer den Tod sucht, findet den Tod.»

Narcissio schwieg eine Weile, denn er ahnte wohl, daß das alles irgendwie mit ihm zusammenhing. «Meinst du das, weil ich dich gebeten habe, Corinna aus Eberswalde herauszuholen? Daß sie uns erschlagen, wenn wir kommen?»

«Ist denn Laurinda dein Kind?»

«Nein, wirklich nicht!» beteuerte Narcissio. «Es war dein Freund Cachasso.»

«Gott!» Jacinto hieb auf das Lenkrad. «Ihr seid wie die Rastamänner in der Karibik.»

«Wie…?»

«Da fliegen die deutschen Frauen hin, die hier keinen abkriegen, und lassen es sich von den Kerlen da für Geld besorgen. Die laufen vor den Hotels herum und prahlen mit ihrem Big Bamboo, daß sie es vier Stunden lang können, hintereinander.»

Narcissio schmunzelte. «Angebot und Nachfrage. Wenn sie nichts anderes haben, was sie verkaufen können…»

«Und du läßt dich auch dauernd mit alten dicken Frauen ein! Für Geld.»

«Meine Fabrik hat zugemacht.»

Jacinto wollte das nicht gelten lassen. «Das fällt doch auf uns alle zurück, wenn du so was machst!»

«Ich schwöre dir. Ich hab jetzt 'ne deutsche Freundin, die lieb ich wirklich, und sie mich. Große, echte Liebe. Wir werden heiraten, wir werden glücklich sein!»

Narcissio strahlte derart, daß Jacinto ihm glaubte. So konnte sich niemand verstellen.

Damit waren sie an der Ausfahrt Eberswalde-Finow angekommen und setzten ihre Fahrt auf der F 167 fort, nun ostwärts.

Nach etwas mehr als zehn Kilometern hatten sie die preußischgraue Kreisstadt mit ihren rund 60000 Einwohnern erreicht. Die beiden Mosambikaner wußten das, denn Jacinto hatte hier zu Beginn seines Studiums einmal kurz beim VEB Kranbau gearbeitet, während Narcissio vom VEB KIM Schweinezucht und -mastkombinat angeworben worden war, dem heutigen SKVE, wie sie einer Hinweistafel entnahmen, dem schweineverarbeitenden Kombinat Eberswalde.

«Ein großes Walzwerk hatten sie auch», konnte sich Jacinto noch erinnern. «Ist ja wohl jetzt mit der Treuhand alles den Bach runter.» Er wußte, daß das die Leute hier außerordentlich aggressiv machte, und fragte Narcissio, was er denn meinte, wo man den Wagen am besten parken sollte. «Hier im Wald oder direkt bei Corinna vor der Haustür? Die flippen doch aus, wenn gleich zwei Neger auf einmal kommen.»

«Wir sollten uns so Gummimasken aufsetzen», sagte Narcissio. «So wie Bankräuber. Mit der Hautfarbe wie die Deutschen hier.»

«Hab ich leider nicht.»

«Welche sollen hier sogar eine Kalaschnikow zu Hause haben», sagte Narcissio.

«Die schießen doch nicht am hellichten Tage auf uns!»

«Denk an Berlin, wo uns nur dieser Mannhardt gerettet hat.»

«Aber da hatte doch keiner 'ne Maschinenpistole dabei.»

Narcissio lachte. «Es ist schöner zu sterben, wenn du – ratter, ratter, ratter! – blitzschnell von den Kugeln durchsiebt wirst, als wenn dich einer mit einem Baseballschläger prügelt, bis du krepierst.»

«Hör auf!»

Jacinto beschloß, bis ganz dicht und auf Schleichwegen an die Haustür von Corinnas Eltern heranzufahren, die im Ortsteil

Wolfswinkel zwischen Straße und Finowkanal ein Häuschen hatten.

Wieder schwiegen beide. Landsleute, Bantus aus Angola und Mosambik, hatten ihnen so oft erzählt, was hier in der Nacht vom 24. auf den 25. November 1990 vor dem Gelände der Chemischen Werke in der Leninstraße und draußen an der Wochenend-Disco, dem «Hüttengasthof», geschehen war, daß sie es überaus lebhaft vor Augen hatten.

...wie die Rechtsextremisten die Deutschlandfahne entrollen und grölen. «Heil Hitler!» und «Deutschland den Deutschen!» Die Polizei greift nicht ein, als sie mit Baseballschlägern, Messern und Ketten auf die Afrikaner losstürzen. Drei Schwarze werden schwer verletzt, und ein Mann aus Angola wird langsam zu Tode geprügelt...

Jacinto murmelte etwas. «Es sei ein ‹Unfall› gewesen, sagt der Bürgermeister...»

Dann schwiegen sie, bis sie unten am Finowkanal in einer kleinen Stichstraße ganz dicht vor Corinnas Haustür halten konnten. Die Kaufhallen-Verkäuferin wartete schon mit Laurinda im Arm. Zwei prall gefüllte Koffer standen im staubigen Schotter, ein paar Decken und Kissen lagen obenauf. Und etwas Spielzeug noch. Ihr Vater war zum Angeln weggefahren, und ihre Mutter schluchzte, brachte aber kein Wort hervor. Was sollte sie auch sagen. Etwa, daß ihre Tochter als *Negernutte* zu den *Affen* zieht?

Corinna umarmte Jacinto. «Danke, du...! Ich hab wieder 'n paar Morddrohungen bekommen. Daß sie mich und Laurinda ebenso umbringen werden wie Cachasso...!»

«Wie damals '45 auf der Flucht!» weinte ihre Mutter. Und ehe sie zusammenbrach, fuhren sie los.

Als sie wieder auf die F 167 einbiegen wollten, war dort eine kleine Barrikade errichtet worden. Ein paar Feldsteine, die Tür eines ausgebrannten Trabbis, das zerbeulte Schild einer längst geschlossenen HO-Gaststätte.

Jacinto drehte die Fenster hoch, ehe er bremste.

Hinter einer Hecke aus weißem Holunder kam eine Horde ganz normaler Eberswalder Bürger hervor.

«Negerschlampe, Negernutte, Negerbastard!» schrien sie. «Haut sie zu Brei – E-F endlich ausländerfrei!»

Erst flogen Erdklumpen, dann Steine.

Mannhardt gab sich so cool, als ginge es um Probeaufnahmen für eine amerikanische Krimiserie. «Eine Briefbombe. Eine zwar nicht gerade profihafte Konstruktion, aber immerhin. Der Sprengstoff – wenn man das Zeug, das aus Silvesterkrachern stammte, überhaupt so nennen konnte – hat mir etwas Haut von den Fingerkuppen gerissen und ein wenig die Augenbrauen versengt. Sonst nichts weiter...» Er griff nach dem schweren Kristallglas und trank seinen Apfelsaft wie einen Bourbon-Whiskey. «Heike hat mich mit einem kleinen Schock zur Ersten Hilfe fahren müssen. Eine kleine Beruhigungsspritze, damit ich schlafen konnte. In dem Umschlag soll auch 'n Brief gesteckt haben, mit Hakenkreuzen drauf, 'ne Drohung... Was ist'n damit?»

Hans-Georg Weinert, der Präsident der PHS, stopfte sich seine langstielige Pfeife mit einer so inniglichen Lust, daß Mannhardt ernsthaft zweifelte, ob er denn wirklich schon mitbekommen hatte, wie alle Welt ihn nannte – eben *die Pfeife*. Die Seemannskrause, die er nach Art angelinkter Studienräte trug, und seine starke Brille, die seinen graublauen Augen das kindlich-kritische Staunen des großen Philosophen verlieh, sollten darüber hinwegtäuschen, daß er einfachen Geistes war.

«Eine Drohung...» wiederholte Weinert mit tiefem Seufzer. «Auch das noch nach Prützkes Tod... Ausgerechnet in der Polizeihochschule hier!»

Mannhardt wußte, daß Weinert das große Lebensziel hatte, vom PHS- zum Polizeipräsidenten zu avancieren. «Ihr Image, ja...»

«... und Ihr Privatleben!»

«Wie...?» Mannhardt sah verwundert auf.

«Na, der erste Verdacht ist doch in die Richtung gehend, daß es Ihr... Ihr... Nebenbuhler gewesen ist...»

Mannhardt stöhnte auf. «Timo Paschenberg, Gott...!»

«Es war doch der Umschlag seines Verlages...!»

«Ja, aber die liegen doch überall herum – in der Poststelle, in der Bibliothek, in der Vervielfältigung...»

Weinert suchte nach einem Aschenbecher. «Keiner hier im Hause wird...»

«Die Gruppe um Arwed Walther hat ja schon oft genug erklärt, daß sie mich am liebsten auf den Mond schießen würde...» Das war ein Netzangriff ohne jede Vorbereitung, denn Mannhardt wußte, daß A. W. als «der junge Mann» Weinerts galt – und Lästermäuler wie die Grabow hier sogar die Röhmsche Männerliebe vermuteten –, aber was sein mußte, das mußte halt sein.

Doch Weinert zeigte keinerlei Regung, hatte gelernt, daß man sich für höhere politische Ämter fast immer disqualifizierte, wenn man sich von seinen «emotionalen Aufwallungen» überrumpeln ließ. «Hat man denn diesen Psychologen schon befragt?»

«Man hat sofort nach Timo gefahndet, doch der ist bis jetzt nirgendwo aufzufinden gewesen. Auf Korfu soll er sein, eventuell...»

«Na, schön... Lassen wir das... Zu einem anderen Thema. Etwas sehr Ernstem...» Weinert ließ sich von seiner Sekretärin den Aktenordner mit der Aufschrift *Lehrbeauftragte – NEU* auf den Schreibtisch legen. «Nun zu dem, was der Grund war, Sie zu mir zu bitten...» Er schlug den Ordner auf und nahm einen Bewerbungsbogen heraus. «Für den Kurs ‹Polizeiliche Pressearbeit› hat sich eine Frau Heike Hunholz aus Bramme beworben... Sie kennen sie...?»

«Ein wenig, ja... Aber wer kennt schon wen...» Mannhardt erinnerte sich, daß die Grabow ihn angesprochen hatte, ob er nicht einen kennte, der Ahnung davon hätte. «Ja, und Frau Hunholz ist gelernte Journalistin und hat auch einiges an Lehrerfahrung vorzuweisen...»

Weinert sah auf die Rückseite des Bewerberbogens. «Ja, Seminare der IG Medien und des VS...»

«Ich kann darin *a priori* nichts Negatives erblicken», erwiderte Mannhardt mit einer gewissen Förmlichkeit und fragte sich nur, ob es klug gewesen war, den Präsidenten mit dem kleinen lateinischen Einschiebsel, das er sicher nicht zu übersetzen wußte, zu pieksen.

«Nun gut...» Weinert legte den Bewerbungsbogen beiseite. «Was ich sonst noch so gehört habe, was die Teilnahme an ganz bestimmten Demonstrationen betrifft... Die Hausbesetzungen im Osten, in der Mainzer Straße, aber auch in Kreuzberg bei uns...!»

«Die Kreuzberger Festspiele am 1. Mai...» Mannhardt lachte. «Ich weiß. Aber bei den Krawallen, da hat sie keine Molotowcocktails geworfen, sondern eine Sendung für ‹Radio Bremen› gemacht.»

«‹Radio Bremen›, ah, ja... Eine solche Frau soll nun unsere jungen Beamten sinnvoll ausbilden...»

Mannhardt gab sich philosophisch. «Ordnung ist das halbe Leben – und die andere Hälfte...? Da muß doch auch einer für zuständig sein – oder...?»

Der PHS-Präsident richtete sich auf. «Natürlich *wir*! Um auch diese andere Hälfte schnellstmöglich in Ordnung zu bringen.»

«Nicht doch: Erst das Chaos läßt uns leben, *auf*leben, Menschen werden... kreativ, spontan, wandlungsfähig...»

Weinert stieß eine Qualmwolke aus. «Aber nicht bei uns im Polizeibereich!»

«Gerade da! Wo die Hierarchie alles erstickt, wo die Antennen noch immer nicht ausgefahren sind... Für die Bedürfnisse und das Denken der anderen.»

«Amen!» Weinert kam langsam in Form. «Und ein Hoch auf alle jene, die anderen Briefbomben schicken.»

«Deswegen bin ich eigentlich hier, nicht wegen des Lehrauftrages meiner Lebensgefährtin, der ja wohl 'n Selbstgänger ist. Um noch einmal auf die Briefbombe zurückzukommen...»

«Wir haben auch nicht viel mehr gefunden als Sie selber...»

«Der Brief mit den Hakenkreuzen... Was ist'n nun damit, was haben denn die Untersuchungen...?»

«Nichts!» Weinert wollte es kurz machen.

Doch Mannhardt hakte immer wieder nach. «Was steht denn eigentlich da drin? Darf ich das mal wissen!»

«Ja...» Weinert zog eine Schublade seines Schreibtisches auf und suchte lange nach einer Fotokopie, fand sie schließlich und las sie vor. «Nestbeschmutzer raus aus unserer PHS! Prützke war der Anfang, Du wirst der nächste sein! Wir lassen unsere Stadt und unsere Polizei nicht von Euch rot-grünen Säuen unterwandern! Gruppe Völkisches Erwachen...»

Mannhardt horchte auf. «Wer ist'n das: Gruppe Völkisches Erwachen? Hängen die nicht irgendwie zusammen mit der ‹Pankower Front›, ist das nicht deren – sozusagen – Sturmstaffel...?»

«Keine Ahnung...»

Mannhardt wurde sarkastisch. «Na, fein! Und nun jagt man die Täter durch Einstellung des Verfahrens!»

«Ein Dummejungenstreich.»

«Wobei die dummen Jungen durchaus die Söhne hochdekorierter Väter sein könnten...»

Weinert klopfte seine Pfeife aus. «Gott, Mannhardt, wer die Polizei schwächt, der arbeitet dem organisierten Verbrechen in die Hände. Und darum möchte ich das Ganze auf kleinster Flamme kochen.»

«Und nicht zu vergessen: der gute Ruf dieser Anstalt...!»
Weinert stand auf, um ihn zur Tür zu bringen.
Es war 11 Uhr...

...und 17 Minuten.

Valeska Wutz konnte auch mit 79 Jahren nicht anders, als ihr Leben Tag für Tag gekonnt-stilvoll zu inszenieren. Sie hatte in 31 Ufa-Filmen mitspielen dürfen, und das war ihre Welt und sonst gar nichts. Zwar wußte sie, daß ihre Mitmenschen ständig über sie lästerten, doch das scherte sie wenig. Besonders ihre Nachbarin, die Drauschke, tat sich in dieser Hinsicht hervor mit ihrem «Ah, da kommt ja unsere Lady U-Vau-A...!», was darauf anspielte, daß sie nur in einem dieser Streifen ihren Namen auch tatsächlich im Vorspann hatte lesen können, ansonsten aber immer unter u.v.a. – und viele andere – subsumiert worden war. Doch diese Frau war nicht nur total inkompetent, was die Filmkunst betraf, sondern hatte sich in ihren Augen als Stasi-Informantin auch sonst aus der menschlichen Gesellschaft herauskatapultiert.

Wenn Valeska Wutz, wie heute auch, durch die Straßen ging, malte sie sich das Ganze stets als Drehbuchszene aus.

AUSSEN. TAG. BERLIN-PANKOW, WOLLANKSTRASSE

VALESKA WUTZ geht auf die Sparkasse zu. JOHANNES HEESTERS kommt aus der Glastür, sieht sie und umarmt sie voller Entzücken.

JOHANNES HEESTERS

Leska, meine Liebe, du hier...!?

VALESKA WUTZ
(küßt ihn)

Joopi! Gott! Wann haben wir uns zum ersten Mal gesehen, wann ist der «Bettelstudent» gedreht worden?

JOHANNES HEESTERS

1936, meine Liebe! Aber so richtig verliebt war ich erst in dich bei der «Czárdásfürstin – 1951...

VALESKA WUTZ

Und heute? Du sollst ja noch eine so wunderbare junge Lebensgefährtin haben ...?

JOHANNES HEESTERS

Ja, du, ich muß los: Simone wartet...

Er küßt sie schnell auf Stirn und Wange und eilt dann Richtung S-Bahn davon. Valeska Wutz geht in die Sparkasse hinein.

INNEN. TAG. SPARKASSENHALLE

VALESKA WUTZ geht auf einen Schalter zu. Als sie das Gesicht des SPARKASSENANGESTELLTEN erblickt, ist sie voller Entzücken.

VALESKA WUTZ

Sie sind der Enkel vom alten Pommer, nicht wahr!?

SPARKASSENANGESTELLTER
(höchst verwundert)

Bitte ...!? Nein, mein Name ist Milewski, und ich komme nicht aus Pommern.

VALESKA WUTZ

Was, Sie kennen Erich Pommer nicht, den großen Ufa-Boss!? Ich war dabei, als er Marlene Dietrich entdeckt hat. Wallace Berry hat am Klavier gesessen, und sie hat gesungen: «Wer wird denn weinen, wenn man auseinandergeht, wenn an der nächsten Ecke schon ein andrer steht...»

SPARKASSENANGESTELLTER

Ja, das waren noch Zeiten... Was darf's denn heute sein?

VALESKA WUTZ

Bitte zweitausend Mark von meinem Konto. Ich will einmal noch in meinem Leben wieder in San Remo sein. (Summt leise vor sich hin) Frühling in San Remo... Bei den Dreharbeiten da hab ich doch meinen Mann kennengelernt... Kamera-Assistent ist er gewesen... Und wenn der Krieg nicht gewesen wäre, Stalingrad, dann... (bricht ab)

Sie bekam das Geld, steckte es sorgfältig in ihre ausgebeutelte Handtasche und trat wieder auf die Straße hinaus. Das schwüle Wetter hatte sie schläfrig gemacht, und ihre Beine jummerten gehörig, doch es lohnte sich nicht, auf die Straßenbahn zu warten.

Eine Viertelstunde später betrat sie den Flur ihres Mietshauses und kramte in ihrer Tasche nach den Schlüsseln.

Als sie ein Geräusch hörte, fuhr sie herum.

Ihr Mörder stand vor ihr.

«Das Verbrechertum in den deutschen Kriminalfilmen war international, seine Wurzeln lagen meist woanders, in Amerika, in Frankreich, in Asien. Geheimbünde wie die des Dr. Mabuse, die vielen Gangster-, Spionage-, Rauschgift- oder Mädchenhändlerringe, die Helden wie Harry Piehl zu bekämpfen hatten – sie alle hatten einen Aspekt des ‹Politischen›, zugleich des Unfaßbaren. Während der angelsächsische Kriminalfilm von der Begegnung, ja der Verzahnung zwischen Verbrechen und Bürgertum sprach, fühlte sich die bürgerliche Gesellschaft in Deutschland vom Verbrechen ‹unterminiert›...»

Georg Seeßlen, Mord im Kino, Geschichte und Mythologie des Detektiv-Films.

Mannhardt lag auf dem Bett und blätterte in einem Taschenbuch, das sich Heike jüngst gekauft hatte, um sich gut vorbereitet ans Schreiben ihres ersten Kriminalromans zu machen.

Um sie am Einschlafen zu hindern, denn es war ja eigentlich hohe Zeit, ans Mittagessen zu denken, las er nun laut.

«In *Der Draufgänger* (1931 - Regie: Richard Eichberg) war Albers ein Hafenpolizist in Hamburg... Hans Albers, einer, dessen Seele, anders als bei Harry Piehl, immer noch auf Weltreise schien...» Er brach ab und rüttelte an ihrer Schulter. «Kennst du Harry Piehl?»

«Nein...» brummte Heike.

«Ich aber, weil... Wegen dem, also, seinetwegen hat es bei meinen Eltern immer Krach gegeben...»

Heike richtete sich auf und bekam leuchtende Augen. «Wieso, hatte deine Mutter 'n Verhältnis mit ihm?»

«Quatsch! Aber mein Vater hatte alle Verse über den drauf, und da ist sie immer richtig tücksch geworden, wie das damals hieß, wenn er die aufgesagt hat.»

«Warum'n das?»

«Weil sie so schweinisch waren.»

«Los, erzähl!» Sie stürzte sich auf ihn und kitzelte ihn so lange ab, bis er es tat.

«Harry Piehl sitzt am Nil...» Mannhardt hatte Mühe, die für immer in ihn eingepflanzten Hemmungen zu überwinden. «Harry Piehl sitzt am Nil und putzt die Nille mit Persil. Mia Mai – weiß ich nicht, wie man die schreibt – sitzt dabei und schaukelt ihm das linke Ei. Und die schöne Henny Porten teilt die Eier in zwei Sorten... So oder so ähnlich...»

«Öhhhh!» machte Heike und gähnte mit ostentativ vorgehaltener Hand. «Peter Rühmkorf, Das literarische Volksvermögen...»

«Schade, daß du keinen Sinn für so was hast, für's Sexuelle und so... Mich regt so was immer mächtig an. Na, Selbstbefriedigung, das ist ja auch 'n Weg...»

Schon hatte sie sich auf ihn gestürzt. «Wehe! Hier gibt's nur Fremdbefriedigung!»

Sie näherte sich gerade ihrem ersten kleinen Höhepunkt, als ihm der Gedanke durch den Kopf schoß, daß ja jetzt wieder jeden Augenblick sein Selektiv-Rufer piepen und ihn zum Einsatz rufen konnte, denn der Urlaub war vorbei und er quasi ständig im Dienst.

Sie bemerkte, daß er nicht mehr ganz bei der Sache war, und stoppte ihre wilden Reitbewegungen. «Was ist'n, tut's weh?»

Er sah zu ihr hinauf. «Nur der Lustschmerz, bevor du ihn völlig abgebrochen hast.»

«Soll ich runter?»

«Quatsch! Ich hab nur gerade an die Aurak gedacht...»

«Du Sau du!» Sie ließ ihre Hände auf seine Oberarme klatschen.

«Aua! Nur dienstlich...»

«Na, warte...!» Und sie machte sich derart heftig ans Werk, daß seine Schreie die Nachbarn auffahren ließen, hob sich dann, als er sich aufgebäumt hatte, von seinem Becken und sah lachend an ihm hinunter. «Mit deiner kleinen Krabbe jetzt wirst du heute keiner Frau mehr imponieren können...»

Er stöhnte auf, bevor er sie zu sich herabzog und sich an sie kuschelte. «Das war die schönste Strafe meines Lebens...»

Dann schliefen beide ein.

Kaum war er weggetreten, da wurde sein Pieper in der Tat aktiviert, und mit einem antrainierten Reflex sprang er auf und lief zum Telefon.

Janotta war am Apparat und teilte ihm mit, daß man in einem Hausflur in der Pankower Wollankstraße eine Rentnerin erschlagen aufgefunden habe.

«Okay, ich komme!»

Er informierte Heike mit ein paar knappen Worten, wurde umarmt und abgeküßt und mit einigen lieben Worten («Paß gut auf dich auf!») zur Tür geleitet, setzte sich unten in Heikes gestern neu gekauften blauen Polo und fuhr, obwohl er Autos und das Autofahren haßte, mit einiger Begeisterung zum Tatort im Berliner Norden, formulierte es, das hatte er von Heike übernommen, in Gedanken gleich für die interessierte Presse.

«Hochmotiviert machte sich der Leiter der 11. Mordkommission, Erster Kriminalhauptkommissar Mannhardt, daran, den ersten Fall nach seiner Rückkehr zur Berliner Kripo zu lösen. Seine Chefin, die allseits gefürchtete Kriminaloberrätin Karin Aurak, hatte ihm versichert, daß das nur ein ‹Dienst auf Bewährung› sei. Noch immer wollte sie ja nicht völlig ausschließen, daß er den PHS-Verwaltungsleiter Rüdiger Prützke im Affekt getötet hatte, und seine mutige Tat bei der Rettung der Mosambikaner im ‹Nassen Dreieck› hatte ihm zwar in der Öffentlichkeit viele Pluspunkte eingetragen und derzeit fast unangreifbar werden lassen, doch sie neidete ihm seine hohen PR-Werte und war nur um so mehr entschlossen, ihn zur Strecke zu bringen.»

Der Berliner Stadtplan sagte ihm, daß er die Gegend von seiner Suche nach Michael wie seinem großen Auftritt im «Nassen Dreieck» her schon ganz gut kannte. Blieb die optimale Route zu finden, wenn man im Wagen fuhr, was insofern schwierig war, als die Planer ja nie so recht an eine wiedervereinigte Stadt gedacht hatten. Es quälte ihn geradezu, daß er als «alter Berliner», unheimlich stolz auf das Knefsche «Hier bin ich zu Haus, hier kenn ich mich aus», nicht weiterwußte, ja, erst jetzt im hohen Alter bemerkte, daß es die

Wollankstraße auch in Westberlin, im Wedding, gegeben hatte. Da begann sie, am St.-Elisabeth-Kirchhof, um dann nach etwa 600 Metern an der S-Bahn Pankower Boden zu erreichen, die gewesene DDR.

Endlich kundig geworden, fuhr er von Tegel aus in Richtung Müllerstraße und erreichte schließlich sein Ziel.

Der getreue Janotta hatte mit seiner Crew von übernommenen Ossis den *Ersten Angriff* erfolgreich zu Ende gebracht, das heißt, den Tatort gesichert, den Ereignisort abgesperrt, gefährdete Spuren geschützt und die Kollegen vom Sicherungsangriff herbeigerufen.

Mannhardt verschaffte sich einen ersten Überblick.

Janotta hob das weiße Tuch an, mit dem sie die Tote abgeschirmt hatten gegen die Welt der Noch-Lebenden.

«Sie heißt Valeska Wutz und wohnt hier auch in diesem Haus. Erschlagen worden ist sie ganz offensichtlich mit diesem Mauerstein hier...»

Er zeigte Mannhardt einen weißgrauen Kalkstein, auf dem, mit dickem roten Filzer geschrieben, AUFSCHWUNG OST zu lesen stand.

«Sieht gar nicht so nach dieser Gegend aus», sagte Mannhardt, als er das Gesicht der Wutz gesehen hatte, soweit Wunde und Blut das überhaupt gestatteten. «Eher wie eine altpreußische Stiftsdame aus einem Fontane-Roman...»

«Die Leute sagen, daß sie früher mal beim Film gewesen ist.»

«Aha, daher also...»

Das Team beziehungsweise Kollektiv aus Ossis und Wessis – *durchmischt* also, wie das amtlich hieß – machte sich ans Werk. Mannhardt musterte die Polizisten, die die Straße abgeriegelt hatten. Nun steckten sie zwar alle in West-Uniformen, aber es waren doch akkurat eben die Menschen, die ihn – und andere noch viel mehr – jahrzehntelang in Angst und Schrecken versetzt hatten. Von der Zechow wußte er, daß mindestens 100 Ex-Vopos wegen Stasi-Verdachts beurlaubt werden sollten.

Wenn das Verzeihen so einfach war, dann war das schon der erste Schritt zur nächsten Diktatur.

Aber dasselbe galt für jede harte Strafe auch...

«So, was ist denn nun...!?»

«Stumpfe Gewalt. Schädelbasisbruch.» Der Arzt war ein älterer

Herr, den Mannhardt eher für den Platzwart einer heruntergekommenen Sportanlage gehalten hätte.

«Nicht möglicherweise nur ein Sturz, weil ihr schwindlig geworden ist? Auf den Stein rauf, der hier rumgelegen hat.»

«Ein agonaler Sturz? Hm. Kennt ihr bei euch nicht die ‹Hutkrempenregel›?»

Mannhardt fühlte sich wie beim Examen. «Doch. Zeichen der Gewalteinwirkung oberhalb der Hutkrempenlinie lassen sich am ehesten durch Schlag, nicht durch Sturz zu ebener Erde erklären. Gewalteinwirkung unterhalb der Hutkrempenlinie spricht für Sturz zu ebener Erde.»

«Gut. Und was sehen wir hier?»

«Oberhalb...»

«Dazu kommt das Blut am Stein hier...»

«Aber die linke Augenbraue ist doch aufgeplatzt.»

«Wenn jemand niedergeschlagen wird, fällt er im allgemeinen auch hin...» wurde Mannhardt belehrt.

Janotta schaffte es, im selben Ton mit Mannhardt zu reden. «Das hier ist ein Kalkstein aus Rüdersdorf...»

«Ich hätt's für Carrara-Marmor gehalten...»

«Auf dem Hof liegt ein ganzer Stapel davon... Der Täter muß also erst auf dem Hof gewesen sein...»

«Andererseits», ein bis dahin nicht in Erscheinung getretener junger Mann vom Sieger-Typ im Leichtkontakt-Karate («...der Sport-Kanal, die Faszination der Leistung!») mischte sich ein, «hat eine Zeugin schon erklärt, daß sie vorher auf der Sparkasse gewesen ist. Da muß er sie beobachtet haben, denn das Geld ist weg. Also kombinationsmäßig, da...»

Mannhardt gab sich alle Mühe, den Jüngling mit dem weizenblonden Bärtchen zu übersehen. «Ja, das ist die erste große Frage: Wie hatte der Mörder wissen können, daß sie hier wohnt, ihr voraneilen und den Stein vom Hof holen können?»

«Zufall bestimmt nicht», sagte Janotta.

«Also einer, der sie gekannt hat», schloß der Nachwuchsmann.

Mannhardt sah ihn böse an. Er haßte Menschen, die so naiv und eindimensional waren, daß sie eine solche Selbstsicherheit an den Tag legen konnten. «Es soll ja auch Leute geben, die am Schalter einen Ausweis oder eine Karte vorlegen, auf der Name und Adresse stehen... Wie auch immer: Further research is needed.» Das hatte er von Heike, und die Ossis schienen, so wie sie dazu nickten, sehr beeindruckt davon. «Sehen wir uns mal in der Wohnung um.»

Diese erinnerte Mannhardt an eine Abteilung des Deutschen Filmmuseums, in dem sich gerade eine Horde von Vandalen oder betrunkenen Gorillas ausgetobt hatte. In Wahrheit aber war das Chaos ganz offenbar das Lebensprinzip der Kleindarstellerin Valeska Wutz gewesen. Zwar hatte sie alles zusammengetragen, was irgendwie zum Film gehörte, aber nichts irgendwie systematisch geordnet und von ihren alltäglichen Lebensumständen getrennt. Da lagen die Filmplakate aus den Ufa-Zeiten auf ihrer schmutzigen Unterwäsche, und Utensilien, Vogelfedern und dergleichen, die offensichtlich aus der «Geierwalli» stammten, steckten in Dosen mit verschimmelten Resten von Nudeln, Linsen, Erbsen und Bohnen, während verknäulte Reste von 35-mm-Filmen eine enge Symbiose mit einem übervollen Fliegenfänger eingegangen waren. Jede Handbreit Wand war bedeckt mit eingerahmten oder auch nur angehefteten Fotos von Altstars wie Adele Sandrock, Marlene Dietrich, Marika Rökk, Lida Baarova, Hedwig Bleibtreu, Tilla Durieux, Renate Müller, Brigitte Horney, Elsa Wagner und Käthe Gold.

«Das war ihre Welt – und sonst gar nichts...», sagte Mannhardt und dachte, daß es doch irgendwie von einer ganz spezifischen Logik war, daß die Wutz vor einer guten Stunde einen regelrechten «Tatort»-Tod gestorben war, daß er und seine Mannschaft jetzt so agierten, als ginge es um die 600. Folge der ARD. Hatte die Gute/die Ärmste auf der großen Bühne des Lebens eine letzte große Rolle bekommen.

Janotta brachte ihre Nachbarin herbei, eine gewissen Heidrun Drauschke, die Mannhardt fast aufschreien ließ, denn sie schien ihm eine geklonte Kopie der legendären Grete Weiser zu sein, quasselte genau wie die in nervendem Berlinisch, ohne auch nur einmal Luft zu holen.

«Isset nich schrecklich, Herr Kommissar, muß die so 'n Schicksalsschlag treffen? Als hätt se nicht schon jenuch mitjemacht jehabt im Leben: Der Erste Weltkriech mit sein'n Hunga, die Inflation, die Nazis und der Zweete Weltkriech mit die Bomben uff'n Kopp, dann war se Trümmafrau, und zum Schluß der Ulbricht mit die De-De-Er und die Mauer... Isset nich 'n Elend jewesen – und nu ditte hier! Erschlagen wie 'n Tier! Jleich Kopp ab, wenn se den kriejen, der det jemacht hat...»

Während die Drauschke das sagte, fiel Mannhardts Blick auf eine geschnitzte Maske, wie er sie neulich beim Bantu-Fest gesehen hatte. O Gott, nein!

Da kam auch schon der nächste Schwall der Nachbarin. «Ick kann mir ooch schon denken, wer det jewesen is: bestimmt der Nega, der er ihr bei't Einkoof'n jeholfen hat und det Fensta da einjesetzt hat, als ihr der Sturm letztet Jahr die Scheibe zatrümmert hat.»

Während Mannhardt noch schluckte und es nicht gehört haben wollte, stieß Janotta schon nach und fragte nach dem Namen «des Negers».

«Weeß ick nich, aber eena von die Affen da im ‹Nassen Dreieck›, wo se die Mauer kleene machen tun.»

«Das ist ja interessant!» Mannhardt griff wieder nach den Zügeln, und um den Mosambikanern die demütigende Prozedur der Gegenüberstellung zu ersparen, fragte er Frau Drauschke, ob sie wohl bereit sei, mit ins Asylanten- und Ausländerheim zu kommen.

«Aber nur mit Ihre Kollegen alle, sonst vergewohltätigen die einen da doch uff da Stelle.»

Mannhardt stöhnte innerlich auf, sagte aber mit kaum gepreßter Stimme, daß das schon klar sei und in Ordnung ginge.

Zunächst aber hatte man der nahegelegenen Sparkasse einen Besuch abzustatten und nachzufragen, ob Valeska Wutz wirklich, wie es das in ihrer Handtasche gefundene Buch signalisierte, Geld dort abgehoben hatte, der Eintragung zufolge DM 2000,–.

Janotta blieb draußen, um die Drauschke zu «bewachen», Mannhardt betrat die Sparkassen-Filiale, deren Ambiente ihn noch immer lebhaft an die gewesenen Kontrollbaracken denken ließ. Tristesse pur, entstanden aus den seltsam fahlen Neonleuchten, wie man sie bestenfalls im Leichenschauhaus brauchte, und jenen stumpfen braungrauen Erdfarben, wie sie Altersheiminsassen an ihrer Kleidung mochten.

Auch der Angestellte, zu dem man ihn nach einigen Nachfragen schickte, Milewski, höchstens dreißig Jahre alt, erschien ihm – verglichen mit den fixen Portokassenjüngelchen im Westen – gehemmt, konventionell und vorgealtert.

«Ich habe soeben vom Ableben unserer Kundin gehört und bedauere es zutiefst.»

Mannhardt fühlte sich von dieser Sprache zur rotzigen Bemerkung provoziert, daß solche Taten andererseits auch Arbeitsplätze sicherten. «Meinen beispielsweise und den des Kollegen draußen...»

Milewski war verwirrt und kam überstürzt zur Sache. «Ja, zweitausend Deutsche Mark hat sie von ihrem Konto abgehoben, um damit eine Urlaubsreise nach San Remo anzutreten.»

Mannhardt nickte. «Ist Ihnen vielleicht jemand aufgefallen, der sie hier in der Kassenhalle oder draußen auf der Straße dabei beobachtet haben könnte...?»

«Nein. Die Schlange reichte ja bis weit auf den Bürgersteig hinaus.»

«Und anhand Ihrer Belege können Sie mir nicht die Namen der Leute nennen, die nach der Wutz rangekommen sind...?»

«Nein. Die sind so auf die verschiedenen Fächer verteilt, daß sich das nicht mehr kontrollieren läßt.»

«Und eine Kamera oben an der Decke haben Sie noch nicht...» Sein suchender Blick war jedenfalls vergeblich gewesen. «Mit 'nem Videorecorder dran, wo ich mir mal ansehen könnte, wer mit der Ermordeten zusammen...»

«Bedauere, nächste Woche erst.»

«Okay. Wenn Ihnen noch etwas einfallen sollte...» Mannhardt ließ sein offizielles Kärtchen da.

Trotz seiner vielen Dienstjahre war es für ihn immer noch ein schwer erträglicher Gedanke, daß Dutzende von Menschen den Mörder der Wutz kurz vor oder nach der Tat gesehen haben mußten und faktisch auch hatten, ohne daß das jetzt zu seiner Ergreifung genutzt werden konnte. Und in Momenten wie diesem träumte auch er den Polizistentraum von elektronischen Einrichtungen, mit denen man die Bewegung eines jeden Menschen ebenso verfolgen und aufzeichnen konnte, wie es die Fluglotsen im Tower mit den Maschinen taten, die im Luftraum über ihnen kreisten.

In dieses Bild versunken, trat er wieder auf die Wollankstraße hinaus und prallte gegen sich selber, gegen einen Mannhardt, der zwar fürchterlich verfremdet war, aber doch eben...

Das Bild der Aurak flammte auf: Zurück in die Psychiatrie, mein Lieber!

Bis er begriff, daß er soeben Michael angerempelt hatte, seinen verlorenen Sohn.

«Stürmerfoul!» rief der.

Mannhardt umarmte das, was sich wie ein Bär anfaßte und entsetzlich stank, ging einen Schritt zurück und musterte die seltsame Mischung von Clochard und Skin, Streetfighter und Hooligan, Körnerfresser und Hitler-Bejubler, wie das PF auf seinem schwarzen Shirt vermuten ließ. «In welche Schublade soll ich dich'n stekken?»

«In keine. In alle.»

«Wohnste jetzt hier im Osten?»

«In so'm besetzten Haus.»

«Und warum?»

«Man muß alles mal probieren.»

Mannhardt fragte sich, ob das nicht alles anders und vor allem besser gelaufen wäre, wenn er Michael nicht fast zwei Jahrzehnte lang vorgelebt und vorgestöhnt hätte, wie beschissen das bürgerliche Leben doch sei. «Ist wohl alles mein Fehler gewesen.»

«Quatsch! Ich hab doch das Höchste erreicht, was zu erreichen ist: ich lebe!»

«Aber wie...»

«Richtig eben.»

«Und das heißt?»

«Daß ich Zeit habe für meine Freundinnen und Freunde. Daß ich selbst in tolle Geschichten verwickelt bin und das nicht immer nur im Fernsehen oder im Kino nachvollziehen muß, was andere erleben. Ich muß mich nicht durch meinen BMW, durch *Lancaster* oder durch *Jacobs Krönung* definieren: ich bin ich – und die ganzen Hanseln von Kohl bis Diepgen interessieren mich viel weniger als der Spatz da oben auf der Laterne.»

Mannhardt sah ratlos auf seine Schuhspitzen hinunter. Da umarmte ihn Michael und küßte ihn auf beide Wangen.

«Äih, Alter, sei doch glücklich! Du, ich bin dir doch dankbar dafür, daß ich so geworden bin, wie ich bin!»

«...daß du jetzt bei der *Pankower Front* mitmachst gegen die Ausländer...!?»

Michael grinste. «Warum ich da wohl hingehe. Nie sollst du mich befragen...»

Mannhardt schwieg. Daher also bezog der Knabe sein Taschengeld, vom Verfassungsschutz. Nun, ja... «Könnte es sein, daß die mir eine Briefbombe ins Haus geschickt haben?»

«Wieso?»

«Weil ich da an der PHS Front mache gegen die *Pankower Front* und die anderen Neobraunen. Mit dem Prützke zusammen, den sie vielleicht sogar ermordet haben.»

«Ich werd mich mal umhören...»

«Und wer hier die Wutz...?» – «Wen?»

«Hat sich das noch nicht herumgesprochen...?» Auf Michaels Verneinung hin erzählte ihm Mannhardt die Sache. Der Sohn reagierte merkwürdig befangen und nervös darauf. Da schoß ein schrecklicher Gedanke in ihm hoch. O Gott, Hiob, nein!

«Tschüß dann!» Michael hieb ihm kurz auf die Schulter und lief in Richtung S-Bahn davon.

Warum dieses abrupte Ende des Treffens? War wirklich etwas dran am Tatverdacht – oder hatte es Michael nur tief verletzt, daß sein Vater so etwas erwägen konnte?

Nachdenklich ging er zu Janotta und der Drauschke zurück und machte sich mit beiden auf den Weg zum Asylanten- und Ausländerheim am «Nassen Dreieck».

«Guck mal, da...!» Janotta hielt ihn fest und zeigte auf einen frisch eingeweihten Laden.

«Was soll'n da sein?»

«Der Name über'm Schaufenster», sagte Janotta.

Computer + Bürotechnik – Frieder Schönfließ

«Ja und...?»

Janotta staunte, daß sein Chef so ahnungslos war. «Das ist doch der, der in seiner Villa im Westen ermordet worden ist.»

«Ah, ja...» Mannhardt entsann sich. Der Thomas Hundt war dort noch keinen Schritt vorangekommen, was die Suche nach dem Täter betraf. «Schönfließ, ja, der mit der großen Modellbahn im Keller. Gerade als er einen Zug fahren ließ, schlug der Täter zu...»

Sie gingen die Brehmestraße hinunter, und Mannhardt wechselte, als Janotta mehrmals kurz und trocken hustete, das Thema.

«Auch das Quecksilber, was?»

«Was für'n Quecksilber?» Janotta kam nicht gleich dahinter.

«Na, Stichwort: Makarov-Pistolen!»

Das bezog sich auf eine Zeitungsmeldung, wonach 6000 Dienstwaffen der früheren Volkspolizei mitsamt des gesamten Patronenvorrats eingezogen werden sollten, weil beim Schießen erhebliche Mengen an Quecksilber frei wurden und für Übelkeit, Reizung der Schleimhäute und Geruchsbelästigung sorgten.

«Früher hat das bei uns keinen gestört», sagte Janotta. «Heute werden sie beim Schießtraining alle krank...»

«Wenn du deine Makarov einsetzt, um mich zu retten, dann bitte nur einen Schuß in gut durchlüfteten Räumen», erbat sich Mannhardt.

«Sie sollten beede bei't Fernsehen mitmachen», stellte Heidrun Drauschke fest. Sie hatte sehr darunter gelitten, daß man zu nichts mehr um ihren Kommentar gebeten hatte, und nutzte nun die Chance, mal wieder plauschen zu können. «Ick seh ja ßu jerne Krimis, und ick kenn die alle!» Für den Rest des Weges versorgte sie die beiden realen Kriminalbeamten mit guten Ratschlägen. «Also, Sie, der Columbo, wenn der die Wutz jefunden hätte, der wär sofort erst mal zu ihrem Enkel in Kyritz jefahren und hätt den in die Mangel jenommen, denn meistens isses ja bei solche Sachen 'n janz enger Verwandter...»

Janotta horchte auf und machte sich Notizen, während sich Mannhardt schon innerlich auf die neue Begegnung mit den Mosambikanern vorbereitete, mit Jacinto, Narcissio und den anderen.

Er betrat zum ersten Mal die alte Fabrik zwischen den S-Bahn-Gleisen und betrachtete die Mischung von Afrika und Armut ebenso voller Mitleid wie mit gehöriger Distanz.

– Was geht's mich an.

– Es gibt genügend Deutsche, denen es noch schlechter geht und denen man erst mal helfen muß.

– Die sollen froh sein über das, was sie hier haben, denn zu Hause wären sie schon längst ermordet worden oder den Hungertod gestorben.

– Wer hat denn '44 an mich gedacht, als uns die Alliierten Bomben auf den Kopf geworfen haben?

– Selber schuld, daß sie's nicht geschafft haben, anders klarzukommen.

– Ich zahl sowieso schon genug Steuern für die.

– Am besten, die hauen alle wieder ab, auf'n großes Schiff rauf und zurück nach Mosambik.

– Die sind doch bloß Fremdkörper hier; und jeder gesunde Körper stößt Fremdes ab.

– Zehn kleine Negerlein... Ist eben deren Schicksal, daß sie immer weniger werden...

Das dachte und das fühlte er ebenso klar wie diffus, und je stärker er sich dessen bewußt wurde, desto größer wurden sein Schuldgefühl und der Wunsch, ja, Zwang, *denen hier* zu helfen.

Du sollst deinen Nächsten lieben wie dich selbst.

Und wie ihr wollt, daß euch die Leute tun sollen, also tut ihnen auch.

O Gott, die Nachwirkungen seines Religionsunterrichts anno 50/51.

– Umgekehrt wäre ich bei denen unten im Kochtopf gelandet.

Es war total verquast alles, und nur Action konnte da helfen. Also nahm er einem Mosambikaner, der gedankenverloren in einem Farbeimer rührte und eigentlich einen der kahlen Gänge lindgrün streichen wollte, die Rolle aus der Hand und fragte ihn nach Jacinto.

«Não comprendo!»

Na schön. Er deponierte Janotta und die Drauschke an der Eingangstür und machte sich auf die Suche. Am ersten Vier-Bett-Zimmer klopfte er an und war erstaunt, ein deutsches «Herein!» zu hören.

Es war Corinna, die gerade dabei war, ihre Tochter zu füttern.

«Oh, für immer hier, vom Walde des Ebers nach Berlin gezogen?»

Sie nickte und erzählte ihm, wie man sie in ihrer Heimatstadt verabschiedet hatte.

Mannhardt hörte zu und studierte die an der Wand aufgehängten kleinen Poster, die sich bei näherem Hinsehen als Seiten erwiesen, die sie aus dem *stern* ausgeschnitten hatten.

«Ist das Jacinto gewesen?»

«Ja, obwohl im Zimmer hier Narcissio wohnt. Und 'n paar andere.»

«Und von wem sind die... Zeichnungen...?» Es waren kräftige, plakative und an die naive Malerei wie die Pop-Art des Westens erinnernde Szenen aus dem Alltag eines Armenviertels. Alle mit Texten in Französisch und einer ihm völlig unbekannten Sprache gespickt.

«Keine Ahnung...»

Mannhardt stand auf und fand, nachdem er sich die Brille aufgesetzt hatte, den Namen des Künstlers. «Chéri Samba aus Zaire...» Vor einem Stundenhotel bliesen schwarze Kinder Kondome auf, gebrauchte. Ein junger Mann war dabei, sich aufzuhängen, und hatte in seinem Testament geschrieben: «Trotz meiner guten Form erzählen die Leute, daß ich Aids habe. Darum hänge ich mich auf. Meinen letzten Verkehr hatte ich mit meiner Schwägerin, meiner Nichte und der Frau meines Freundes.» Hanfraucher lungerten herum, verprügelten sich, vergewaltigten eine Frau und zwangen einen hilflosen Weißen, eine Schnapsflasche leerzutrinken. Eine Frau träumte von einem scheußlich roten Sofa, einem Fernseher, einer Schrankwand und einem Ventilator.

Und so in etwa sah es in vielen der Zimmer aus, die Mannhardt noch sehen sollte, nur daß die Sachen hier wohl allesamt vom Sperrmüll kamen.

Auf einem der Betten lag ein mit rot-schwarzen Masken geschmücktes Buch. Mannhardt nahm es hoch. «Märchen der Bantu, ah, ja...» Er überflog den Beginn des ersten Textes.

Imana schuf zuerst zwei Länder: das über den Wolken, über der Sonne und den Sternen, und das unten, das er nach dem Muster des oberen Landes schuf, aber ohne Schönheit und Glück. Das ist die Erde, die wir bewohnen: ein Land des Elends, des Leidens, der Mühsal und der Unzufriedenheit.

Der gesamten Kultur schien ein depressiver Grundzug innezuwohnen.

Jetzt endlich fiel ihm wieder ein, warum er überhaupt zu den Mosambikanern gekommen war, und er fragte Corinna, warum denn das Heim wie leergefegt sei.

«Die sind alle in der Halle unten, 'ne Vollversammlung.»

«Warum'n das?»

«Großes Palaver, wie wir uns am besten verteidigen können gegen die *Pankower Front* und die anderen, die uns hier rausschmeißen wollen.»

«Die Pogrom-Ängste, klar. Na, dann geh ich mal gucken...»

Mannhardt holte Janotta und die Drauschke und ging mit ihnen in die alte Fabrikhalle, die so groß war, daß sich die vier Dutzend Mosambikaner und anderen Ausländer fast darin verloren. Eine geheime Wache mußte sie schon lange entdeckt haben, denn sie schraken nicht etwa zusammen, als sie ihn und seine Begleitung erblickten, sondern brachen in Jubel aus. Mannhardt genoß es.

Cecilia und Narcissio kamen ihm entgegen und umarmten ihn.

«Es fällt mir schwer, aber ich muß euch bitten, uns bei einer Fahndung zu helfen… In der Wollankstraße ist ein Mord geschehen.»

Die ihn verstanden hatten, erschraken und duckten sich unwillkürlich.

«Deutsche Polizei gut, foltert nicht, will aber immer abschieben!» Einer, der Bento hieß, sprach als erster aus, was alle dachten. «Wenn einer von uns Mörder, wir alle werden ermordet, denn Heim hier zu und wir abgeschoben; und Ausweisung ist wie Getötetwerden.»

Mannhardt nickte. «Trotzdem. Ich muß euch fragen, wer von euch bei einer alten Dame in der Wollankstraße mal gearbeitet hat, der Frau Wutz, Valeska Wutz, der hier…» Er hielt ein taschenbuchgroßes Portraitfoto hoch.

Totenstille. Die Mosambikaner und die anderen hatten fast ausnahmslos den Kopf gesenkt.

Mannhardt kam sich vor wie der Henker, nein, schlimmer noch: wie einer an der Rampe von Auschwitz, der die *Selektion* vorzunehmen hatte.

Aber Mord war Mord, und das hier seine Pflicht.

«Nun, Frau Drauschke…» Sein Blick ging zur Nachbarin der Wutz hinüber, die derart eifrig und penibel genau ein jedes Gesicht zu mustern suchte, daß es Mannhardt schon wieder an die Grenzkontrollen der DDR erinnerte und furchtbar wütend machte. Hoffentlich war es keiner von denen hier, von *seinen* Leuten. Fast betete er, daß es so sein möge.

«Nee, keena bei», erklärte sie schließlich.

Mannhardt hätte losjubeln können, und die Mosambikaner taten es auch.

«Pech gehabt», sagte Janotta.

Mannhardt beschloß, ihn deswegen nie mehr zu mögen.

«Gehen wir!» blaffte er ihn an.

In diesem Augenblick kam Jacinto herein.

«Der da war es!» schrie die Drauschke. «Der war bei der Wutz.»

Es war 14 Uhr…

...und 47 Minuten.

Marco ist allein zu Hause.

Du wirst einmal ein genauso tüchtiger Inschenör wie dein Vater. Ja, ich will Weltraumflieger werden. Der Marco hat das Zeug zu: Neulich auf dem Rummel wollte er aus der Rakete da gar nicht mehr raus. Und aus dem Kettenkarussell. Und was das Technische betrifft, da kann er dir jetzt schon eine Klingel schalten. Und machen, daß eine Glühbirne brennt. Seine elektrische Eisenbahn kann er auch schon selber in Betrieb nehmen.

Marco liegt am Boden und läßt den längsten D-Zug seine Kreise ziehen. In den Bahnhof müßte Licht hinein. Der hat unten extra ein Loch, wo man eine kleine Glühbirne reinstecken kann.

Wo ist die große flache Batterie. In Muttis Taschenlampe. Mutti schimpft nicht, wenn er die nimmt. Blödes Blech! Er ratscht sich den rechten Zeigefinger etwas auf, bis er sie hat. Es blutet. Ein Pflaster ist aber im Schränkchen im Bad.

Zwei Messingzungen gucken raus aus Muttis Batterie. Aus einer kommt der Strom raus, in die andere will er wieder rein. Vorher will er aber noch durch das Lämpchen durch. Das freut sich dann so über den Strom, daß es vor lauter Freude ganz hell leuchtet. Es steckt in einer Fassung drin. Da kommen zwei Drähte raus, siehst du. Ein roter und ein grüner. Die wollen an der Zunge von der Batterie mal lecken. Nicht mit deiner Zunge ran, bitte! Du mußt die Drähte ein bißchen rumwickeln. So... Ja...

«Sie brennt!» ruft Marco. Geschafft! Er wird sie so lange dran lassen, bis Mutti kommt und staunt.

Aber erst einmal klingelt das Telefon. Mutti sicher. Daß sie noch eine halbe Stunde bei Silke ist. Kaffee trinken und klönen.

«Marco Kaufmann...»

«Guten Tag, Marco, hier ist Dr. Siemers von der Bewag. Kann ich bitte mal deinen Vati oder deine Mutti sprechen...?»

«Mutti ist bei Silke, Vati ist in der Firma.»

«Das ist schade... Ja, dann müssen wir euch leider den Strom abstellen...»

«Kann ich dann nicht mehr Eisenbahn spielen...?»

«Nein, nichts könnt ihr mehr. Auch nicht mehr fernsehen...»

«Ich will aber Alf sehen heute!»

«Das geht dann leider nicht... Es sei denn, du machst das selber... Was willst du denn mal werden?»

«Inschenör...»

«Na, wunderbar, dann schaffst du das ja spielend. Du brauchst nur eine ganz große Schere zu nehmen...»

«Eine Schere...»

«Ja. Wir müssen sehen, ob bei euch in der Küche genügend Spannung in der Leitung ist. Habt ihr denn eine Spüle?»

«Ja...»

«Und was steht da drauf?»

«Eine Kaffeemaschine.»

«Und der Stecker steckt in der Dose...?»

«Ja...»

«Siehst du: Eure Kaffeemaschine, die ist kaputt – und darum ist unser ganzes Kraftwerk ausgefallen, alle Turbinen entzwei. Alle schimpfen fürchterlich. Keine S-Bahn fährt mehr, keine U-Bahn. Du mußt unbedingt die Schere nehmen und die Schnur durchschneiden, die zur Kaffeemaschine führt. Ganz kräftig durchschneiden! Und dabei mußt du dich festhalten an der Spüle...!»

Die PHS-Studenten ließen Mannhardt immer wieder an Humphrey Bogart denken: Waren sie fünfeinhalb Semester so herrlich cool und männlich-beherrscht wie der Hollywoodianer im «Casablanca»-Film, so gaben sie in den Zeiten der Staatsprüfung fast alle dasselbe Jammerbild ab wie sein Commander Queeg in «Die Caine war ihr Schicksal».

Karsten Kniehase schien keine Ausnahme zu bilden, wie er da bei ihm in der Sprechstunde hockte, noch immer ganz schön beflastert.

Mannhardt zeigte auf den *Tagesspiegel*, der aufgeschlagen auf dem Schreibtisch lag. «Weißt du, was mir aufgefallen ist...?»

«Nein... Woher...?» Karsten Kniehase hatte wegen seiner aufgeplatzten und genähten und noch immer ziemlich geschwollenen Lippe einige Mühe beim Sprechen.

«Hier haben sie eine Phantomzeichnung drin... Von dem Mann, der höchstwahrscheinlich diesen Computer- und Büromaschinenhändler erschlagen hat, den Schönfließ... Und der hat eine unheimliche Ähnlichkeit mit dem Täter, der Prützke und beinahe dich selber... Ich meine, mit dem Phantombild, das sie nach den Angaben deiner Schwester von ihm gezeichnet haben...»

Karsten Kniehase beugte sich herüber. «Ja... Kann schon sein, daß das derselbe Mann ... Müßte man mal abwarten, die Gegenüberstellung, wenn sie ihn haben ... Ein Serientäter vielleicht ...»

«Möglich, ja ...» Mannhardt sah Karsten Kniehase an. «Sieht ja immer noch schlimm aus deine Narbe über der Nase ...»

«Das ist schon so 'n Trauma, ja ...» Karsten Kniehase strich sich über die kurzen blonden Haare, schloß dabei die Augen und kniff sich derart kräftig in den Nacken, daß es wie ein Versuch erschien, das böse Bild mit dem aufkommenden Schmerz für immer auszuknipsen.

Mannhardt sah es mit einigem Mitgefühl. «Vergiß das mal und konzentrier dich auf die mündliche Prüfung. Durch die schriftliche bist du ja durch. Knapp, aber sicher ...»

«Ja ... Wenn wir jetzt so zwei, drei Schwerpunkte für die mündliche ...?»

«Sicher ...» Mannhardt war sich im klaren darüber, daß 50 statt wie jetzt 5 Prozent aller PHS-Studenten durch die Hauptprüfung fallen würden, wenn man es unterband, daß die hauseigenen Dozenten die Prüfungsthemen vorher mehr oder minder deutlich bekanntgaben, und statt dessen etwa nach dem Muster des französischen Abiturs vorging, das heißt, die Aufgaben zentral und absolut geheim entwickelte und die versiegelten Umschläge erst am Tage X von besonderen «Bundesbeauftragten» aufreißen ließ. Das aber war bislang immer an zwei Faktoren gescheitert: einmal am Ehrgefühl der Professoren («Wer lehrt, der prüft!» – und bestimmt damit auch die Inhalte der Prüfung) wie zum anderen an der Angst des Dienstherrn, daß ihm zu viele der dringend benötigten Jungpolizisten durch das Sieb fielen und nur gekostet hatten, ohne etwas zu bringen. So war das halt mit der Leistungsgesellschaft ... Es widerstrebte ihm irgendwie, durch Aktionen wie diese das Mittelmaß weiter zu fördern, doch andererseits: Es waren arme Teufel, und man brauchte kein Einstein zu sein, um einen guten Kriminalbeamten abzugeben.

Sein Zögern ließ Karsten Kniehase ziemlich verunsichert gucken. «Es ist so viel Stoff, daß man gar nicht mehr weiß, was man sich zuerst ansehen soll ...»

«Irgendwie siehst du schlecht aus. Fühlst du dich nicht so besonders?»

«... nach dem, was ich alles erlebt habe ...»

«Keine Freundin, die dich trösten könnte?»

«Die lenken nur ab ...»

«Als ich bei euch zu Hause gewohnt habe, da warst du immer so 'n bißchen 'n Einzelgänger...»

«Meine Jahrgangskameraden sind doch alle ins Krankenhaus gekommen, mich besuchen!» erwiderte Karsten Kniehase mit einigem Nachdruck.

«Ah, ja. Und du hast ja auch noch deine Schwester...» Mannhardt kramte nach seinen Notizen. «Andrea...»

«Die steht voll hinter mir. Aber bei der mündlichen Prüfung muß ich ja alleine dasitzen...» Karsten Kniehase stöhnte auf.

«Das kriegen wir schon hin.» Mannhardt genoß es, ein guter Mensch zu sein. Und fast ein Professor. «Konzentrieren wir uns auf das Thema ‹Fehlerquellen in der polizeilichen Tatortarbeit›. Zum Beispiel: Zu frühe Festlegung auf eine bestimmte Tathypothese oder Mängel in der Beschreibungsgenauigkeit des Tatortbefundes...»

«Ah, ja, danke...» Karsten Kniehase schrieb eifrig mit.

«Und dann vielleicht noch etwas über Kommissionen und Sonderkommissionen, die PDV 131...»

Karsten Kniehase freute sich. «Da hab ich mal 'ne Hausarbeit drüber geschrieben...»

Mannhardt lächelte. «Ich weiß... Wie deine Mutter damals gelitten hat, daß du wenigstens 'ne Zwei dafür bekommst. Wie geht's ihr denn inzwischen vom Kreislauf her?»

«Ihr Herz...! Bei der geringsten Aufregung, da kann's aus sein für immer...»

Er brach ab, denn in dieser Sekunde kam Heike ins Dozentenzimmer gestürzt, hatte wieder einmal, weil sie das für zutiefst spießbürgerlich hielt, nicht anklopfen können.

«Ich wollt dich abholen kommen...!»

Damit war die Audienz für Karsten Kniehase beendet, und er wurde mit einem herzlichen Händedruck auf den Flur bugsiert.

Heike war unendlich scharf auf ihn, doch der Raum war nicht abzuschließen, und die Angst, daß der sittenstrenge Weinert jeden Augenblick hereinplatzen konnte, ließ ihn in Panik geraten, als sie seinen Reißverschluß nach unten fetzte. «Hör auf hier in der PHS!» Doch sie war nicht mehr zu bremsen, und es wäre sicher zum Vollzug gekommen, wenn nicht in dem Moment, wo sie nach einem fachkundigen Griff ausgerufen hatte: «Mann, ist dein Schwanz schon steif!», jemand kurz und krachend angeklopft hätte.

Und schon stand die Grabow im Zimmer. «Weitermachen! Ich zahl auch dafür, wenn ich zugucken darf.»

Mannhardt fuhr zurück, denn der Greta war schon zuzutrauen, daß sie ihr Angebot ernst gemeint hatte. Schnell brachte er, während er sich zum Fenster drehte, seinen Hosenschlitz in Ordnung. «Ich hatte Magenkrämpfe... Sie hat mich nur massiert...»

«Massiert, na sicher...!» Die Grabow lehnte sich an seinen Schrank und musterte Heike mit einem so frechen Puffmutterblick, daß die unwillkürlich rote Flecken am Hals wie am Ausschnitt bekam.

Mannhardt war das Ganze wahnsinnig peinlich, und er suchte fieberhaft nach einem anderen Thema. «Ich denke, du bist noch in Bad Saarow im geerbten Haus...?»

«Da hab ich erst mal Mario einquartiert, um mit dem Entrümpeln anzufangen. Jacinto soll auch noch. Riecht alles so nach toter Tante. Wär richtig was für 'n nekrophilen Triebtäter...»

«Ja, wir hatten da mal Anfang der siebziger Jahre einen in Duisburg, der ist in die Leichenhallen eingedrungen, hat die Särge aufgemacht und sich an den Frauen gütlich getan, obwohl bei denen bestimmte Stellen schon erheblich in Fäulnis übergegangen waren...»

«Hör auf!» Der Ekel ließ Heike Schleim hervorwürgen. «Ihr Männer seid alle Schweine, daß ihr das noch so genußvoll erzählen könnt...!»

«Stell dir vor, daß es 'n Schwanz ist, der da langsam am Verfaulen ist», riet ihr die Grabow, «und wie du ihn plötzlich lose in der Hand hältst, als du ihn...»

«Mann, diese Scheiß-Polizei!» Heike stürzte zum Fenster, riß es auf und lehnte sich hinaus, so weit es ging.

Die Grabow lachte. «Ist wohl nicht besonders *leichenfest*, deine Kleine? Was will sie'n machen hier bei uns...?»

«Mann, du hast uns doch darauf gebracht: Den Kurs über die ‹Polizeiliche Pressearbeit› überneh..., also durchführen...» Mannhardt bemühte sich um einen sachlichen Ton, irgendwie von der geheimen Angst getrieben, die Grabow könnte nun auf so etwas Perverses wie *einen flotten Dreier* kommen. Das schaffte er nicht mehr, beide hintereinander... Aber parallel vielleicht... Ihm wurde heiß. Wenn die Aurak davon erfahren sollte, war er erledigt. Die ließ ihn erst kastrieren und dann für immer aus dem Dienst entfernen.

Die Grabow schien sich einiges zu denken, und sie genoß es. Dann sah sie auf die Uhr. «Na, wenn aus euerm Porno hier nichts wird, könnt ihr ja zu mir mitkommen, meinen neuen Phaiax probieren…?»

«Gerne», lachte Heike.

Mannhardt zögerte, weil er das Gefühl hatte, sie würde mit Phaiax irgendeine sexuelle Stimulans gemeint haben, Tabletten vielleicht oder einen ganz besonderen Vibrator. Etwas stockend fragte er, was das denn sei, ein Phaiax.

«Nicht, was du denkst! Nur ein korfiotischer Wein!»

Was seine lustvolle Skepsis auch nicht ganz beseitigte, denn welche Sauerei verbarg sich nun wohl wieder hinter dem Begriff korfiotisch…?

Heike stöhnte auf. «Korfiotisch kommt von Korfu ebenso wie berlinisch von Berlin! Nun guck nicht wieder so narzißtisch gekränkt!»

Das tat er sicher. Die Überlegenheit der beiden Frauen war schwer erträglich für ihn. Hätte er beim Therapeuten gesessen und die Szene zeichnen müssen, wären Heike und die Grabow so groß wie seine Hände geworden, er selbst aber hätte sich lediglich Daumennagelgröße gegeben.

Er sah die Grabow an und versuchte, sich mit einem Spruch von SAT-1-Niveau zu retten. «O nein, diese PD- äh: P*H*S! Ach, Greta, hast du deine achtzig Klausuren wieder nicht geschafft, ohne dich sinnlos zu betrinken?»

«Nur um meine Skrupel zu überwinden…» Die Grabow ging voran und wartete, bis Mannhardt Schreibtisch und Tür sorgsam verschlossen hatte.

«Welche Skrupel?» fragte Heike.

«Na, die beim Auswürfeln der Zensuren.»

Heike lachte. «Wie geht denn das bei den halben Noten…? Zwei-Komma-Fünf, Drei-Komma-Fünf und so weiter…?»

Mannhardt tat so, als wollte er der PHS-Starjuristin die Hand vor den Mund halten. «Psst! Keine Betriebsgeheimnisse verraten!»

«Nein, auf keinen Fall.»

Mannhardt stutzte, denn die Grabow hatte links am Hals einen bösen Ratscher, und fast sah es so aus, als hätte jemand sie würgen oder gar erwürgen wollen. «Was hast du 'n da…»

«Wo…?»

«Am Hals.»

«Ach, das...» Sie fuhr mit den Fingerkuppen über die scharlachroten Striemen und lachte dann. «Ich bin auch von dem bösen Onkel angerufen worden...» Sie verfiel jetzt gekonnt in eine Kleinmädchensprache. «Da hatta sacht: ‹Trudi› – ich heiß nämmelich Gertrud richtich und niche Greta, bäh! – ‹Trudi›, hatte Onkel sacht, ‹Trudi, nimme mal 'n Seil und lege dir düß ummen Hals. Und bindste düß fest ans Tischbein, und dann tuste außis Fenster springen!›»

Mannhardt lachte los, doch Heike fand das gar nicht so komisch, was da in der Presse immer mehr Beachtung fand. «Das ist doch nun wirklich 'ne schlimme Sache, und das eskaliert doch immer weiter, wenn der Kerl nicht bald...! Erst wirft 'n Kind – ‹auf Befehl› sozusagen – 'ne Vase aus'm Fenster und verletzt ein anderes Kind, das auf'm Dreirad fährt, ziemlich schwer am Fuß. Dann soll eins die Couch anzünden – und tut es auch. Die Wohnung brennt aus, das Löschwasser läuft von der dritten Etage bis ins Parterre. Ein Millionenschaden. Der Junge selber mit 'ner Rauchvergiftung im Krankenhaus. Und dann der andere Junge, der da die elektrische Schnur mit 'ner Schere durchgeschnitten hat. Auch auf ‹Anweisung›. Schwere Verbrennungen an den Händen, Herzrhythmusstörungen. Das ist doch ein ganz perverses Schwein, was da...!»

Mannhardt machte eine abwiegelnde Geste so in der Richtung: Es gibt Schlimmeres. «Was sollen die Kollegen anderes machen, als auf 'nen Zufall hoffen...»

Heike wurde aggressiv. «Ihr tut doch nur noch was, wenn's mindestens 'n Mord gewesen ist! Und auch das ist nur noch Routine für euch!»

«Ja», sagte die Grabow, «die Zeilen, die sie für 'n Mordopfer übrig haben, werden auch immer weniger. Im *Tagesspiegel* nimmt so etwas weniger Raum ein als die Nachricht, daß im Tennis der 87. der Weltrangliste gegen den 195. erst im Tie-Break des dritten Satzes 7:5 gewonnen hat...»

Mannhardt brachte das Gespräch auf die Striemen zurück. «Was hast du denn da wirklich gemacht bei dir am Hals...?»

Die Grabow stöhnte und verfiel zunächst ins Griechische. «...*endaxi*, okay! Mein Onkel hatte doch so 'n regelrechten Karl May-Fimmel, obwohl das ja anfangs in der DDR fast Knast bedeutet hat, Verbreitung amerikanischer Unkultur. Und da hat noch 'n Lasso rumgehangen... Mit dem hat Mario mich einfangen wollen...»

Mannhardt dachte sogleich an spezielle Sexualpraktiken, daß sie vielleicht nicht zum Höhepunkt kam, wenn man sie nicht fesselte, unterließ aber die diesbezügliche Nachfrage, um sein Greta-Bild nicht noch weiter zu beschädigen.

«Ja, wie das Leben so spielt...» war dann auch sein ganzer Kommentar. Damit stiegen sie in die dritte Etage hinauf, wo die hellenophile Juristin ihr Büro zu Weinerts Entsetzen nach Art einer griechischen Taverne eingerichtet hatte. Überall hingen Plakate und Poster mit Inseln, Fischerbooten und Tempelruinen, umrahmten das Portrait eines bärtigen Odysseus-Typen, der in einer schwarzblauen Uniform am Hoteltresen stand und eine zierliche Blondine sichtlich anhimmelte.

«Das bin ich», sagte die Grabow. «Diesen Mai auf Korfu. Und das ist Christos Lampeia...» Sie hauchte zunächst etwas, was sich für Mannhardt wie *ti kanis?* anhörte, um den Jüngling dann zu küssen und *ßarapó* zu hauchen.

«Wie geht es dir?» Heike hatte auch auf einige griechische Affären zurückzublicken, so daß sie da mühelos dolmetschen konnte. «Ich liebe dich.»

Mannhardt schluckte. «Ihr habt's gut... Wenn ich mich oben ohne an einen südlichen Strand lege, wird nie eine fremde Schöne kommen und mich erobern wollen... Muß ich eben nach Thailand fahren.»

Die beiden Frauen protestierten heftig dagegen, in dieser Hinsicht irgendwelche Parallelen zu sehen. Bei ihnen sei echte Liebe im Spiel, sie brauchten nichts zu bezahlen dafür und würden auch nicht die ökonomische Notlage anderer ausnutzen.

Heike konnte es nicht lassen, wieder auf die anscheinend doch etwas sinistere Notengebung an der PHS zurückzukommen. «Wie ist denn das nun mit den halben Noten...?»

Die Grabow holte die Phaiaxflasche und drei Gläser aus dem Schrank. «Ganz einfach: mit 'ner Münze. Bei Adler gilt die volle Note, wie der Würfel sie anzeigt, bei Zahl kommt eine halbe Note hinzu...»

Heike nickte anerkennend. «Genial!» Von Hause aus neugierig, aber halb auch spielerisch und gelangweilt, schlug sie eine der auf einem Aktenbock herumliegenden und schon korrigierten Arbeiten auf. «...und darum hat der hier eine Eins-Komma-Fünf bekommen...?»

Die Grabow mühte sich gerade mit dem Herausziehen des ungewöhnlich fest sitzenden Korkens. «…ja. Wer…?»

«Gib mal her…!» sagte Mannhardt und wollte ihr die Weinflasche wegnehmen.

«Nicht doch!» Sie kämpfte geradezu mit ihm. «Flaschenöffnen ist reine Frauensache!» Und sie schaffte es in der Tat.

Heike klatschte ihr ostentativen Beifall. «Männer sind halt überall entbehrlich…!»

«Wann fahrt ihr nach Lesbos?» fragte Mannhardt.

«Wenn das erste Sperma-Werk seine Arbeit aufgenommen hat», lachte die Grabow. «Wenn das synthetisch geht, und der Superdildo dazu auf den Markt gekommen ist.»

Mannhardt guckte so traurig, daß Heike ihn in den Arm nahm und «…meine arme Drohne!» sagte.

Mannhardt wandte sich unwillig ab und stieß dabei die Grabow an, die schon beim Eingießen war. Dadurch schoß ein ziemliches Quantum an Heikes Glas vorbei und ergoß sich auf die von ihr aufgeschlagene Arbeit.

Heike lachte. «Sieht aus, als hätte da einer beim Schreiben mächtiges Nasenbluten gehabt!»

«Hör auf!» rief die Grabow. «Das ist makaber.»

«Wieso?»

«Weil das die Arbeit von diesem Karsten Kniehase ist, den sie fast ermordet hätten.»

«Oh…!»

Mannhardt staunte. «Was: der soll bei dir ’ne Eins-bis-Zwei bekommen?»

Die Grabow setzte ihre Flasche ab. «Wieso denn nicht? Das ist ’ne prima Arbeit. Haste was gegen den…?»

«Nee, ganz im Gegenteil. Aber als ich die in der Hand hatte, da schien’s mir ziemlicher Mist zu sein…»

Heike und die Grabow stellten fast gleichzeitig dieselbe Frage. «Wann hast du die denn in der Hand gehabt…?»

«Na, als ich den Prützke, den Rüdiger, mal kurz vertreten habe…»

«Den Ermordeten…?» fragte Heike. «Versteh ich nicht!»

«Kindchen, ganz einfach…» Mannhardt konnte sich wieder in seiner Quasi-Vaterrolle gefallen. «Prützke hat die Aufsicht bei der Strafrechts-Klausur. Kurz vor Schluß, einige haben schon abgegeben, muß er ganz dringend ans Telefon – und unsere Verwaltung bittet mich, mal für zehn Minuten einzuspringen...»

Die Grabow hob ihr Glas. «Prost! Auf unsere Ein- und Besprin-ger...!»

Mannhardt spielte mit schönster Transvestitenstimme die Empörte. «Ihre sexistischen Bemerkungen, Frau Professorin, zumal in den Diensträumen und im Beisein einer Feministin gemacht, werden disziplinarische Maßnahmen unvermeidbar werden lassen.»

Die Grabow stöhnte beim ersten Schluck fast orgiastisch auf. «Ah...!» Dann sah sie Mannhardt durchdringend an. «Nun leg mal ein Geständnis ab...»

«Was für ein Geständnis?»

«Weißt du denn nicht, was die Studenten da lästern, ich meine, die Gruppe da um Arwed Walther, das *Völkische Erwachen*...?»

Mannhardts Magen krampfte sich zusammen. «Nein...»

Die Grabow zögerte noch. «Soll ich dir's wirklich sagen...?»

«Was meinst du?» Mannhardt sah zu Heike hinüber.

«Na, sicher.»

Die Grabow leerte erst ihr Glas. «Sie meinen, es gäb da gar keinen externen Verbrecher. Vielmehr, du hättest Andrea vögeln wollen, und Karsten Kniehase sei dir dabei in die Quere gekommen. Worauf du ihn niedergeschlagen hast.»

«O Gott, nein!»

«Und Prützke...?» fragte Heike. «Den hat er vorher erschlagen, weil er schon lange auf dessen Radiergummi scharf gewesen ist...!?»

«Nein», lachte die Grabow und stieß Heike den Zeigefinger in die Magengrube, «weil *du* dich wieder mit ihm, Prützke, zusammentun wolltest. Eifersucht also, pathologische, beim lieben Hans-Jürgen. Alles im Affekt...»

Heike knallte ihr Glas auf den Tisch. «So ein dußliges Gerede, so ein Unsinn, Mensch!»

«Ja, aber...» Mannhardt sah aus dem Fenster. «Das hat mich auf 'ne Idee gebracht...»

Es war 14 Uhr...

...und 57 Minuten.

Carmen Müller hatte sich sofort nach der Lektüre ihres Horoskops einen halben Urlaubstag genommen. Frisch geduscht, mit *Davidoff* betupft – RELAX YOUR MIND, ENJOY YOUR BODY – und durchgestylt wie eine Moderatorin des MTV-Musikkanals, verließ sie das Häuschen ihrer Mutter am Oranienburger Lehnitzsee, Baujahr 1935 und seitdem nie mehr wieder frisch gestrichen oder gar neu verputzt worden. Aber immerhin: Für einen Quadratmeter Boden zahlte man hier, vier S-Bahn-Stationen hinter der Stadtgrenze Groß-Berlins, auch schon 300 Mark und mehr, DM natürlich. Doch ihre Mutter war erst 41, hatte sie bereits mit 18 bekommen; da war es Quatsch, schon jetzt 1734 qm mal 300 zu rechnen. Sie mußte es selber versuchen. Frisöse war sie, wußte auch in der Kosmetik Bescheid, doch bis jetzt hatte sie keinen rechten Mumm gehabt, sich im Westen was zu suchen. Doch nun das Horoskop. *Manches deutet darauf hin, daß Sie Ihren bisherigen Wirkungskreis aufgeben sollten. Ein neues Angebot läßt Sie den Verlust verschmerzen.* Noch hatte sie kein Angebot erhalten, aber sie war sich vollkommen sicher, daß es heute kam. Wenn sie nach Tegel fuhr und durch die Fußgängerzone schlenderte. Sie hatte es geträumt. Wie sie vor einer teueren Parfümerie gegen ein kleines Tischchen prallte und die Fläschchen und Flacons zu Boden fielen. Wie der Besitzer nach draußen kam und sie ausschimpfen wollte. Aber dann war es Liebe auf den ersten Blick. Wie bei *Pretty Woman.* Nun ja, sie tat es gerne, und sie tat es gerne für Geld. Vorausgesetzt, es war ein Mann, den sie ohnehin begehrte. Besonders scharf war sie auf alle Typen von Farbigen und *blacks*. Doch einen Orgasmus bekam sie auch bei denen nur, wenn sie vorher Geld gesehen hatte. Sie fand das witzig und wartete auf einen Psychologen, der ihr mal erklärte, warum denn das so war. So eng sah sie das alles nicht. Die eine konnte gut singen, die andere tolle Zeiten laufen, und warum sollte gerade sie aus ihren Talenten kein Kapital schlagen dürfen und wollen. Nicht in der DDR, aber jetzt.

Die S-Bahn-Strecke nach Frohnau, was zu Westberlin gehört hatte, war noch immer nicht wieder in Betrieb genommen worden, so daß sie in Hohen Neuendorf um- und in den Bus der Linie 225 steigen mußte, um dann in Frohnau mit dem 125er nach Tegel zu gelangen.

Sie ging immer schneller, denn hatte sich ein Krebs, wie sie wußte, erst einmal zu etwas entschlossen, so bewies er ungeheuere Ausdauer. Im Geschäftsleben waren Krebse überaus erfolgreich. Stand in jeder Astro-Analyse zu lesen. Sich einen aus der Branche angeln, einen aus dem Westen, und mit dem was aufbauen. Krebse galten als zärtliche und einfühlsame Liebespartner und konnten sehr sinnlich sein, wenn ihre Gefühle erst einmal in Wallung geraten waren.

Verdammter Mist! Sie schimpfte vor sich hin, denn immer wieder schlug ihr das blöde Ding von Dampfbügeleisen gegen die Knie. Beim Weggehen hatte sie von ihrer Mutter eine viel zu dünne Einkaufstasche in die Hand gedrückt bekommen und war gebeten worden, das defekte Gerät nach Tegel mitzunehmen und dort zur Reparatur zu bringen. Es eile sehr, da die Garantie nächsten Montag abgelaufen sei. Na schön, wenn's denn sein mußte.

«Mein Meniskus, Mann!» Das hatte sie nun von ihrer Gutmütigkeit. Am liebsten hätte sie den ganzen Mist in den Papierkorb geworfen.

So schaffte sie es gerade noch eben, in den Zug der Linie 10 zu springen, als die roten Lampen schon aufleuchteten und das Warnsignal ertönte. Am Ende ihres Abteils ließ sie sich auf die hellblauen Lederpolster fallen und rang nach Luft. Puh!

Lehnitz, Borgsdorf, Birkenwerder... Der über vierzig Jahre alte Zug röhrte durch ausgedehnte Kiefernwälder und an kleinen Siedlungen vorbei. Die nächste Station war schon Hohen Neuendorf.

Als sie ein Geräusch hörte, fuhr sie herum.

Ihr Mörder stand vor ihr.

Mannhardt und Janotta fuhren im olivfarbenen Wartburg des Schmöckwitzers den Berliner Ring nordwestwärts entlang, kamen vom Pankower Abzweig und wollten an der Ausfahrt Birkenwerder auf die alte Reichs-, dann Fern- und nun Bundesstraße 96 hinauf, um sich oben in Oranienburg um den Fall Carmen Müller zu kümmern.

«Ein Mordfall ist es ja noch nicht», sagte Janotta.

Mannhardt liebte es, dies als bewährter Überlebensmechanismus aller Softies, makaber bis zynisch zu sein. «Was nicht ist, kann ja noch werden, denn wie man mir gesagt hat, wird sie so schnell nicht aus dem Koma erwachen.»

«Schädeltrauma, das halbe Gehirn...» Janotta schüttelte sich. «Mit dem Bügeleisen immer wieder auf den Kopf rauf...»

Mannhardt spielte Werbefernsehen. «Die Kriminalpolizei rät:

Bürgerinnen und Bürger, führt die Tatwaffe immer bei euch, dann könnt ihr besser ermordet werden!»

«Hör auf, Mensch!»

«Isses dir lieber, wenn ich zu heulen anfange oder mich wieder in die Psychiatrie einliefern lasse!? Gott, warum kann man keinen Beruf haben wie Kellner oder so!»

Sie kamen nur langsam voran, weil überall Baukolonnen am Werke waren, die stark frequentierte Autobahn in der Mitte nun endlich – die DDR-Behörden hatten das nicht für nötig respektive finanzierbar gehalten – mit Leitplanken zu versehen.

«Macht nichts», sagte Janotta, «haben wir mal so richtig Zeit, uns auszutauschen...»

Mannhardt schluckte. Nicht nur, weil der Ossi nun auch schon diesen scheußlichen Pseudo-Psycho-Slang drauf hatte. «Wie: Soll ich du sein und du ich...? Aber da mußt du dich erst noch ‹öffnen› und ‹voll einbringen› in unsere Beziehung...»

Janotta sah ihn komisch von der Seite an. «Du bist doch gar nicht...?»

«Doch, doch, Heike ist nur Tarnung, weil man ja sonst bei der Polizei...» Mannhardt wußte, daß das eine Gemeinheit war, aber Janotta sollte bei seiner heftigen Abneigung gegen Schwule nun mal schön darunter leiden, daß er einen von denen bis jetzt vielleicht sympathisch gefunden hatte. Denkprozesse in Gang setzen. «Entschuldige das überraschende Geständnis, aber...»

Sie schwiegen, bis zufällig vor ihnen ein Lieferwagen aus Beelitz auftauchte, aus dem Städtchen im südlichen Vorfeld Berlins wie der Landeshauptstadt Potsdam, das durch seine Lungenheilstätten, durch Erich Honeckers Zufluchtsstätte bei den hier noch stationierten Sowjettruppen und zuletzt durch die «Bestie von Beelitz» bekannt geworden war.

«Was hast du'n über diesen Wolfgang Schmidt auf deinen informellen Kanälen noch so erfahren?» wollte Mannhardt wissen.

«Auch nicht mehr, als in den Zeitungen dringestanden hat... Fünf Frauen und ein drei Monate altes Baby hat er getötet. Dazu noch einige Überfälle auf Frauen und Schülerinnen. Bei einer der Frauen, einer Russin, erst das Baby, dann sie. War immer mit Damenunterwäsche bekleidet und hat sich dann an den Toten vergangen. Soll als Junge die Mutter abgöttisch geliebt und ihr Slips und BHs geklaut haben, worauf er fürchterlich verprügelt worden ist...»

Mannhardt nickte. So weit kannte er die Fakten auch. «Du hast vergessen, daß der Schmidt Mitglied bei den Neonazis war... Aber das Wichtigste: Gibt es denn irgendeinen Hinweis darauf, daß Schmidt auch die Valeska Wutz und die Carmen Müller... haben könnte?»

«Nein, auf keinen Fall.»

«Na ja, der modus operandi ist ja auch 'n ganz anderer gewesen, keine Anhaltspunkte für sexuelle Motive, nur die Handtaschen weg, Bereicherungsabsicht...»

Janotta fuhr von der Autobahn herunter. «Ja und nein. Vielleicht ist unser Täter auch nur gestört worden, bevor er sich an seinen Opfern auch noch vergehen konnte. Und außerdem hat man bei der Carmen Müller auch noch blaue Flecke an den Armen und Kratzspuren an Hals und Brust gefunden. Steht ja auch noch gar nicht fest, ob es wirklich nur einer war, ein Täter...»

«Und ob es in beiden Fällen derselbe war. Seit der ‹Bestie von Beelitz› gehen wir unwillkürlich davon aus, aber sicher ist das ja nun wirklich nicht...» Mannhardt lehnte sich zurück.

Janotta machte es kurz. «Egal, die Aurak hat nun mal die Weisung gegeben, uns um beides parallel zu kümmern...»

«Die Aurak, o Gott...!»

Mannhardt flüchtete sich in seine Fontane-Welten, hatte noch heute morgen beim Frühstück im «Havelland»-Band des Meisters gelesen, daß aus dem Orte Bötzow erst 1652 Oranienburg geworden war, so genannt zu Ehren von Louise Henriette, der Gattin des Großen Kurfürsten, die aus dem Hause Oranien kam. Hallo, Beatrix! Von Heike, der allgebildeten Ex-Journalistin des *Brammer Tageblattes* hingegen wußte er, daß in Oranienburg Großes geschehen war, was die Chemie betraf: daß nämlich in besagtem Schlosse Friedlieb Ferdinand Runge in den Jahren 1833 und 1834 das Anilin, das Coffein und das Atropin entdeckt hatte.

Janotta wußte dagegen etwas anderes. «1933 ist hier in Oranienburg das erste faschistische Konzentrationslager entstanden. Der revolutionäre Dichter Erich Mühsam ist hier ermordet worden. 1936 haben sie dann nebenan in Sachsenhausen das Massenvernichtungslager errichtet. Über 100000 Menschen ermordet...»

Mehr als ein ganzes Olympiastadion voll, und Mannhardt dachte voller Zorn an die «Pankower Front» und an einen vieldiskutierten Vorfall in Fürstenberg/Ravensbrück, ein Stückchen weiter havelaufwärts. «Da haben sie ja auch viel Platz hier für einen Supermarkt...»

«Der Kampf gegen den Faschismus ist von oben herab verordnet worden», erklärte ihm Janotta.

«... daher ist er den Leuten suspekt gewesen und nicht von innen gekommen», fuhr Mannhardt spöttelnd fort. «Hab ich heute morgen auch in der *Berliner Zeitung* gelesen.»

Janotta ignorierte es. «Sie wollen leben jetzt...»

«Das Leben kaufen», ergänzte Mannhardt, der öfter daran denken mußte, was ihm sein Sohn zu erklären versucht hatte.

Janotta lenkte schnell vom Thema ab. «Entschuldige... Aber du wolltest dich doch mal um den Enkel von der Wutz da kümmern...?»

«Den in Kyritz, ja. Hat nach Auskunft der örtlichen Kollegen ein einwandfreies Alibi, war zur Tatzeit als ABM-Kraft im Landratsamt zugegen.»

«Ah, ja. Und der Mozzi da ist auch aus'm Schneider?»

«Der Mosambikaner!» betonte Mannhardt. «Jacinto, ja. Der hat für die Wutz wirklich immer wieder mal Besorgungen erledigt, aber zur Tatzeit war er mit meiner sehr verehrten Kollegin, Frau Professor Dr. Gertrud Grabow, zusammen. Ob direkt zusammen, weiß ich nicht, jedenfalls bei ihr zu Hause und offiziell mit der Reparatur ihres Brotrösters befaßt. Weitere Zeugen vorhanden.»

«Irgendwie tippe ich aber weiter auf das ‹Nasse Dreieck›...»

Mannhardt konnte heute nicht anders. «Vielleicht haben die auch 'n Betriebsausflug hierher nach Oranienburg gemacht und 'ne Frisöse wie Carmen Müller gesucht, um sich die krausen Haar glätten zu lassen.»

Janotta erwies sich aber als völlig immun gegenüber solchen grotesken Überspitzungen und den Wahrheiten, die Mannhardt mit ihrer Hilfe «rüberbringen» wollte. «Komisch auch, daß in der Ecke, wo die Mozzis hocken und wo die Wutz erschlagen worden ist, zwei der drei Kinder zu Hause sind...»

«Welche Kinder?» fragte Mannhardt nach.

«Na, die da vom ‹lieben Onkel› zu den Untaten angestiftet werden. Zum Beispiel Silvio: Der Wohnungsbrand mit einem Schaden in Millionenhöhe und der Rentnerin darüber mit 'ner Rauchvergiftung im Krankenhaus, oder der kleine Marco. Das war der, der die elektrische Leitung durchschneiden sollte: schwere Verbrennungen an den Händen und Herzrhythmusstörungen. Um ein Haar wär er tot gewesen.»

«Was hat denn das mit den Mosambikanern zu tun?» fragte Mannhardt, und hätte fast gesagt, mit *meinen* Mosambikanern.

«Die Leute sagen, daß sich die Schwarzen an den Kindern rächen.»

«Wofür denn rächen?»

«Für das, was die Deutschen ihnen angeblich angetan haben.»

Mannhardt schwieg. Er wußte, daß dieser Mechanismus der Eskalation nicht mehr oder wenigstens kaum mehr zu stoppen war. Heike hatte gestern fürs *Brammer Tageblatt* getextet *Ein Funke genügt. Ausländern am ‹Nassen Dreieck› droht Berliner Lynchjustiz.*

Die kosmischen Mächte hatten keinen Grund, an dieser Stelle einzugreifen, denn wenn im Ausländerheim ein Dutzend Menschen von anderen getötet wurden, so war das Fortbestehen der Spezies Mensch nicht im allergeringsten gefährdet.

«Carmen Müllers Mutter können wir noch nicht befragen», sagte Janotta. «Die Ärzte sagen njet. Aber da sollten wir uns mal keinen Kopf drüber machen…»

Wieder zuckte Mannhardt zusammen. Welch dämliche Ossi-Wendung. Einen Kopf *zerbrach* man sich. Zugleich bemerkte er, wie seine Reaktion ganz offenbar mittels unsichtbarer Wellen Janottas Antennen erreicht haben mußte, denn der rückte ein paar Zentimeter weiter weg von ihm. Mannhardt kam sich schlecht und böse vor. Anstatt die *Mauer in den Köpfen* überwinden zu helfen, hetzte er innerlich dauernd gegen den Ossi-Kollegen, und die Mosambikaner waren ihm x-mal lieber als der eigene Landsmann. Fast zwangsneurotisch drängte es ihn, dies wiedergutzumachen und besonders lieb und nett zu Walter bzw. Leo Janotta zu sein. Und plötzlich verspürte er einen starken, wohl schon homoerotischen Impuls in Kopf und Körper: Leg den Arm um ihn, küß ihn und sag ihm, daß du ihn magst.

Das war natürlich mit Entsetzen auf der Stelle weggewischt, und statt dessen brummte er nur, warum sie denn auf Carmen Müllers Mutter so ohne weiteres verzichten konnten.

«Weil die Carmen, also, weil ihre ältere Kollegin ihre beste Freundin war, so wie ’ne leibliche Mutter. Eine gewisse Jastrau, Else Jastrau.»

«Also, auf zu den Frisösen. Auch wenn wir im Wartburg kommen und nicht im Manta.»

Der Damen-Salon mit dem herrlich westlich-neuen Schild *Premier-Coiffeur Oranienburg* befand sich in unmittelbarer Nähe des leidlich instandgehaltenen Schlosses. Drinnen gab es nicht nur den Charme der frühen Jahre, so 1955 bis 1965, sondern vom Band auch Oldies deutscher Produktion wie «Ro-ro-ro-ro-Robinson kannte noch kein Grammophon» mit Cornelia Froboess, «Die Bim-bam-bim-bam-bina» mit Caterina Valente, «Das machen nur die Beine von Dolores» mit Gerhard Wendland und schließlich «Aber nachts in der Bar» mit Bibi Johns, der der Knabe Hans-Jürgen Mannhardt die schönsten Selbstbefriedigungsstunden seines Lebens zu verdanken hatte.

In Gedanken daran hätte er bei der Begrüßung besagter Else Jastrau fast gesagt: «Bei Ihnen hier in O*n*anienburg...», zumal zwei der jüngeren Kolleginnen die Art von knappen Röcken trugen, die ihn immer gewaltig anmachten, und er war nicht mehr in der Lage, mit ein paar zusammenhängenden Sätzen ihr Erscheinen zu begründen. Seine Verwirrung entsprang aber nicht nur seinen dienstwidrigen Gelüsten (Wenn das die Aurak wüßte!), sondern auch der Tatsache, daß sie ja hier im Bundeslande Brandenburg waren und die Sache wegen der noch immer unheimlich schlechten Telefonverbindungen vorher nicht mit den Oranienburgern abgesprochen worden war.

Zum Glück für ihn war Janotta voll an der Rolle, hatte als Berliner im DDRlichen Umland schon immer den haushoch Überlegenen gespielt, und erteilte der Jastrau kurz und knapp die Weisung, ihnen im Hinterzimmer bereitwilligst Auskünfte über die Lebensumstände der Kollegin Carmen Müller zu geben, auch wenn die brandenburgischen Kollegen mit dem neuen OR-Kennzeichen am Wagen dies alles schon mal gefragt hätten. «Dies zu werten, ist unsere Sache, und da Verknüpfungen zu suchen...»

An einer großen Vitrine mit Parfüms, Achselsprays, Kondomen und anderen schönen Dingen vorbei ging es nach hinten in den kleinen Ruheraum des Haarkunst-Kollektivs.

Mannhardt mochte Else Jastrau auf den ersten Blick. Sie war, kaum zwei, drei Jahre jünger als er, genau der Typ, den er sich immer als Schwester gewünscht hatte: die Kumpel-Frau zum Herumalbern und Quatschen, bei der einem nicht dauernd und zwanghaft Sexuelles in die Quere kam.

Sie weinte, als Janotta auf die Ermordete zu sprechen kam, und Mannhardt zog ein Tempotaschentuch hervor, um ihr die Tränen von den Wangen zu tupfen.

«... das ist alles so schrecklich! Ich mach mir solche Vorwürfe...»

«Wieso denn das?» fragte Janotta sofort.

Die Jastrau bekam sich wieder in den Griff. «Weil ich zu weich zu ihr war. Ich hätt ihr noch viel deutlicher sagen sollen, wohin das alles führt.»

«Was führt...?»

«Ihr Lebenswandel.» Else Jastrau schloß die Augen, verschränkte die Hände über den Bauch und knetete sie, um so mit ihrer inneren Anspannung fertig zu werden.

«Die Männer...» half ihr Mannhardt weiter.

«Ja, zu viele. Ein paarmal im Bett mit einem – und dann war's auch schon wieder aus.»

Mannhardt lächelte. «Ist doch das Modernste, was wir haben: Sex-and-hopp!»

Die Jastrau fand das gar nicht gut. «So richtig den...» Das Wort Orgasmus verschluckte sie angesichts der beiden Männer schnell. «... bekommt 'ne Frau doch erst, wenn sie einen Mann hat, den sie liebt.»

«Vielleicht war da Carmen nicht so anspruchsvoll», merkte Mannhardt an.

«Von einigen soll sie sogar Geld genommen haben», warf Janotta ein, der das offenbar schon über alte Seilschaften und per Flurfunk herausbekommen hatte. «Stimmt das, Frau Jastrau?»

Die Frisörgesellin wurde rot und nickte. «Ja...»

Janotta zog einen eng bekritzelten Zettel heraus. «Sie soll gesagt haben: ‹Das ist das Größte für mich: 'n irren Spaß an was haben, wou!, und dann noch 'ne Menge Kohle für kriegen!› Können Sie das bestätigen?»

«Ja, leider Gottes.» Die Jastrau konnte nicht anders, sie mußte sich trotz Mannhardts warnenden Hustens eine *Cabinett* anzünden. «Aber neulich hab ich ihr ja schon auf 'n Kopf zugesagt, daß das mal böse enden wird.»

«Wieso, was war'n da?»

«Da hat sie's sogar mit 'nem Neger getrieben, hier in der Besenkammer nebenan!» Sie zeigte auf eine kleine Tür, die ebenso wie die Wand mit altertümlicher Blümchentapete beklebt worden war.

Mannhardt ging hinüber. «Das muß doch nicht immer letal enden, wenn man...» Er wollte sagen: ‹von einem *black* gevögelt wird›, erinnerte sich aber an Berichte über die viel größere Prüderie der Ossis und fuhr fort: «...wenn jemand einen Farbigen liebt. Oder haben Sie da an Aids gedacht?»

«Nein. Nur, daß da 'n paarmal welche angerufen haben und ihr gedroht...»

Janotta schaute sie an. «Gedroht...? Wie, warum?»

«Eben weil sie mit einem Neger ins Bett...»

«Und: Was haben die gesagt?»

«Du Negerhure, wenn du dich von dem noch mal umlegen läßt, dann wirst du von uns auch mal umgelegt! Aber anders!» Die Jastrau begann wieder zu schluchzen und war einem Kreislaufkollaps nahe. Sie wollte zur Toilette, und Mannhardt mußte sie stützen.

Es dauerte, und Mannhardt sah sich in der Zwischenzeit die Besenkammer an, in der es Carmen angeblich – vielleicht waren das auch die verdrängten sexuellen Wünsche der Jastrau – mit dem Farbigen getrieben hatte. Offenbar hatte sich die Gute des öfteren hierher verzogen, um zu masturbieren, denn die eine Wand war mit Fotos von schönen Männerkörpern vollgeklebt, allesamt Hochglanzmagazinen entnommen, und auf einem, auf dem ein kubanischer Läufer abgebildet war, las er in eher noch kindlicher Schrift: «Alberto, laß mich an deinem Zuckerrohr lutschen!» Mußte wirklich ein reges Triebleben gehabt haben, die Dame...

Mannhardt wandte sich schnell seinen beruflichen Pflichten zu und suchte nach den Vornamen real existierender Berliner Männer, denn sich an so etwas aufzugeilen, hätte ihn nur wieder Heikes feministische Verdammung eingetragen: Da macht 'ne Frau nun mal das, was ihr Männer seit Jahrtausenden tut, und gleich verdammt ihr sie dafür.

Er fand leider keinen einzigen Namen, außer Alberto eben, und die Jastrau kam zurück.

«Geht's besser?»

«Danke, ja. Ich muß Ihnen ja helfen, damit Sie das Schwein finden, das sie überfallen hat.»

«Haben Sie denn diesen Farbigen mal kennengelernt?» fragte Janotta.

«Nein, nur aus der Ferne mal am S-Bahnhof hier in Oranienburg.»

«Wie schwarz war er denn. So ganz schwarz wie einer aus Äquatorialafrika oder nicht ganz so...?»

Die Jastrau sah Janotta lange an. «Nicht ganz so...»

Janotta stieß nach. «Kuba, Angola, Mosambik...?»

Mannhardt hielt den Atem an. Bitte nicht wieder Jacinto oder Narcissio oder Bento oder wie sie vom «Nassen Dreieck» alle hießen.

«Ich weiß es nicht...»

«Was wissen Sie denn!?» kam es drohend von Janotta.

Mannhardt fand, daß bei dem Ost-Kollegen wohl doch wieder die alten Verhaltensmuster durchbrachen, und er ergänzte den Satz mit ausgesuchter Freundlichkeit. «...sonst noch von Carmen, was uns interessieren könnte? Wo wollte sie denn gestern eigentlich hin?»

«Nach Westberlin, nach Tegel.»

«Und warum?»

«Nur so. Sich mal umsehen. Bummeln. Mal bei 'ner Bank nachfragen, was so 'n Kredit kostet. Für einen eigenen Laden, einen Kosmetiksalon...»

«Mit einem Mann, mit Männern, ist sie aber nicht verabredet gewesen?» fragte Mannhardt.

«Nur bummeln...»

«Was bei ihr hieß, daß sie einen geeigneten kennenlernen wollte?» stieß Janotta nach.

Else Jastrau nickte müde. «Ja.»

Mannhardt lehnte sich gegen die Tür der Besenkammer. «Nun, Sie kennen die Strecke, Frau Jastrau. Carmen hätte, wenn sie wirklich nach Tegel gewollt hätte, in Hohen Neuendorf aus- und in den 225er Bus umsteigen und bis Frohnau fahren müssen. Von da dann mit dem 125er bis Tegel. Sie ist aber weitergefahren und dann in Mühlenbeck-Mönchmühle erschlagen aufgefunden worden. Warum ist sie weitergefahren? Das ist hier die alles entscheidende Frage.»

Die ältere Frisöse brauchte nicht lange zu überlegen. «Sie wird jemanden getroffen haben und mit dem weitergefahren sein.»

Mannhardt nickte. «Das ist die eine Möglichkeit. Sie trifft einen Freund, eine Freundin, einen Bekannten, eine Bekannte – wie auch immer. Und die bringen sie dazu, ihre Planung zu ändern und nicht nach Tegel zu fahren. Wie schaffen die das, was passiert? Wird sie a) in ein Gespräch verwickelt, so daß sie einfach vergißt, da auszusteigen, wo sie wollte. Fragezeichen. Oder b): Ist da jemand, der sie...» Mannhardt erinnerte sich da an seine Wahnsinnsnummer mit Heike. «...der sie im Zug anmacht, so daß sie es – sie sind alleine im Wagen – auf freier Strecke tun, und sie nicht aussteigt, bevor... und so weiter. Bleibt c), daß sie mit Gewalt oder mit der Androhung von Gewalt gehindert wird, den Zug in Hohen Neuendorf wie geplant zu verlassen...»

«Ja, so wird es wohl gewesen sein», sagte Else Jastrau, als er auf d) nicht mehr kam.

«Ja, aber a) und b) scheiden wohl aus, weil sich dieser Jemand dann schon längst gemeldet haben müßte...»

«Es sei denn», Janotta sprach da aus langer beruflicher Erfahrung, «derjenige möchte nicht, daß sein Ehepartner davon erfährt.»

Mannhardts Schlußfolgerung war damit klar. «Bleibt nur c). Es hat sie jemand, mit 99,9prozentiger Wahrscheinlichkeit ein Mann, daran gehindert, in Hohen Neuendorf den Zug zu verlassen...»

«Es sei denn», ergänzte Janotta, «daß sie da schon tot gewesen ist...»

«Ja... Wir beide sollten mal die Strecke abfahren und warten, was die berühmte Intuition uns bringt», schlug Mannhardt vor.

«Auf alle Fälle.»

Sie bedankten sich bei Frau Jastrau und machten sich auf den Weg zum Bahnhof Oranienburg.

Es war ein bemerkenswertes Bauwerk dieser S- und Fernbahnhof, und mancher Modellbahner hatte ihn sicher schon freudig auf seiner Anlage nachempfunden, doch die undichte Toilette ließ die ganze Vorhalle bestialisch stinken. Mannhardt mußte aber so dringend Harn lassen, daß er es billigend hinnahm, im Gemisch aus Urin und Reinigungswasser zu waten.

Von hier führte die blaue S-Bahn-Linie 10 immer am Rand der Stadt entlang von Nordwest bis nach Südost hinunter, über Schönhauser Allee und Ostkreuz zum Flughafen Schönefeld.

Gestern um 15 Uhr 11 war Carmen Müller von hier losgefahren, und Janotta hatte für Mannhardt die Durchfahrzeiten aus dem Kursbuch abgeschrieben.

Fahrplan des fraglichen Zuges:

Oranienburg	15.11
Lehnitz	15.13
Borgsdorf	15.17
Birkenwerder	15.21
Hohen Neuendorf	15.24
Bergfelde	15.28
Schönfließ	15.30
Mühlenbeck-Mönchmühle	15.34

In diesen 23 Minuten zwischen Oranienburg und Mühlenbeck-Mönchmühle hatte sich das Schicksal zweier Menschen erfüllt, war der eine zum Mörder, der andere, *die* andere, zum Opfer geworden.

Janotta hatte von den brandenburgischen Kollegen die Aussagen des Zugführers der S 10 ab Oranienburg 15.11 übermittelt bekommen und konnte sie schnell auf den Punkt bringen. «Nichts...»

Und auch der Stationsvorsteher des Endbahnhofs hatte nicht mehr zu bieten als eine in diesem Falle nicht sehr hilfreiche philosophische Erkenntnis: «So viele Menschen kommen und gehen...» Außerdem sei er schon einmal verhört worden, und das reiche ja wohl. Im übrigen: «In der DDR früher, da hat's so was nicht gegeben!»

Janotta nickte bestätigend.

«Sicher, da hat man das kriminelle Potential, das nun mal in jeder Gesellschaft unvermeidlich steckt, anders kanalisiert: siehe ZK, siehe Stasi, siehe Todesschützen an der Mauer. Gehen wir!» Mannhardt hätte kotzen können.

Schweigend stiegen Janotta und er in den wartenden Zug Richtung Schönefeld, planmäßige Abfahrt 15 Uhr 11.

Dieselbe Zeit wie gestern, als Carmen Müller hier eingestiegen war, und auch der Wagen, inzwischen von der Spurensicherung wieder freigegeben und gereinigt, das Abteil und die Sitzgruppe waren gleich. Mannhardt saß genau an der Stelle, an der die junge Frau Janottas Skizze zufolge gestern auch gesessen haben mußte. Es war ein Vollzug der von der DDR-Reichsbahn leicht modernisierten Baureihe 277 mit weißgrauen Kunststoffverkleidungen, die Mannhardt immer an Kühlschrankplatten erinnerten, und dunkelblauen Plastepolstern anstelle der Holzsitze, wie sie im Original des Olympiajahres 1936 anzutreffen waren.

Die Alarmsignale ertönten, die roten Lampen an den Türen flammten auf, sie fuhren los.

Mannhardt starrte in Richtung Führerstand und dachte, wie er da mit Heike... O Gott, wenn der Stationsvorsteher in Birkenwerder ihn wiedererkannte und Janotta zum Mitwisser wurde, ihn bei der Aurak verpfiff oder ihn erpreßte...

Es ging durch kleine Siedlungen und durch märkische Heide, märkischen Sand, *steige hoch, du roter Adler, hoch übers Brandenburger Land!*, durch Wälder und Felder.

Janotta, offenbar angeregt durch den Betrieb auf den vielen Gleisen ringsum, erzählte Mannhardt eine kleine Geschichte aus dem Eisenbahnerleben seines Vaters.

«...der war doch bei der Reichsbahn beschäftigt, als DDR-Bürger, und hatte 1961 nach dem Mauerbau Dienst zu tun in Treptow an der Sektorengrenze. Als sogenannter ‹Außenweichenwärter›. Da bekommt er eines Nachts – Ende August '61, wie gesagt – von seinem Stellwerksleiter den Auftrag, auf einer nahen Signalbrücke die Propanlampe auszuwechseln. Er geht hin, klettert rauf und kurbelt die alte Lampe nach unten. Da wird er von zwei Grenzern festgenommen und bis nächsten Mittag verhört. Und warum? Weil er ‹Blinkzeichen› nach Westberlin gegeben hätte.» Janotta lehnte sich aufstöhnend zurück. «Es war schon 'n Wahnsinn damals bei uns!»

«Du sagst es...» Mannhardt freute sich über eine solche Einsicht und erzählte seinerseits, wie er mit Lilo auf dem bis 1961 intakten Vollring immer sogenannte Knutschtouren unternommen hatte. «Für zwanzig Pfennige einmal rum, nach 'ner Stunde warste wieder da, wo du eingestiegen bist. Aber den Vollring wird's ja erst wieder Ende des Jahrtausends geben. Das hochbezahlte Mittelmaß, das bei uns Politiker wird, schafft das ja nicht eher. Andere bauen da in derselben Zeit 'ne völlig neue Eisenbahnlinie von einem Ozean zum anderen.»

Ehe er noch weiter schimpfen konnte, liefen sie in Lehnitz ein, und Janotta stand auf, hatte schon den Stationsbeamten ausgemacht.

«Nicht doch!» bremste Mannhardt ihn. «Verlieren wir doch viel zu viel Zeit damit; jedesmal zwanzig Minuten auf'n nächsten Zug warten! Fahr'n wir lieber erst nach Mühlenbeck-Dingsda, wo sie gefunden worden ist.»

Janotta sah das ein und setzte sich wieder. Mannhardt konnte aufatmen, die Gefahr, die vom Stationsvorsteher in Birkenwerder für ihn ausging, war erst einmal gebannt. Als sie um 15 Uhr 21 dort hielten, drehte er den Kopf zur anderen Seite.

Hinter Hohen Neuendorf verlief die Strecke in einer so engen Kurve, wie sie sonst nur Modellbahner wegen zu kleiner Zimmer wagten, durch die Kiefernwälder erst ostwärts und dann wieder nach Norden hinauf, um so Westberliner Gebiet zu vermeiden und sich einzufädeln in den Umgehungsring. Rechter Hand sahen sie die noch immer nicht geschleifte Mauer mit den Sandstreifen davor, die sich trotz offenbar verspritzter Gifte langsam wieder begrünten. Der Frohnauer Fernmeldemast beherrschte die Landschaft.

Außer ihnen waren lediglich drei andere Fahrgäste im Wagen, und es war durchaus vorstellbar, daß Carmen Müller gestern allein geblieben war. Auf jeder Station ließ sich beobachten, daß die durch den Überfall nun besonders ängstlich gewordenen Fahrgäste den ersten und den letzten Wagen des Zuges bevorzugten, den zweiten von hinten, ihren, aber ganz besonders mieden.

Dann hielten sie auf der Station Schönfließ, praktisch auf freiem Felde, und Mannhardt hatte sofort wieder dienstliche Assoziationen.

«Schönfließ – wie das Mordopfer in Nikolassee draußen...»

Der Tatort lag zwar genau am anderen Ende der Stadt, Luftlinie von Norden nach Süden knappe 30 Kilometer, aber denkbar war ja durchaus, daß der Täter auch hier in dieser Bahn gesessen hatte und beim Lesen des Stationsschildes automatisch an Frieder Schönfließ, *Berlins Büro-Computer-König* gedacht hatte, wie gewinnbringend es doch sein mußte, bei dem mal einzubrechen.

Vielleicht war das wirklich der entscheidende Auslöser gewesen. Wie gestern vielleicht Carmens Handtasche mit dem Bügeleisen darin...

«Wir müßten auf allen in Frage kommenden Bahnhöfen systematische Fahrgastbefragungen durchführen», sagte Mannhardt.

«Woher willst'n die Leute alle nehmen?» fragte Janotta.

Mannhardt nickte. Kein Geld für neue Stellen und die notwendigen Stasi-Überprüfungen, die abgeschlossen sein mußten, bevor man die alten Leute übernehmen konnte. Solange waren sie noch wie gelähmt. Herrliche Zeiten für Straftäter, und die gab es in Umbruchzeiten wie diesen, wo Hunderttausende aus ihrer Lebensbahn geworfen waren, zuhauf. Die Läden voll, die Portemonnaies aber leer. Die neuen Bundesländer waren ein einziges Labor und Experimentierfeld zur Heranzüchtung «krimineller Elemente». Eigentlich hatte Janotta recht, sich und die anderen als Opfer zu sehen, und konnte Anspruch auf Milde erheben.

Zwischen dem kleinen Bergfelde und der Groß-Gemeinde Mühlenbeck mit immerhin eigener Autobahnauffahrt überwog das Akkerland mit Silos, Schuppen und vereinzelten Gehöften.

«Die Stationsvorsteherin von Mühlenbeck-Mönchmühle heißt Rita Graul», sagte Janotta. Er sah auf seine Armbanduhr. «Spätestens hier muß der Täter mit dem Bügeleisen auf Carmen Müller eingeschlagen haben...»

Mannhardt stand auf. Ihm war unbehaglich zumute. Er trat zur Tür, um notfalls noch hinausspringen zu können.

Der Zug hielt pünktlich um 15 Uhr 34 in Mühlenbeck-Mönchmühle. Sie stiegen aus und sahen, daß drei Frauen aus- und kaum mehr als zehn Fahrgäste einstiegen, zwei davon auch in ihren Wagen. Gestern war hier ein Angler eingestiegen, der auf dem Mühlenbecker See seinem Hobby nachgegangen war, und hatte Carmen Müller in einer riesigen Blutlache gefunden.

Den offiziellen Ausgang gab es in Fahrtrichtung vorn, hinten aber hatten Eilige eine Bresche in den Absperrzaun geschlagen und sich den ziemlich steilen Bahndamm hinunter einen sandigen Trittpfad geschaffen. Das war vor allem eine Abkürzung für die, die zu einem kleinen Badesee gelangen wollten, den Mannhardt hinter einer grünen Senke, einem Feuchtbiotop, wie man heutzutage sagte, einem Stück staubiger Brache und einem fast Tschechovschen Birkenwäldchen entdeckte. Da rechts von ihnen eine schnurgerade gezogene Nebenbahnstrecke die S-Bahn unterquerte, die stadtbekannte «Heidekrautbahn» nach Basdorf hinauf, war das wirklich ein so idyllisches Fleckchen, daß es als Diorama bei jeder Modellbahnerschau einen Preis gewonnen hätte.

Rita Graul erwies sich als eine jener tüchtigen, selbstbewußten und spröde-schönen Frauen, wie sie für die DDR recht typisch waren. Gewohnt, *ihren Mann zu stehen*, waren sie für Mannhardt ein wenig zu herb, immer an Heike gemessen, die er öfter eine verführerische Feministin genannt hatte. Außerdem war ihm die Sprache, die Rita Graul «drauf» hatte, zu burschikos.

«Ja, hab ick doch allet schon erzählt!» So begann auch sie, als sie sich vorgestellt und ihre Dienstausweise präsentiert hatten.

«Trotzdem müssen wir uns auch selber ein Bild von allem machen, weil ein Serientäter am Werke sein könnte, der sowohl hier im Lande Brandenburg wie auch in Berlin...» Mannhardt war es leid, immer wieder denselben Vers herunterzubeten.

Janotta übernahm den Dialog. «Sie sind also von einem Fahrgast alarmiert worden und haben die notwendigen Maßnahmen eingeleitet?»

«Ja.»

«Und unter anderem haben Sie einen jungen Mann aus dem Zug springen und hier den Bahndamm runterlaufen sehen...?»

«Ja. Da zum See hin, zu ‹Grolli's Oase›.»

«Wohin?»

«Das ist das Restaurant am Badesee unten. Sehr schön kann man da essen. Der Inhaber ist sehr bemüht um alles.» Rita Graul rückte ihre Dienstmütze zurecht.

Mannhardt erfreute sich an ihren Coppertone-gebräunten Beinen und der Vorstellung, den Rock so hochzuschieben, daß mehr davon zu sehen war. «Ein junger Mann – und dann...?»

«Nichts.» Sie war sichtlich irritiert. «Der war weg, im Nu...»

«Besondere Kennzeichen...» Schon war er bei seiner Klassenkameradin Eva, bei der sie im hochheiligen, damals noch papiernen Personalausweis in dieser Rubrik aus *Keine* mit passender Tinte *Beine* gemacht und einen ziemlichen Skandal ausgelöst hatten.

«Wie 'n Skin hatta ausjeseh'n und so 'n PF uff da Brust jehabt.»

«Die *Pankower Front*. Mensch, das isses vielleicht!» Mannhardt ließ sich die Chance nicht entgehen, die Stationsvorsteherin ein klein wenig zu umarmen. Klar, der Drohanruf bei Carmen, etwas gegen sie zu unternehmen, wenn sie es weiter mit den Schwarzen trieb.

«Wir sind Ihnen sehr zu Dank verpflichtet», sagte Janotta.

«Dann man los!» Mannhardt dirigierte ihn zum ungeplanten Ausgang. «Eine kleine Wanderung durch die Mark Brandenburg kann uns nichts schaden.»

Als sie «Grolli's Oase» erreicht hatten, meinte Mannhardt, daß sie sich erst einmal als Wandersleute geben und ein bißchen Umschau halten sollten. «Auch was bestellen, denn so 'ne private Initiative wie die hier, die muß man unterstützen...»

Sie hatten gerade Platz genommen und Bratkartoffeln mit Sülze geordert, da stieg vor ihnen ein junger Mann aus dem Wasser, ein Kleiderschrank mit kurzer blonder Bürste.

Mannhardt fuhr hoch.

Das war jener Maik von der «Pankower Front», dem er beim Mosambikanerfest das Messer an die Kehle gesetzt hatte. Die beiden Tätowierungen auf seinen Armen – H-A-S-S und APARTHEID – JA! – ließen keinerlei Zweifel aufkommen.

Es war 16 Uhr...

...und 14 Minuten.

Manuel ist allein zu Hause.

Du kannst ruhig fernsehen, wenn die Mutti am Nachmittag schnell noch mal einkaufen geht. Aber nur die Kindersendungen. Ja. Die sieht er aber nicht gerne; Western sind viel schöner. Wenn die Leutens schießen und dann umfallen. Und die auf die Pferde oben drauf. Wenn sie alle da reiten, wo die Felsen sind. Und Indianer gibt es da. Die haben Pfeile und schießen die anderen damit um. Einer von die heißt Häuptling und hat 'ne große Feder auf'm Kopf. Einer von die anderen ist ein Polizist. Der macht, daß Ordnung ist. Weil, da sind welche, die überfallen die Kutsche und klauen das Gold. Da muß er aufpassen. Der hat so'n Stern an'e Brust, damit sie alle wissen, wer er ist. Der heißt, der heißt...

Manuel schaltet den Fernseher ein, um zu sehen, wie die Männer mit dem Stern nun wirklich heißen. Gerade reiten sie in eine Stadt ein und ballern herum. Er zieht seine Plastikpistole aus dem Halfter und will mitmachen. Doch da ist der Film gerade zu Ende. Macht nichts. Manuel geht zum Fenster und schießt auf die Leute draußen. Aber nur auf die, die doof sind. Aber die fallen gar nicht richtig um. Scheiße! Weil seine Pistole nämlich, die ist kaputt. Mit den Knallplätzchen geht das nicht mehr. Mami war schon im Spielwarenladen und hat geschimpft.

Da klingelt das Telefon. Manuel geht hin und nimmt ab.

«Ja, hier Manuel...!»

«Hallo, Manuel, hier ist das Spielwarenhaus ‹Kinderparadies›! Du hattest doch Ärger mit deiner Pistole...?»

«Ja, die ist bei euch gekauft und ist kaputt!»

«Ich weiß. Das tut uns mächtig leid, und wir wollen uns bei dir vielmals entschuldigen. Darum haben wir auch einen Boten bei dir vorbeigeschickt, um dir eine neue zu bringen. Die ist echt toll! Du mußt nur die Wohnungstür aufmachen, da liegt sie bei euch auf der Fußmatte...»

Mannhardt mußte sich mit dem Frühstück beeilen, denn seine 11. Mordkommission steckte gewaltig im Streß. Eigentlich hätte er sogar auf seine Nachtruhe verzichten und durcharbeiten müssen. Und er war auch kaum zum Schlafen gekommen, denn immer wieder ließen sie ihn hochschrecken, die Prützke, Schönfließ, Wutz und Müller. Dazu kam diese fürchterliche Sache mit dem Kinder-Anrufer.

Vor kurzem hatten sie am Brandenburger Tor noch gejubelt *Berlin, jetzt freue dich!*, nun aber schien dieses Berlin völlig aus den Fugen zu geraten, und das Motto hätte besser lauten sollen *Berlin, jetzt fürchte dich*!

«Anomie», stellte Heike fest, während sie ihr Vollkornbrötchen kaute. «Emile Durkheim und Robert K. Merton. Eine Gesellschaft im Verfall. Die alten Werte tragen nicht mehr und die neuen noch nicht. Die Leute wollen das haben, was ihnen die Werbung und die Reichen suggerieren, daß sie es haben müssen, doch sie können keine Arbeit finden, weil es keine gibt.»

«Setzen, Eins!» brummte Mannhardt. «Aber das solltest du in deinem ersten Krimi nicht gerade unterbringen, denn der Sozio-Krimi ist out, so sagen sie.»

«Alle die, die nicht über ihren Bauchrand gucken können», lachte Heike.

«Hör mal... Das ist besser...» Er las gerade, daß sie Ilse Aichinger den Solothurner Literaturpreis verleihen wollten und dabei auch ein paar Zeilen von ihr abgedruckt hatten:

«Träume sind wachsamer als Taten und Ereignisse.
Träume bewachen die Welt vor dem Untergang,
Träume, nichts als Träume.»

Nun, er träumte von einer Welt, in der es keine Typen wie Maik Krause mehr gab. Der saß noch, dies hatten sie sich nicht entgehen lassen, in der Moabiter Untersuchungs-Haft, mußte aber bis spätestens zehn Uhr noch einmal einvernommen werden. Bis dahin würden Janotta und die anderen aus seinem Team bzw. Kollektiv die Angaben, die Maik gestern gemacht hatte, überprüft haben.

Hauptgesprächsthema beim Frühstück war aber nicht der Führer der «Pankower Front», sondern das, was der sogenannte Kinder-Anrufer gestern nachmittag angerichtet hatte.

Mannhardt fand das beinahe bedrückender als die Mordserie von Prützke bis Valeska Wutz und womöglich auch noch Carmen Müller. «Der kleine Manuel hat die Pistole, von der der Anrufer gesprochen hatte, von der Fußmatte genommen und damit gespielt. So ‹Peng, peng!›, wie sonst auch immer. Es war aber gar keine Spielzeug-, sondern teuflischerweise eine richtige, eine kleine Beretta. Damit hat er dann auf den Nachbarn geschossen. Bauchschuß, die Milz getroffen. Der Mann ist fast verblutet.»

«Gott, kommt es bei uns auch schon dazu, daß sie Kinder zu Killern machen...»

Mannhardt wußte, daß sie damit auf ihre Mosambik-Reportage und die Kinderkiller der RENAMO anspielte, und widersprach ihr heftig. «Das ist ja wohl doch noch 'n kleiner Unterschied. Da marodierende Banden, hier 'n einzelner mit 'ner schweren psychischen Störung.» Und ziemlich aggressiv fügte er hinzu, daß sie das als angehende Psychologin doch wohl wissen müßte. «Was ist denn das für'n Krankheitsbild?»

«Du, ich bin erst im zweiten Semester.»

«Ich dachte, im zehnten... Bei allem, womit du schon rumwirfst an Fachausdrücken und so...»

«Suchst du Streit?»

«Nur, wenn das der Mörder ist. Siegfried Streit...» Er lenkte ein, beugte sich ein wenig nach vorn und küßte sie. «Ich frag ja nur, weil das mit dem kleinen Manuel und der Beretta auch in Pankow war, in der Kreuzstraße. Und die geht von der Wollank ab.»

«Das kann doch nicht derselbe sein, der erst 'ne Rentnerin erschlägt und ihr das Geld wegnimmt – und dann das Kind...» Heike sah aus dem Fenster, wo sich vor der postmodernen Humboldt-Bücherei am Tegeler Hafen bunt gekleidete Menschlein versammelt hatten, um auf einen Dampfer zu warten. «Das eine, der Raubmord, das ist doch eine sozusagen gradlinige materialistische Tat, das andere aber doch die pathologische Lust am Quälen. Für Erich

Fromm ist das der sadistische Grundcharakter unserer Gesellschaft, und der manifestiert sich da in diesem Menschen, die Leidenschaft, absolute und uneingeschränkte Herrschaft über ein lebendes Wesen auszuüben. Der Mann, der sitzt da zu Hause am Telefon und genießt es, endlich einmal wieder Macht zu haben über andere Menschen, über Leben und Tod. Vielleicht war er mal Stasi-Offizier oder Werksleiter in einem VEB und ist ‹abgewickelt› worden. Die Kinder, die er anruft, setzt er ein wie Bomben.»

«Dann wäre er ja mehr ein Terrorist als ein sozusagen normaler psychisch Kranker», merkte Mannhardt an.

«Vielleicht. Aber die Stadt ist voll von solchen Menschen. Zeiten des Umbruchs sind immer auch Zeiten von sogenannten ‹Massenmördern›.»

«Ja, wie der Pleil.» Mannhardt erzählte Heike von jenem Manne, den er seinen PHS-Studenten immer wieder gerne vorführte. «Rudolf Pleil, Beruf *Totmacher*. Nach dem Kriege 30 Frauenmorde. *Das Monstrum an der Zonengrenze*. Auf Schleichwegen hat er Menschen aus der Ostzone nach Westen geschmuggelt. Epileptische Dämmerzustände, Alkoholsucht und Sexualgier haben sie bei ihm konstatiert.»

«Warum erzählst du das mit so 'm Schmunzeln?»

«Die Freude am Horror, die Freude, so einem Schicksal bisher entgangen zu sein...»

«Die Opfer sind ja auch alle Frauen gewesen», sagte Heike. «Da kann ein Mann ja auch nur lachen drüber...!»

«Und sich eine Frau aus Rache Geschichten ausdenken, wo Frauen reihenweise Männer morden!»

Heike stocherte in der Butter herum. «Ist die aus der Mark Brandenburg?»

«Ja, wieso? Schmeckt doch herrlich.»

«Ich esse nichts, was aus'm Osten kommt. Bei den vergifteten Böden da.»

«Mann! Nach der ‹Prinzessin auf der Erbse› – fühlt 'ne Erbse noch durch x Matratzen durch – ham wa nu die ‹Prinzessin auf dem Cadmium› – registriert noch 0,0000001 Milligramm pro Tonne auf der Zunge!»

«Gott, du solltest mal in der Volkshochschule wieder 'n neuen Kurs belegen: ‹Witz im Alltag III›!»

«Ja, aber nur mit dir als Dozentin!»

Sie warf ihre Serviette auf den Tisch und stand auf, um in die Diele zu laufen.

Mannhardt folgte ihr und umarmte sie von hinten. «Heike...»

«Ich kann dich nicht mehr ab heute, mir stinkt das alles.»

«Komm, laß dir 'ne Spritze geben gegen deine Depressionen!» Seine Erektion war stark genug, um ihr zu zeigen, was er mit diesen Worten meinte.

Sie stieß ihn zur Seite. «Ihr Männer kotzt mich an!»

Sein Versöhnungsversuch war danebengegangen, und Mannhardt hatte alle Mühe, sich auf Maik Krause zu konzentrieren.

Was gab die Akte her. 23 Jahre, POS-Abschluß gar nicht mal schlecht, abgebrochene Lehre als Maurer, gescheiterte Karriere als Fußballer, einige kleinere Vorstrafen, alles Schlägereien, Einbrüche in Datschen und dergleichen, auch Verbreitung nationalsozialistischen Schriftguts und Versuch der Republikflucht, derzeit tätig als Gehilfe auf Ausflugsschiffen («Leinenfestmacher»). Eine 08/15-Biographie.

Mannhardt sah Maik Krause an. «Sie geben also zu, am Tattag ab 12 Uhr in Oranienburg gewesen zu sein. Ankunft mit der S-Bahn um 11 Uhr 47...»

«Ja...» Maik Krause hockte vornüber gebeugt auf seinem Stuhl.

Wie beim Scheißen, dachte Mannhardt. «Und warum sind Sie da rausgefahren?»

«Ja...» Maik Krause schwieg erst einmal und schnipste so laut mit seinen Daumennägeln, daß es Mannhardt mehr als nervte.

«Ohne Grund setzt sich doch keiner in die S-Bahn und fährt da die halbe Ewigkeit nach Norden...» Mannhardt sah hilfesuchend zu Janotta hinüber, doch der war vollauf damit beschäftigt, eine durchs offene Fenster hereingekommene Wespe von seinem Fruchtsaft wegzuscheuchen.

«Oranienburg, ja...» Der Schweiß hatte Maik Krauses braunes Shirt fest mit der Brust verklebt, und die schwarzen Runen *Pankower Front* waren kaum noch zu erkennen.

Mannhardt wurde langsam ungeduldig.

«Gucken, was die Russen da machen.»

«Die Russen, wieso?»

«Sehen, ob die auch wirklich dabei sind, Deutschland zu räumen.»

«Diese Scheißwespen!» Janotta begann, so um sich zu schlagen, wie Mannhardt das ansonsten nur von Heike kannte.

«Solange der Russe noch in Deutschland steht, kämpfen wir gegen ihn!» Maik Krause hatte sich jetzt kerzengerade aufgerichtet.

Mannhardt hatte das Gefühl, in einem schlechten Schüler-Kabarett zu sitzen. Konnte die Wirklichkeit nicht ernster und erhabener sein, so wie seine Vorgesetzte Karin Aurak beispielsweise, die gerade die Tür aufgerissen und hereingesehen hatte.

«Guten Morgen, Frau...!»

«...'n Morgen!» Und weiter.

Mannhardt stand auf und umkreiste Maik Krause. Das war die Verhörtaktik *Wie ein Adler*. Gleich stößt er herab und wird dich packen. «Lassen wir doch mal die Ablenkungsmanöver, mein Lieber. Du warst doch in Wahrheit in Oranienburg, um was gegen Carmen Müller zu unternehmen...!»

«Wie...?»

Mannhardt starrte in ein tumbes Hinterwäldler-Gesicht, IQ 80. Der Preis ist heiß, Radio Tausend-Komma-zehn. «Die Drohanrufe, daß ihr sie umbringen würdet, wenn sie es weiterhin mit Negern treibt.»

«Wir waren das nicht. Das waren Kameraden von uns.»

Janotta, immer noch in der Hauptsache mit seiner Wespe beschäftigt, griff ein. «Wie auch immer: Fest steht, daß Sie 15 Uhr 11 in den S-Bahnzug nach Schönefeld gestiegen sind, in den Zug, in dem Carmen Müller fast erschlagen worden ist, und daß Sie in Mühlenbeck-Mönchmühle aus dem Zug gesprungen und den Bahndamm runtergelaufen sind.»

«Ick wohn doch da!» rief Maik Krause voller Empörung. «Det is ja wie früher hier!»

«Wenn Sie wollen, können Sie's gerne so haben!» sagte Mannhardt und wußte sofort, daß das voll daneben war.

«Außerdem hab ick im letzten Wagen gesessen, und niedergeschlagen worden isse ja im vorletzten!»

Das stimmte wahrscheinlich, nahm man die inzwischen vorliegenden Protokolle der brandenburgischen Kollegen zur Hand. Der Oranienburger Stationsvorsteher und zwei glaubwürdige Zeugen hatten es so angegeben.

«Dann müßten Sie doch eigentlich den wirklichen Täter irgendwo gesehen haben...» Mannhardt sah ihn prüfend an.

«Klar, hab ick den!» kam es prompt von Krause.

Mannhardt und Janotta starrten ihn an.

«Und? Wer war's ...?»

«Der eene von den Negern da im ‹Nassen Dreieck› ...!»

Mannhardt sank auf seinen Stuhl zurück, während Janotta das Glas mit seinem Fruchtsaft leerte.

«Au, verdammt!» Janotta spuckte alles, was er getrunken hatte, auf den Boden. «Die Wespe!»

O Gott! dachte Mannhardt. Das ist ja schlimmer hier als in dieser wunderschönen scheißamerikanischen Krimiserie, *Der Hammer*.

Er fauchte Janotta furchtbar an. «Soll ich 'n Rettungshubschrauber holen?»

«Nein ...!» keuchte Janotta. «... 'n Arzt aber. Ich bin doch Allergiker und ...»

Die nächsten zehn Minuten vergingen damit, Janotta zu helfen, denn er erlitt nun in der Tat den vermuteten anaphylaktischen Schock mit fürchterlich geschwollenem Gesicht, Atemnot und Kreislaufkollaps, und nur die schnelle Spritze des Notarztes konnte ihn retten.

Maik Krause war während dieser Aktion wieder eingeschlossen worden, und als Mannhardt ihn nun erneut vorführen ließ, wirkte der Führer der «Pankower Front» hart wie Krupp-Stahl, zäh wie Sohlenleder.

«Kann ick nu endlich wieder gehen? Ansonsten verlange ich nach Paragraph 128 StPO die Vorführung vor den Richter! So 'n Rechtsstaat ist schon wat Schönet, nich wahr ...»

Mannhardt verschluckte seinen Kommentar. «Sicher werden Sie gehen können, Herr Krause, obwohl natürlich der Tatverdacht gegen Sie noch lange nicht ausgeräumt ist.»

«Mann, det wissen doch alle, det det der Mozzi da jewesen is, der Stämmige da ...»

«Wer?»

«Der mit dem irre blöden Namen ... Nar-cis-sio.»

Mannhardt wollte es nicht glauben. «Mann, das sagen Sie doch nur, um die Sache von sich abzuwälzen, dem armen Schwein von Mosambikaner alles in die Schuhe zu schieben. Das ist doch nun außerordentlich fadenscheinig, mein Lieber!»

«Ich hab'n aber ganz genau erkannt!» beharrte Krause.

«Quatsch! Sie haben da 'n x-beliebigen Farbigen rumlaufen sehen...» Das ließ sich nicht bestreiten, siehe Aussage des Oranienburger Eisenbahners. «...und da denken Sie nun: Das werden mir schon alle abnehmen, daß der scharf gewesen ist auf eine Deutsche. Die hat sich aber gewehrt, und da hat er dann...!»

«So wird's ja auch gewesen sein!»

«Sie haben aber nichts davon bemerkt. Keine Schreie oder so?»

«Nein.»

Mannhardt mußte das so hinnehmen. «Aber wie auch immer, die Gelegenheit, den Mozzis da vom ‹Nassen Dreieck› eins auszuwischen, die wollen Sie sich nicht entgehen lassen. Wo das mit dem Überfall nicht geklappt hat...»

«Keine Angst, das schaffen wir schon noch!» lachte Maik Krause. «Wenn erst bewiesen ist, daß dieser Narcissio, dieses Schwein, die Carmen umbringen wollte, und wenn sie wirklich stirbt, dann tritt ganz Pankow an, um die Affen wieder in den Busch zu jagen!»

Mannhardt wußte, daß diese Stadt nicht in der Lage war, die «Pankower Front» in diesem Falle an ihrer Lynchjustiz zu hindern. Zum Teil waren die Polizeikollegen ja klammheimliche Sympathisanten von Maik Krause & Co., also mit allerlei Tricks erst dann zur Stelle, wenn die Sache schon gelaufen war, und zum anderen gab es unter den Politikern und leitenden Beamten viel zu viele Nieten. Die bekamen das ganz bestimmt nicht in den Griff, sondern beschränkten sich, nachdem es viele Tote und Verletzte unter den Mosambikanern gegeben haben würde, auf das Ablesen von Texten, die ihnen ihre persönlichen Referenten geschrieben hatten: «Voller Abscheu und Empörung...»

«Kann ich jetzt das Protokoll unterschreiben und wieder gehen?»

Mannhardt hockte apathisch auf seinem Drehstuhl.

«Ja...»

Eine Stunde später stieg er in Pankow aus dem S-Bahn-Zug der Linie 10. Pankow ab 10.29, Oranienburg an 11.07, las er auf dem Plan. Aber er wollte nicht mehr nach Oranienburg. Er hatte mit Narcissio zu reden. So wie die Kollegin Else Jastrau die Carmen Müller beschrieben hatte, war ja wirklich nicht ganz auszuschließen, daß sie auch mit Narcissio im Bett gewesen war. Was noch lange kein Grund war, sie auch umzubringen, ganz im Gegenteil, aber dennoch, er mußte dem nachgehen – ohne Janotta, denn den Armen hatten sie im Dienstwagen nach Schmöckwitz gefahren, auf daß er sich dort von den Folgen seiner Wespenallergie auskurierte.

Auf dem Wege vom S-Bahnhof kam er auch an dem besetzten Haus vorbei, in dem sein stolzer Sohn jetzt wohnte, und er wollte ihm wenigstens guten Tag sagen.

Doch die Stallwache unten im Flur hatte etwas dagegen.

«Keene Bullen hier!» rief ein Jüngling in Sixth-hand-clothes und verriet die berühmte untrügliche Witterung.

«Mann, ick will nur ma bei mei'm Sohn!» Mannhardt holte sein bestes Prolo-Berlinisch hervor und versuchte es mit links-scenischer Kordialisierung.

«Wat is'n ditte nu wieda für 'n fieser Trick jetze!?»

«Michael Mannhardt!»

Der Wächter schrie die Treppe nach oben. «Maikel, dein Papilein is da!»

«Solla ruffkomm'n!»

Doch Mannhardt durfte erst passieren, nachdem er das Geld für ein Deckweiß-Gebinde «abgedrückt» hatte. Was ihn an diesem Haus am meisten störte, war die Tatsache, daß er seine Bewohner nicht so recht in die Schubladen links-rechts, Autonome-Skins und so weiter einordnen konnte.

Er fand Michael mit seligem Lächeln dabei, eine vollgekackte, uralte Kloschüssel aus dem Fundament zu reißen, und dachte mit sentimentalem Zorn daran, wie vieler Schimpfkanonaden es früher immer bedurft hatte, den Sohn zum Rasenmähen oder gar handwerklichen Taten zu bewegen.

Da sie allein waren, konnte er sofort zur Sache kommen. Ob Michael etwas von bestimmten Aktivitäten der «Pankower Front» erfahren hätte. «...nämlich auch hier Jagd auf diejenigen deutschen Frauen und Mädchen zu machen, die Ausländer lieben, insbesondere *blacks*... Anrufe zumindest.»

«Nicht, daß ich wüßte.»

«Stichwort: Oranienburg und Carmen Müller.»

«Der Maik ist das nicht gewesen.»

«Wohnt der hier?»

«Nein, in Mühlenbeck, soweit ich weiß...»

«Mit der Belohnung von 5000 Mark könntet ihr 'ne Etagenheizung haben...»

«Wouw, bist du wieder tricky heute!» Michael Mannhardt ging wieder in die Knie, um auch noch die letzte der Schrauben zu lokkern. «Scheiße, ausgefranzter Schlitz!»

«Man müßte noch mal zwanzig sein...» sang Mannhardt.

«Wo du bald Opa wirst.»

«Wieso?»

«Na, wenn man 'ne Tochter hat, und die schwanger ist...»

Mannhardt verlor jeden Bezug zu Zeit und Raum, schwebte davon. «Elke? Woher weißten das?»

«Von deiner Noch-Ehefrau. Soll 'n Mädchen werden, hat das Fruchtwasser verraten.» Er sah wieder hoch und grinste. «Dann bums mal schön erfolgreich mit Heike, damit deine Enkelin 'n gleichaltrigen Spielkameraden hat. Macht sich in 'ner Großfamilie immer besser...»

Mannhardt krachte wieder auf die Erde zurück. «Danke, daß de mir noch zutraust, daß ich...»

«Nun, verhasple dich mal nicht...»

«Bis auf weiteres, mach's gut!» Mannhardt drehte ab. «Ich muß dringend Dienstliches...!»

Mannhardt stand ratlos an der Wollank- Ecke Brehmestraße. Von seiner Aus- und Fortbildung her wie von seinen PHS-Auftritten wußte er natürlich, was das war, der *labeling approach*, daß Beamte in den Jugendämtern, Richter, Polizisten und dergleichen unter Umständen dadurch kriminelle Karrieren gar auslösten, aber zumindest förderten, daß sie Menschen das Etikett «auffällig», «abweichend» oder «kriminell» aufklebten. Sie trieben die so Stigmatisierten damit erst so recht ins Abseits und sorgten dafür, daß sie durch die «self-fulfilling prophecy» letztlich in der Tat Verbrecher wurden.

Was tat er selber anderes, wenn er nun abermals im Asylanten- und Ausländerwohnheim erschien und die Mosambikaner verhörte...? Seit der Sache mit Maik und dem Mordfall Wutz kannten ihn die Leute und konnten sich ganz sicher einen Reim auf sein Erscheinen machen. Aha, doch 'n Mozzi gewesen. Hab ich euch ja gleich gesagt. Los, ausräuchern alle!

Gleichzeitig wußte er, daß seine Haltung verdammt atypisch für einen deutschen Bullen war, und die Kollegen, die Aurak an der

Spitze, wenig Verständnis für ihn haben würden, wenn er Narcissio jetzt nicht in die Zange nahm. Ein schönes Dienstvergehen nach § 45 BRRG, auf das sie ja nur wartete, um ihn endlich loszuwerden.

Mit Narcissio sprechen mußte er, aber zum Glück gab es ja keine Bestimmung, die besagte, daß dieses unbedingt im Heim und im Zimmer des Betroffenen zu erfolgen hatte. Also kaufte er sich eine *Berliner Zeitung*, ging zum Eingang des «Nassen Dreiecks», setzte sich trotz der empfindlichen Kühle in einen Hauseingang und las, umweht vom Staub der nahebei zerschredderten Mauer und mit Pfropfen aus Tempotaschentuchsecken im Ohr.

Und er hatte Glück, denn nach einer halben Stunde kam Narcissio aus der alten Fabrik, eingerahmt von Cecilia, links, und Corinna, rechts. So wie der siegreiche Ben Johnson in Seoul, als ihn die koreanischen Ehrenjungfern zur Siegerehrung geleiteten.

Mannhardt schlüpfte in einen Hausflur und wartete, bis die drei vorüber waren, folgte ihnen dann in alter Fahndermeisterschaft unauffällig bis zur S-Bahn Wollankstraße.

Sie kicherten und waren munter wie Schulkinder, wenn es zur Pause klingelte, stiegen in den Zug Richtung Gesundbrunnen, um ihn aber Bornholmer Straße wieder zu verlassen und über die Bösebrücke zum neu angelegten Bahnsteig der Linien 8, 85 und 86 sowie 10 zu gehen, von dort bis Schönhauser Allee zu fahren und schließlich in die U-Bahnlinie 1/Ost zu wechseln. Mannhardt war ein wenig verwirrt, denn es hatte fast den Anschein, daß sie ihn entdeckt hatten und abschütteln wollten.

Am Alexanderplatz stiegen die Mosambiker und die junge Frau aus Eberswalde endgültig aus. Alle drei strebten nach oben, ohne sich groß umzudrehen.

Dicht hinter ihnen erreichte er eine von Berlins schönsten städtebaulichen Abscheulichkeiten. Selbst ein Riese wie Gargantua wäre sich hier auf dem Alex so klein und verloren vorgekommen wie eine Ameise im steinernen Backofen.

Unter der Weltzeituhr sprach er Narcissio an.

«Na, der Herr, wie geht's...?»

Narcissio fuhr herum, und Mannhardt hatte das Gefühl, daß er sich sehr erschrocken hatte. Aber sicherlich war das in diesen unsicheren Zeiten bei jedem *black* der Fall, der sich in Ostberlin bewegte. Kein Zweifel aber, daß Jacintos Freund ihn auf der Stelle erkannt hatte.

«Wir gehen einkaufen hier», erklärte Narcissio.

«Ich muß dich leider was fragen...» Mannhardt wollte nicht um den heißen Brei herumreden.

«Woher wir das Geld dazu haben?»

«Nein. Wo du vorgestern zwischen 15 und 15 Uhr 30 gewesen bist...?»

«Im Heim.»

«Und warum hat dich dann in Oranienburg einer gesehen?»

«Wer hat mich gesehen?» fragte Narcissio.

«Das ist doch jetzt egal!» Mannhardts Ton geriet ein wenig schärfer. «Wo du gewesen bist!?»

«Im Heim, sage ich doch!»

«Hast du Zeugen dafür?»

Die Antwort kam schnell, für Mannhardt fast zu schnell. «Ich war bei Cecilia im Bett.»

Scheiße! Natürlich würde Cecilia jederzeit beschwören, zur Tatzeit mit ihrem Landsmann gevögelt zu haben. Wolken zogen auf, leichter Nieselregen setzte ein.

Er haßte Narcissio und alle anderen mit ihm. Wenn ein Deutscher einen anderen Deutschen umbrachte, na schön, das war 'ne Sache, die die in-group betraf und die man geradezu durfte, aber wenn einer aus der out-group einen Deutschen tötete, dann war das ein entsetzliches Verbrechen. *Schert euch doch nach Hause und schlagt euch da gegenseitig die Köppe ein!*

Das dachte und fühlte er in diesen Sekunden, da er intuitiv wußte, daß Narcissio mit dem schweren Bügeleisen auf Carmen Müller eingeschlagen hatte. Irgendwie, und kein Psychologe kam vielleicht je dahinter, gingen vom Kopf des Mosambikaners winzig schwache Wellen aus, die ihm ganz deutlich sagten: *Ich bin's gewesen, ich bin's gewesen.*

Alles Quatsch! Das gibt's doch gar nicht! Das spinnst du dir zusammen. Du willst doch nicht etwa einem Nazi wie Maik Krause Glauben schenken!? Da kommt doch nur dein eigener latenter Rassismus und Chauvinismus hervor.

Er war außerstande, noch irgendwie mit Narcissio zu reden, starrte nur hinüber zum alten Centrum-Kaufhaus, vor dem jetzt fröhlich die grünen Kaufhof-Neueröffnungs-Fahnen flatterten.

Da kamen Corinna und Cecilia unter der S-Bahn-Brücke hervor.

Mannhardt besann sich wieder und bat Cecilia, äußerlich ganz

Stoiker, ihm Narcissios Alibi doch bitte zu bestätigen. «Reine Formsache nur...»

Sie tat es mit einer Leichtigkeit, mit der andere auf die Frage nach der Uhrzeit reagierten.

Nun ja...

Es war 12 Uhr...

...und 18 Minuten.

Kathrin Zäckeritz liebte verregnete Tage. Dann war es hier, wo der Lange und der Seddin-See sich trafen, so still wie zu Semnonenzeiten. Zumindest in jenen Minuten, da keine Laster über die Betonbrücke dröhnten, die Schmöckwitz mit Rauchfangswerder verband und ihr den Blick auf Zeuthen und den dritten ihrer heißgeliebten Seen verwehrte. In diesem ersten Sommer nach der Einheit hätte sie sich, dazu reichte das Geld, auch in einen Bus setzen und Richtung Süden fahren können, doch an diesen Verrat hatte sie wirklich nur im Traume gedacht. Hier auf «44» war sie gezeugt worden, vor 29 Jahren im Zelt ihrer Eltern, hier hatte sie Sommer für Sommer Kindheit und Jugend verbracht und «es» auch zum ersten Mal getan. In den letzten Jahren allerdings waren die Tage vor allem draufgegangen mit Lesen, Lernen und Schreiben, denn bis es eine Frau in der alten DDR und an der Humboldt-Uni zur promovierten Soziologin gebracht hatte, da war viel Mühe aufzuwenden.

Sie zog ihr Zelt einen Spalt weit auf und sah auf das Wasser hinaus. Wie auf einer Show-Bühne, wie in einem Spukschloß-Film stiegen feine Nebelschleier hoch, denn das Wasser hatte gut 20 Grad, die Luft hingegen höchstens 15. Vielleicht waren auch nur die alten wendischen Wassergeister zugange und verständigten sich mit geheimnisvollen Zeichen, Rauchzeichen aus der Tiefe ihres Sees.

Ein weißer Ausflugsdampfer kam von Gosen her den Seddin-See hinunter und schien die beiden schmalen Inselchen rammen zu wollen, die wie grüne Bollwerke Schmöckwitz vorgelagert waren, Werderchen und Weidenwall. Das Sonnendeck war leer, und unten hingen hinter den regenschweren Scheiben auch nur wenige bleiche Gesichter. Ein einsamer Paddler in einem vorn nicht abgedeckten Zweier schnitt zwar die Welle recht geschickt, bekam aber dennoch soviel Wasser ins Boot, daß er lauthals «Scheiße!» schrie. Nicht umsonst wohl hieß sein Schifflein auch «Rebell», was ihm sicher zu

Stasi-Zeiten einiges an Mißtrauen eingebracht hatte. Dann war wieder alles ruhig, und sie fiel in jenen begehrten Zustand zurück, der, wie sie von Volker wußte, bei Laotse *Ego-Leere* hieß. «Der wahre Mensch ist leer und ist alles. Es ist unbewußt und ist überall.» Leersein, das war für sie, nicht mehr selbst zu denken und zu senden, sondern nur noch zu empfangen.

Sie preßte ihr Ohr auf die morastig-schwarze Erde und hörte so die Schritte derer hallen, die hier zum Fischen und zum Jagen vorbeigekommen waren, hier im Warschau-Berliner Urstromtal. Die ersten wohl vor 55 000 Jahren. Nahebei an den Uferhängen des Schmöckwitzer Werders hatte es zur mittleren Steinzeit eines der kuschligen Dörfer gegeben, in die sie sich so sehnte. Sie trug den Doktortitel, war aufgewachsen in der Welt des Dialektischen Materialismus und jedem Mystizismus gegenüber eigentlich immun – und dennoch fühlte sie jetzt, daß einer der damaligen Menschen in ihr wohnte, daß seine Seele über die Jahrtausende und unzählige «Zwischenträger» bis zu ihr gewandert war. Sie schmeckte die Erde wie er, sie fühlte die Fische tief unten im Wasser ziehen wie er, und sie fürchtete das Gewitter, das von Schönefeld herkam, ebenso wie er.

Berühmt bei Archäologen waren die Grabgruben von Schmöckwitz. Ovale Mulden, die man mit Ocker ausgestreut hatte. Ocker war die Farbe des Lebens und sollte dem Toten im Jenseits das Weiterleben bescheren. Nur zurückkommen sollte er nicht. Aus diesem Grunde hatten die trauernden Stammesmitglieder den Leichnam auch zerstückelt und im Grab immer Teile aneinandergelegt, die gar nicht zueinander paßten. Den herausgebrochenen Kiefer neben die Zehen. Das Becken sicherheitshalber gar nicht ins Grab, sondern in den See geworfen.

Wenn man diesen Brauch bis heute beibehalten hätte... Kathrin mußte grinsen.

Vom Turm der Schmöckwitzer Schule heulte die Sirene, und kurz danach rückte die Feuerwehr mit überlauten Martinshörnern aus. Vielleicht war wieder mal die Straßenbahn entgleist, die alte Uferbahn, die «86».

Wo Volker nur blieb. Er war mit dem Boot hinüber zum Konsum gefahren, das Nötigste zu kaufen.

Als sie ein Geräusch hörte, fuhr sie herum.

Ihr Mörder stand vor ihr.

Mannhardt war nun schneller wieder in Schmöckwitz, als er das je gedacht hätte, denn entsprechend ihrer Serientäter-Hypothese hatten sie sich nun, und zwar im Rahmen einer von der Aurak schnell gegründeten «SoKo Frauenmorde», auch um den Fall Kathrin Zäckeritz zu kümmern. Den Ersten Angriff hatten die Kolleginnen und Kollegen schon gestern mittag kurz nach der Tat durchgeführt, und die Todesursache war klar vermerkt: *Stumpfe Gewalt* (Bewegter Gegenstand trifft Körper = Schlag). *Streifenförmige, doppelt konturierte Hautblutung an der Kopfschwarte. Unterminierung des unteren Wundrandes.* Zeugenaussagen, die irgendwelche Erkenntnisse gebracht hätten, gab es bislang noch keine.

Sie fragten sich immer wieder, ob Frieder Schönfließ, Rüdiger Prützke, Valeska Wutz, Carmen Müller, der es immer noch nicht besser ging, und nun Kathrin Zäckeritz ein und demselben Täter zum Opfer gefallen waren. Für diese Hypothese sprach vor allem die Tatsache, daß sie allesamt in etwa auf dieselbe Art und Weise er- bzw. niedergeschlagen worden waren, wenn auch mit jeweils anderen Gegenständen. Prützke zum Beispiel mit einem Sportpokal, die Wutz mit einem Ziegelstein und Kathrin Zäckeritz mit einem Spaten, wie er in der alten DDR zur Feuerbekämpfung in der Nähe jedes Zelt- und Campingplatzes neben anderen Geräten bereitgehalten wurde. Nie aber hatten sich auf den Mordinstrumenten brauchbare Fingerabdrücke sicherstellen lassen. Auch nicht auf dem Bügeleisen von Carmen Müllers Mutter bzw. der Einkaufstasche, in dem es gesteckt hatte.

Mannhardt und Janotta hatten morgens im Büro mit einem schnellen Blick auf die Karte festgestellt, daß sich «44», die kleine Landzunge an der Stelle, wo der Seddin-See auf den Langen See traf, mit dem Wagen nie und nimmer erreichen ließ. Und statt die gut drei Kilometer von Müggelheim zum Tatort hin zu Fuß zu gehen, setzten sie sich lieber in Schmöckwitz in Janottas Boot und paddelten in einer knappen Viertelstunde hinüber.

Beide tunkten die Paddelblätter im mechanisch gleichen Rhythmus ins grünlich-trübe Wasser und schwiegen so bemüht wie die Angler in ihren Kähnen vor den beiden Inselchen, die zwischen den Schmöckwitzer Bootshäusern und «44» lagen. Janotta hatte als Folge des gestrigen Wespenstiches immer noch eine geschwollene Zunge, konnte nur Flüssiges essen und ziemlich unverständlich nuscheln. Bei Mannhardt hatte es einen anderen Grund, daß er so wortkarg war, und der hieß Heike. Wieder war ihr Frühstück total mißlungen, und der Dialog hallte noch immer in ihm nach.

– James, was ist ’n nun mit deiner Mutter, wenn sie kommt: Hast du ihr ’n Hotelzimmer bestellt?
– Hör auf, mich James Bond zu nennen!
– Hans-Jürgen bring ich nicht über die Lippen.
– Haha! Das ist dir zu deutsch. Wie Heike, was!?
– Ob du für deine Mutter ein Hotelzimmer bestellt hast?
– Die zwei Nächte kann sie hier bei uns im Zimmer schlafen.
– Du spinnst wohl.
– Du wohl eher!
(...)
– Dein Vater ist doch auch lange im Krieg und in Gefangenschaft gewesen...?
– Ja.
– Na, das erklärt vieles, lieber Hans-Jürgen.
– Was’n, liebe Heike?
– Steht hier im *Spiegel*: «Wenn Mütter ihre Söhne mißbrauchen. Er war der perfekte Geliebte.»
– Was soll denn der Quatsch!
– Es könne die übergroße Nähe «für das Opfer genauso traumatisch sein wie inzestuöser Geschlechtsverkehr».
– Was du mir da unterstellst, das geht ja nun wirklich...! Seit du Psychologie studierst, da bist du ja völlig...!
– Du kannst dir ja mal ein bißchen Mühe geben, James!
– Ja, Frau...
– Fällt dir wohl keine weibliche Top-Psychologin ein. Ach, wie schade!
– Mich immer von oben herab, Frau Akademikerin, als ob ich ’n...! Wenn das so weitergeht, also dann...
– Kannst du auch mal ’n Satz zu Ende bringen. Das wird ja langsam behandlungsbedürftig bei dir!
– Behandlungsbedürftig, das ist das richtige Stichwort, ja! Alle wissen doch, daß Psychologen nur Psychologen werden, weil sie hoffen, sich selber von ihrer Macke heilen zu können.
– Wenn du meine Macke bist, dann bin ich wirklich bald geheilt von dir!
– Ich von dir schon lange!

Was blieb ihm, als wehmütig an seine erste Paddelfahrt auf diesem See zu denken. Mit einer lachenden Heike vorn im Boot, die ebenso scharf auf ihn war wie er auf sie. Und er saß genau da im schmalen Boot, wo sie gesessen hatte, vorn, die Beine unterm blauen Leinendeck.

«Aua, Scheiße!» Eine Bremse hatte ihn links in den Oberarm gestochen, und es schmerzte, als hätte ihm ein ungeschickter Arzt eine Spritze gesetzt. Schlimmer noch: Beim Klatschen nach dem Viech hatte er sich den rechten Zeigefinger an dem kleinen Schildchen geratscht, einem Aluminiumblech mit eingestanzten Buchstaben, das auf sein Paddel genagelt war: *Bootsverleih Enrico Richter, Zeuthen.*

«Der Teufel soll diesen Arsch von Enrico Richter holen!» schimpfte er.

«Hat er schon», kommentierte Janotta nuschelnd von hinten. «Das ist doch der Boots- und Fahrradverleih, der pleite gegangen ist und von wo ich das Boot mit allem Zubehör herhabe...»

«Ich weiß, ich weiß...!» Mannhardt war dabei, seine Wunde auszulutschen und, man lebte in den Aids-Jahrzehnten, mit einem Riesenpflaster zu versorgen.

Immerhin, der kleine Zwischenfall hatte ihnen die Sprache wiedergegeben.

«Der Täter muß durch den Wald gekommen sein», sagte Janotta. «Von Gosen, Rahnsdorf oder Müggelheim her. Aber keinerlei Spuren.»

«Warum nicht mit 'nem Boot wie wir?» fragte Mannhardt.

«Im Prinzip schon, aber auf beiden Seiten – am Langen wie am Seddin-See – haben Angler im Schilf gelegen, und keiner hat da in der fraglichen Zeit einen anlanden sehen...»

«Und Narcissio kann es auch nicht gewesen sein...» Mannhardt dachte laut. «Der hat mit mir sowie Corinna und Cecilia zur Tatzeit auf dem Alex gestanden...»

«Was die These von ein und demselben Täter so ziemlich erschüttert.»

Mannhardt wandte sich mit Vehemenz dagegen. «Nein, durchaus nicht, denn das mit Narcissio, das ist ja nur ein Ablenkungsmanöver, eine riesengroße Gemeinheit dieses Mike Krüger...»

«Maik Krause!» korrigierte ihn Janotta.

«Ja, ja. Ich hab nur heute morgen gelesen, daß der von SAT 1 drei

Millionen kriegen soll, und da komm ich gar nicht los von. Gott, was tut man nicht alles für unsre IQ-80-Bürger.

«Ich find Mike Krüger klasse!» sagte Janotta, schon mit dem Landemanöver beschäftigt.

Das ist ja auch genau das richtige Niveau für einen richtigen Ossi! dachte Mannhardt. O Gott!

– Ach, Mann, Heike, komm: Du bist doch die einzige Lichtgestalt auf dieser Welt. Die einzige, die den Durchblick hat, erhaben sein kann über alle und alles!
– Das ist nun wirklich 'n klassischer Fall von Projektion: Du, Hans-Jürgen M., du bist so und schreibst mir das zu!

Mannhardt kam nicht zum ersten Mal der Gedanke, daß sie recht haben konnte. So wie er über Janotta dachte und urteilte, wie er ihn behandelte. Wie ein Sahib den indischen Teepflücker, wie ein kaiserlicher Offizier in Deutsch-Südwest den Herrero-Diener, wie ein Plantagenbesitzer in Louisiana seinen schwarzen Baumwollpflücker.

«Da sind wir», sagte Janotta und sprang aus dem Boot, das er, noch bevor Mannhardt aussteigen konnte, an einer Leine auf den Sand hochzog und dann an einem herabhängenden Baumast befestigte.

Mannhardt schwang sich hinaus und folgte Janotta, der anhand seiner kleinen Skizze so in etwa wußte, wo das Zelt der Zäckeritz zu finden war. Sie hätten es aber auch ohne diese Hilfe leicht gehabt, denn noch 23 Stunden nach der Tat standen die Leute, die hier draußen zelteten und campten, in einer kleinen Gruppe ebenso wütend wie angsterfüllt und hilflos herum und diskutierten.

Ein junger Mann von fast mediterraner Schönheit, Mannhardt kannte diesen Typ des *latin lover* aus Heikes Fotoalben zur Genüge, war dabei, Campingutensilien wie Spirituskocher, Blechteller und aufblasbare Kissen in einer Riesensporttasche zu verstauen.

«Das dürfte Volker sein», erklärte ihm Janotta. «Ihr Freund, ihr Lebensgefährte...»

«Und der hat 'n absolut wasserdichtes Alibi?»

«Ja. Der ist im Konsum in Schmöckwitz nicht nur gesehen worden, sondern hat einer Rentnerin namens Gerda Brocki die schwere Tasche übern Damm tragen helfen...»

«...'n bißchen auffällig, wie...?»

«Nein, reiner Zufall. Die hat wirklich sehr schlecht sehen können...»

«Ihn aber eindeutig als solchen erkannt?» Mannhardt staunte ein wenig. Irgendwie reflexhaft witterte er bei jeder kleinen Ungereimtheit alte Stasi-connections, daß ein alter roter Bonze den anderen deckte, dieser Volker vielleicht der Sohn eines alten SED-Ministers war und Janotta womöglich, wenn er den Filius jetzt schützte, im neuen Bundeslande Sachsen-Anhalt, beispielsweise, schnell Karriere machte.

«Der Ehemann dieser Gerda Brocki, Franz oder Franek, kommt aus Polen, hat ihn auch gesehen, ihm die schwere Tasche aus der Hand genommen und ins Haus getragen.»

Was blieb Mannhardt, als zu nicken. Sie gingen zu Volker Kargel, wie er mit vollem Namen hieß, hinüber und sprachen ihn an. Er hatte die ganze Nacht über kein Auge zugetan und war völlig fertig.

«Ich mußte aber noch mal herkommen... Sonst kann ich das alles nicht realisieren... Wenn ich der nicht die Tasche über die Straße getragen hätte, wäre ich vielleicht noch hier gewesen, bevor... Aber sie hat mir so viel über ihre Kindheit und Jugend erzählt, Jahrgang 1914, und über den Krieg, wie sie ausgebombt worden ist... Ihr erster Mann, 'n Journalist, ist im Krieg gefallen, sie, so ein Mannequin-Typ, ist dann ins Riesengebirge evakuiert worden, hat dort ihren zweiten Mann kennengelernt, einen Landarbeiter, und bis '50 auf'm Dorf gelebt. Als Deutsche in Polen, mit zwei Töchtern... Ich hab mir das alles aufgeschrieben, weil das *der* Romanstoff ist, nach dem ich schon ewig gesucht habe... Ich bin nämlich Historiker, Doktorand, und Schriftsteller... Nun habe ich meinen Romanstoff gefunden, aber dadurch Kathrin verloren...» Er sank in sich zusammen, und Janotta legte ihm eine Decke über die Schultern.

Schmetterlingseffekt, dachte Mannhardt. Da die Atmosphäre ein nichtlineares System darstellte, konnte – theoretisch – ein Luftwirbel, den ein Schmetterling in China verursachte, Auslöser eines Hurrikans sein, der Wochen später über Texas hinwegfegte. Alles war *Chaos* und alles hing mit allem zusammen. Weil irgendwann am Ende des Krieges ein russischer Soldat den Mann dieser Gerda Brocki aus Schmöckwitz erschossen hatte, war Volker Kargel die entscheidende halbe Stunde zu spät zu seiner Freundin nach «44» zurückgekehrt und sie deshalb ermordet worden... Und er dachte es mit Heikes Lieblingswendung zu Ende: *Ich kann's nicht fassen!*

Volker erholte sich wieder, doch er konnte ihnen nichts über die promovierte Soziologin berichten, was sie irgendwie weitergebracht hätte.

«Ist denn was gestohlen worden?» fragte Mannhardt.

«Ja. Unsere Spiegelreflex-Kamera, eine *Praktica BX 20* von Carl Zeiss Jena...»

War das aber wirklich ein Motiv? Wenn Mannhardt das richtig einschätzen konnte, brachte solch ein Apparat beim Trödler bestenfalls 200 Mark. Auch «Sexualgier» konnte ausgeschlossen werden, denn Janotta hatte nicht erzählt, daß Spuren einer Vergewaltigung gefunden worden waren oder sich der Täter, wie die «Bestie von Beelitz», an der Ermordeten vergangen hätte.

Wie paßte das alles zusammen? Vieles sprach dafür, daß sie es doch mit verschiedenen Tätern zu tun hatten und Narcissio dann doch Carmen Müller... Mannhardt stöhnte auf.

«Ja, dann werden wir man wieder...» Janotta meinte, daß sie nach Schmöckwitz zurückpaddeln sollten.

Mannhardt nickte.

Als sie in die Grimnitz einliefen, jene Bucht am Ende des Zeuthener Sees, die Schmöckwitz zur Halbinsel macht, bekamen beide große Augen.

«Ich glaub, ich spinne!» sagte Janotta.

Und Mannhardt murmelte etwas von Halluzinationen.

Grund ihres Erstaunens war ein Pulk von gut einem Dutzend Männern und Frauen, die den Steg vor Janottas Bootshaus dicht umlagert hatten. Aber nicht nur das: In dem Augenblick, wo sie auf etwa 20 Meter heran waren, flammte oben an einem kleinen Mast ein Scheinwerfer auf, und eine Kamera begann zu schnurren.

Dann waren sie am Steg, und zwei Jünglinge rissen Janotta aus der Faltbootkiste nach oben. Kaum hatte er die Füße auf die Bohlen gesetzt, stürzte ein vielleicht vierzigjähriger Mann auf ihn zu, dem Outfit und der blonden Mähne nach entweder Modeschöpfer, Filmemacher, Zuhälter oder Hotelier am Ammersee, umarmte ihn und ließ es in schönstem Säggs'sch aus sich heraussprudeln.

«Is das ne Freide! Ich hab Se närjends nich gefunden, aber geen Oogenblick vergessen, was Sie... Mei Glicke, daß Sie damals... Mei Läben... Ach, mier frein uns so!»

Mehr verstand Mannhardt nicht, als er nun auch nach oben krabbelte und nur Beine vor den Augen hatte. Er fragte Frau Janotta, die etwas abseits stand, was das alles zu bedeuten hatte.

«Das ist der Herr Dr. Stetzsch aus München, das heißt, an sich aus Leipzig...»

«Und...?» Das war sicherlich nichts, was solchen Trubel erklärlich werden ließ, denn Mannhardt hatte auch einen stadtbekannten *BZ*-Reporter in der Menge entdeckt.

«Nu, der will sich bei meinem Mann bedanken...»

«Wofür bedanken...»

«Na, weil der Leo damals bei unsern Grenztruppen war, unten in der Nähe von Suhl, und mit Absicht daneben geschossen hat, als der Dr. Stetzsch seine Republikflucht... Drei Wochen lang haben sie meinen Mann verhört, und nur weil er seine großen Verdienste in der MUK hatte, ist er wieder losgekommen. Über die Gauck-Behörde hat der Doktor jetzt rausbekommen, was damals...»

Mannhardt schlich davon und dachte *Ich bin ein Schwein, Madame.*

Walter Janotta, genannt Leo, hatte mit Absicht daneben geschossen und damit seine ganze Lebensplanung aufs Spiel gesetzt...

Hans-Jürgen Mannhardt, *Der mit dem unsichtbaren Heiligenschein*, hatte das Gefühl, es nie wieder zu schaffen, Janotta, dem vermeintlichen Ossi-Untermenschen, offen in die Augen zu sehen.

O nein! Immer wieder hatte er Heikes Lieblingswendung im Ohr. *Ich kann's nicht fassen!*

Er mußte sich setzen. Da nirgends Stuhl oder Bank zu sehen waren, Janottas Wartburg aber mit offener Tür in der Auffahrt zum Bootshaus stand, ging er hin und ließ sich auf den Beifahrersitz fallen.

Ewig hockte er so da, voller Scham und Schuld, bis das eingebaute Funkgerät ihn weckte. Es war die Aurak. Scheiße!

«Im Detail steckt nicht nur der Teufel, sondern die Erkenntnis!» warf sie ihm, kaum waren die Einleitungsfloskeln vorüber, an den Kopf.

«Inwiefern?»

«Sind Sie mal die Namen alle durchgegangen...?»

Mannhardt wußte, daß er jetzt «Welche» zu fragen hatte – und damit als dümmlich dastehen mußte. Also ließ er es und sagte nur kurz und knapp. «Nein!»

Das verwirrte sie, das hatte er richtig berechnet. «Äh…? Wissen Sie denn überhaupt, welche ich meine?»

«Nein, aber ich denke, Sie sagen's mir noch…!»

«Mensch, die Ossis, die Sie und Ihre Leute befragt haben, ob sie was mit der Wutz zu schaffen gehabt haben.»

«Gestern abend waren das 312 – und die bin ich nicht mehr alle durch…»

«Hätten Sie mal!»

«Wieso?»

Endlich warf die Aurak ihren Trumpf auf den Tisch. «Weil da auch die Kathrin Zäckeritz beigewesen ist!»

Es war 11 Uhr…

…und 27 Minuten.

Simon und Simone sind allein zu Hause.

Der Kleine planscht in der Badewanne. Kann der liebe Pittiplatsch schon schwimmen? Ja, Frau Elster. Und tauchen. Guck mal. Simone, Pittiplatsch kann hochspringen. Er zog die Gummifigur tief nach unten und ließ sie dann aus dem Wasser schnellen.

Simone ist dabei, auf ihrem Puppenherd Nudelsuppe zu kochen. Richtige Nudelsuppe, die man auch essen kann.

«Mach nicht zuviel Salz ran, Salz macht krank.»

Nein, macht sie nicht. «Simon, hör auf zu schreien! Die Nachbarn regen sich wieder auf.»

«Komm doch auch ins Wasser, der liebe Pittplatsch möchte mit dir spielen.»

«Ich kann nicht, ich hab doch meine Hautallerlie.»

«Was ist 'n das: 'ne Hautallerlie.»

«Das ist, wo ich nicht ins Wasser mit kann.»

«Du, das Wasser ist schon so kalt, mach düß ma warm!»

«Kann ich nicht.»

«Is das Rohr wieder aputt?»

«*Ka*putt!»

«Is es wieder *ka*putt?»

«Ja. Komm raus.»

«Ich will aber noch drinbleiben.»

«Dann kriegst du keine Nudelsuppe.»

«Dann sag ich's die Mutti.»

«Sag es doch!»
«Du bist doof.»
«Wer es sagt, der ist es auch!»
«Simone, Telefon!»
«Ich geh ja schon!»

Simone nimmt den Hörer ab und meldet sich mit Vor- und Nachnamen.

«Ja, schön, Simone, hier ist euer neuer Hauswart, der Herr Kunkel. Ich wollte nur mal fragen, ob bei euch etwas entzwei ist...?»

«Ja, Herr Kunkel, das Heißwasser, wenn man badet...»

«Ah, ja, die alte Anlage im Keller...»

«Mein Bruder badet gerade und friert schon...»

«Na, dann nimmst du den Tauchsieder...»

«Einen Tauchsieder haben wir nicht, den hat nur meine Oma in Köpenick...»

«Macht nichts! Nimmst du einfach euern Fön, euern Haartrockner, steckst die Schnur in die Dose und hältst den Fön dann ins Wasser...»

Mannhardt stand vor dem Pankower Rathaus, erfreute sich ebenso am rötlich schimmernden Backsteingemäuer, wie er sich über die Taubenscharen ärgerte, die die wunderschönen Sandsteinfiguren an der Fassade – die «Arbeit», die «Mildtätigkeit» und die «Gerechtigkeit» – verachtungsvoll bekackten.

Komm, Karlineken, komm, wir wolln nach Pankow gehn, dort ist es wunderschön.

Pankow, Pankow, Pankow, kille kille Pankow, kille kille Hopsassa.

Kille, killen, Killer...

Alles hing mit allem zusammen, und nun stand er hier und fragte im Rahmen einer Großfahndung jeden, der ihm über den Weg lief, nach besonderen Wahrnehmungen im Hinblick auf den Kinder-Anrufer. Die Polizeiführung hatte sich zu dieser Großaktion entschließen müssen, weil der kleine Simon gestorben war (*Stromtod in der Badewanne*, wie es in der Presse hieß, *Bestie von Pankow macht Kinder zu Mördern, Kinderkiller – ferngesteuert*) und die Bevölkerung nach Taten schrie.

Ein Rollstuhlfahrer kam vorbei.

«Entschuldigen Sie bitte, die Kripo Berlin... Sie werden von dem ‹Kinder-Anrufer› gehört haben... Wenn Sie irgendwelche Beobachtungen gemacht haben, die uns...» Er drückte dem Alten seine amtliche Visitenkarte in die Hand.

«H.-J. Mannhardt», las der. «Der harte Mann von der HJ, wat!?»

«Nicht Hitler-Jugend – Hans-Jürgen!» lachte Mannhardt. «Aber mich hat das auch geärgert, daß sie das nicht ausgeschrieben haben.»

«Keine Nazis hier nach Pankow! Hier liegt Anton Saefkow begraben, der eine bedeutende Widerstandsorganisation geleitet hat. Und ein gewisser Alfred Baier hat aus Blech fünftausend Münzen geprägt und hier verteilt. Eine Faust war drauf, die ein Hakenkreuz zerschlägt. Aufschrift: ‹Hitler, euren größten Feind, schlagt ihn, wenn ihr euch vereint!›» Der Veteran zeigte nach oben. «Aber wie die Tauben da auf unsere Figuren, so scheißen jetzt alle auf Pankow. Der Ulbricht, der Honecker, der Kinder-Killer – alles wird uns jetzt in die Schuhe geschoben!»

«Nicht doch...»

Der Alte ließ sich nicht bremsen. «Das andere müssen Sie mal sehen: Leibniz ist auf unserer Panke Boot gefahren. Der Goethe war hier. Der Arnold Zweig hat hier gewohnt. Der Paul Nipkow hat hier in Pankow das Fernsehen erfunden. Der Ossietzky, der Friedens-Nobelpreisträger, der liegt hier begraben. Das müssen Sie mal sehen! Und nicht 'n Klein-Chicago aus Pankow machen!»

Mannhardt kämpfte weiter. «Nur, damit nicht noch mal so eine schreckliche Sache passiert wie mit dem kleinen Simon hier nebenan in der Kreuzstraße.»

«Junger Mann, wie kommen Sie denn eigentlich darauf, daß dieser Kinder-Anrufer hier am Rathaus...?»

«Als die Simone den Anruf bekommen hat, daß sie den Fön ins Wasser werfen soll, da hat sie auch mehrere Feuerwehren gehört. Nicht bei sich hier, sondern im Hintergrund, im Telefonhörer, aus der Wohnung des Anrufers also. Und da haben meine Kollegen in Erfahrung gebracht, daß es zur fraglichen Zeit in ganz Berlin nur einen Großeinsatz gegeben hat: hier nebenan Wollank- Ecke Florastraße, wo der Dachstuhl in Brand geraten war.»

«Was, da hatt ich ja früher meine Tischlerwerkstatt. Jetzt wohn ick ja drüben am Bürgerpark im Altersheim...»

«Nimmt man das Rathaus Pankow als Mitte, so wohnen alle fünf Kinder, die der Mann angerufen und zu diesen teuflischen Handlungen aufgerufen hat, im Umkreis von knapp einem Kilometer. Was ja auch logisch ist, denn irgendwie muß er ja etwas über die Lebensverhältnisse der betreffenden Familien gewußt haben, vor allem den Zeitpunkt, zu dem die Kinder allein zu Hause waren. Der Mann muß also hier aus Ihrem Kiez kommen.»

Der Alte nickte. «Ja... Seit die Valeska Wutz tot ist, leben wir alle hier in Angst und Schrecken... Das war eine Frau! Sie hat oft im Park neben mir gesessen und mir von ihren Filmen erzählt... Ach, Gott, was ist bloß aus uns geworden!»

Die Wutz, ja... Mannhardt stimmte ihm zu. Wenn er sich freiwillig zu dieser Befragungsaktion gemeldet hatte, dann vor allem, um die Chance zu nutzen, mehr über Valeska Wutz und ihr Leben zu erfahren. «Der Name Kathrin Zäckeritz, der sagt Ihnen nichts...?»

«Nein. Aber ist die nicht auch ermordet worden...?»

«Ja. Und zu Frau Wutz besteht da insofern ein Zusammenhang, als die Kathrin Zäckeritz öfter hier gewesen ist in der Wollankstraße, um Valeska Wutz bei ihrem Formularkram zu helfen.»

«Schrecklich alles!»

«Um nun noch einmal auf den Kinder-Anrufer zurückzukommen...»

Der Alte dachte nach. «Ja, da war mal einer, der muß in der Florastraße wohnen...» Er schloß die Augen.

«...und, was war mit dem?»

«Der hat meinem Enkel Johannes mal gesagt: ‹Drück mal auf den schwarzen Knopf da!› – Und das war 'n Feuermelder, wo das Glas vorne raus war. Das hat der Johannes auch getan und damit einen Großalarm ausgelöst.»

«Das klingt ja wirklich schon nach einer gewissen Parallele... Und können sie den Mann irgendwie beschreiben?»

«Nein, ich hab ihn ja nie gesehen. Aber er soll blond und kräftig gewesen sein...»

Florastraße, blond, kräftig. Mannhardt machte sich Notizen und dankte dem Alten, der nach ein paar herzlichen Abschiedsworten in Richtung Dorfanger davonrollte.

Mannhardt beschloß, den ihm per Einsatzplan zugewiesenen Platz für ein paar Minuten zu verlassen und sich im besetzten Haus seines Sohnes und vor allem bei diesem selber umzuhören.

Die jungen Leute aus der Schublade Minderheiten-Randgruppen-Subkulturen fluchten kräftig über den Fakt, daß ihr Kiez nun in den Mittelpunkt des öffentlichen wie polizeilichen Interesses geraten war, fürchteten sie doch, damit die berühmten schlafenden Hunde zu wecken, die Räumkommandos des Senats.

Mannhardt konnte ihre Bedenken in dieser Hinsicht nicht so ganz zerstreuen. «Scheiße ist das schon. Aber je eher wir den Kinder-Anrufer und den Wutz-Mörder haben, desto eher habt ihr wieder Ruhe.»

Das sahen sie ein, und beim kollektiven Erinnern kam auch heraus, daß es vor knapp zwei Jahren («...als wa noch voll einjemauert war'n...») hier in der Nähe einen Mann gegeben hatte, wie sie ihn jetzt suchten.

«Weeßte, wat der jemacht hat: Der hat kleene Sprengkörper jebastelt, so det Sprengpulva in Staniolpapier rinne, und denn zu die Kinda jesagt: ‹Pack det ma uff die Schienen ruff!› Vonne Straßenbahn da hinten an'na Kürche. Is ooch eene entjleist wohl, aba jekriegt hamsen nich.»

Mannhardt fragte, ob es damals eine Personenbeschreibung gegeben habe, und erfuhr, daß es ein «ziemlicher Hüne mit langen blonden Haaren» gewesen sein sollte.

Das schien fast nach einer Spur auszusehen. Er bedankte sich und machte sich auf zur Wollank- Ecke Brehmestraße, zum «Mordhaus», um mit der Nachbarin der Wutz zu sprechen, jener Heidrun Drauschke, die reden konnte oder mußte wie ein Wasserfall.

So kam es denn auch, als er geklingelt hatte.

«Ah, der Herr Hauptkommissar! Schön, daß ich Sie mal wieder... Endlich mal ein Mann in meiner Wohnung! Fehlt einem ja doch. Meiner ist ja schon 1986 auf und davon. Und seitdem... Ach, Gott, man setzt ja Spinnweben an. Nun mal keine Angst vor mir! Ich weiß, Sie kommen nicht wegen dem Mörder, sondern wegen dem Kerl, der das da mit den Kindern macht. War schon 'ne Kollegin von Ihnen hier, aber erst als die wieder weg war, ist mir ja meine Freundin in der Florastraße eingefallen, die Ingeborg, daß die da scharf war auf einen Mann... Und was für ein Mann! Blond und kräftig gebaut. Obenrum und untenrum! Komm' Sie doch rein, 'ne Tasse Kaffee trinken. Steht immer bei mir in der Maschine, falls mal der Briefträger...! Hausfrauen-Report, Sie wissen schon. Nein? Na, nachher dann. Erst die Arbeit, dann das Vergnügen. Sie sind doch kein Kostverächter, das sieht man doch. Die Ingeborg hat da einen von gegenüber auf der Abschußliste – Bett, wenn Sie verstehen, was ich meine –, und der ist ihr in letzter Zeit aufgefallen, wie er unten von ’ner Zelle aus telefoniert, obwohl er oben ’n eignet Telefon hat. Is ja was Seltenes hier im Osten…»

Endlich mußte sie einmal Atem holen, und Mannhardt kam zu der Frage, wo denn besagte Ingeborg derzeit stecke.

«Gestern mit TUI in den Senegal geflogen. Is ’n Muß hier bei uns, wo wir so lange eingesperrt gewesen sind. Aber zurück zu dem Mann ihrer Träume. Frag ich Sie: Warum muß der unten von ’ner Zelle aus telefonieren, wenn der oben selber ’n Telefon hat? Ganz einfach: weil er von da unten aus die armen Kinder angerufen hat. Von oben ging das ja nicht, weil die Post das rausfinden kann. Fangschaltung, wenn Sie verstehen, was ich meine.»

«Ich versteh alles, was Sie meinen, Frau Drauschke…»

Mannhardt bedankte sich und ergriff die Flucht. Daß Männer von Frauen vergewaltigt werden konnten, war in der Tat sozusagen deckungsgleich nicht denkbar, aber dennoch ließ ihn die Furcht nicht los – oder war es doch das verdrängte Verlangen? –, die Drauschke könnte es schaffen, ihn auf ihr Sofa zu bugsieren und mit irgendwelchen Hexentricks Erektion und archaische Rammelgelüste in ihm auszulösen.

Also lief er die Treppe hinunter – und unten auf der Wollankstraße seinem Kollegen Leo Janotta genau in die Arme.

«Mensch!»

Janotta hatte in einem der aufgelösten SED-Staatsämter eine Beute gemacht, die ihnen vielleicht großen Nutzen bringen konnte.

«Eine Liste mit allen Männern, die in den letzten zehn Jahren im Stadtbezirk Pankow einmal ‹auffällig› geworden sind. Was Vergehen an Kindern betrifft, Sittlichkeitsdelikte, Einweisungen in die Psychiatrie…»

«Datenschutz!» sagte Mannhardt nur und hatte ein verdammt schlechtes Gefühl, als er den Computerausdruck sah. «Das ist doch bestimmt mal von der Stasi… Und wenn uns einer dabei erwischt, dann ist die Kacke am Dampfen!»

«Und wenn der Kinder-Anrufer und der Frauenmörder die nächsten Opfer…? Was dann?»

«Na, schön. Manchmal kann es ja wohl richtig sein, wenn der Zweck die Mittel heiligt… Die berühmte Güterabwägung…»

So gingen sie dann zum Postamt an der Pichelswerderstraße hinüber, wo der Schmöckwitzer seinen Wartburg auf dem Bürgersteig geparkt hatte, und sahen sich die geheime alphabetische Liste der «auffällig gewordenen» Männer an.

Mannhardt fand, daß das genausowenig brachte, als wenn sie die Aufreihung aller deutscher Fußballnationalspieler seit 1945 durchgingen, doch beim Buchstaben R stutzte er plötzlich.

«Rasch, Rasch...? Enrico Rasch... Hab ich doch schon mal irgendwo...»

«Ja, der Bootsverleih in Zeuthen, der wieder zugemacht hat und wo ich mein Boot herhab...»

«Es hängt alles mit allem zusammen...» sagte Mannhardt.

Janotta hatte ihm die Computerliste aus der Hand gerissen. «Und dieser Rasch steht hier...!?»

«Ja.»

Janotta überzeugte sich davon und war auch in der Lage, die Kennziffern und Zeichen zu deuten. «Ist einmal durch Gewalt gegen Kinder auffällig geworden. Kleine Vorstrafe. Das heißt, er hat auf dem Spielplatz ein Kind krankenhausreif geschlagen, das seinem kleinen Sohn Sand in die Augen gestreut hatte...»

«Paßt ja alles wunderbar zusammen. Gott, wunderbar...!»

«Geboren am 28. 1. 1966 in Berlin. Verheiratet seit 1987 mit Anja Rasch, geb. Jonas, Straßenbahnfahrerin. Sohn Stefan, zwei Jahre alt. Beruf: Schweißer. Arbeitslos seit Schließung seines Betriebs in Berlin-Oberschönweide. Versuch, sich selbständig zu machen. Hohe Schuldenlast seit Konkurs seines Boots- und Fahrradverleihs am Zeuthener See. Alkoholprobleme. Das wär's in aller Kürze.»

«Dann rasch zu Rasch!»

Als sie im dritten Stock des Hauses Florastraße 14a geklingelt hatten, wurde ihnen von einer jungen Frau geöffnet, die in einer Uniform der Ostberliner Verkehrsbetriebe BVB steckte.

«Bitte...?»

Mannhardt hielt ihr seine Kripomarke hin, Janotta seinen Dienstausweis.

«Mein Mann ist nicht da», sagte Anja Rasch, und Mannhardt wunderte sich. Hatte sie damit nur seine Dominanz hier angedeutet, daß er als *Herr im Hause* zuständig war für alle Außenkontakte, oder ahnte beziehungsweise wußte sie etwas von seinen ganz speziellen Aktivitäten, was die Kinder-Anrufe betraf...?

«Wir kommen wegen des Kinder-Anrufers», sagte Mannhardt. «Sie haben ja selbst einen Sohn im gefährdeten Alter...» Diese Taktik hatte er vorher mit Janotta abgesprochen.

«Stefan, ja...»

«Und da wollen wir ihn mal fragen, ob bei ihm auch schon der ‹liebe Onkel› angerufen hat, und wenn nicht, dann prophylaktisch...» Er merkte, daß dieser Begriff etwas fehl am Platze war, und korrigierte sich schnell in «präventiv».

Aber auch das konnte Anja Rasch offensichtlich nicht so schnell übersetzen, denn sie sagte, daß Stefan erst letzte Woche geimpft worden sei.

Janotta stöhnte auf, und sein vorwurfsvoller Blick («Hast du uns Ossis aber mal wieder gezeigt, wie dämlich wir sind!») traf Mannhardt an einer nun sehr empfindlich gewordenen Stelle. «Vorbeugend, meint der Herr Kollege...»

«Ja, damit ihr Sohn nicht auch... Dürfen wir selber mit ihm sprechen...?» Offen nach dem Mann beziehungsweise Vater zu fragen erschien ihm wenig klug.

«Kommen Sie rein. Er sieht gerade fern. *Der Preis ist heiß*...»

Mannhardt glaubte zu erahnen, was Janotta dachte: westliches Verdummungsfernsehen. Dank den Kolonialherren, daß sie uns das bescheret haben!

In dieser Sekunde erschien unten auf dem Treppenabsatz, auf halber Treppe, ein Mann, der allen Beschreibungen zufolge nur einer sein konnte: Enrico Rasch.

Und Mannhardt hätte schwören können, daß Rasch in dem Augenblick, wo er ihn und neben ihm Janotta wahrgenommen hatte, eine ruckartige Wendung zur Seite machte, die klassische Fluchtbewegung.

Oder war das nur Einbildung gewesen, denn nun kam Enrico Rasch mit schweren Fußballerschritten und den typgerechten leichten O-Beinen dazu nach oben gestiefelt. Mannhardt war irgendwie fasziniert von ihm, und später am Abend sollte er zu Heike sagen: Du, wenn ich in diesem meinem Leben noch mal schwul werden sollte, dann wär ich scharf auf solche Typen wie Enrico Rasch. Dieses kleine Bärtchen auf der Oberlippe, diese Löwenmähne, wie der *lonely wolf* im Western, toll! Jetzt aber verbot er sich diese Gedanken und Gefühle, denn wenn Rasch wirklich der war, den sie suchten (*Der Mann, der aus Kindern Mörder macht*, wie die *BZ* getitelt hatte), war das sicherlich pervers.

Seine Frau erklärte ihm, daß die «beiden Herren» von der Kripo seien und was sie hier wollten, und ließ sie dann alle in die Diele und ins Zimmer treten.

Mannhardt musterte die Wohnung. So richtig deutsch, mit allem, was man im allgemeinen begehrte: die Schrankwand, den Farbfernseher, den Videorecorder, den Heimcomputer, auf dem man Autorennen wie Ritterschlachten simulieren konnte, *Quelle-* und *Neckermann*-Kataloge auf dem Glastisch vor der Ledergarnitur, *Lego*-Steine für den Kleinen – und dies alles vor einer kleingemusterten Blümchentapete nach Musikantenstadl-Art. Auf dem Fernseher lagen ein Fotoapparat und eine angebissene Butterstulle.

«Nun...» Mannhardt, ganz werdender Großvater, beugte sich zum kleinen Stefan hinunter. «Was baust du denn da...?»

«...'ne Rakete. Wumm-bumm!»

Offenbar war Rasch junior gerade dabei, Golfkrieg zu spielen.

Janotta hatte Enrico Rasch im Visier, als er ganz beiläufig sagte, daß sie nun alle mal mit Stefan reden sollten, ob er wirklich auch von dem «lieben Onkel» angerufen worden sei.

«Das Schwein!» rief Rasch. «Gleich Kopf ab, wenn ihr den kriegt!»

Mannhardt wertete das als Überkompensation, Überschlagshandlung und Ablenkungsmanöver, denn Enrico Rasch zitterten dabei die Hände, und man brauchte kein Psychologe zu sein, um zu sehen, daß der Mann derjenige war, der die Pankower Kinder zu ihren mörderischen Taten angestiftet hatte.

Auch Janotta schien dieser Überzeugung zu sein, denn Mannhardt bemerkte, wie er unauffällig prüfte, ob er im Zweifelsfalle schnell an seine Dienstwaffe kam. Da hatten sie also en passant einen fetten Fisch gefangen. Die Aurak würde zwar mäkeln: statt des Haies, sprich, des Mörders der Wutz, der Zäckeritz und, was zu befürchten war, auch der Müller, nur einen Hecht, den Kinder-Anrufer, aber immerhin, ein Meisterstück war es schon. Da würde auch Heike nicht umhin können, ihn ausnahmsweise mal so richtig voll gut zu finden.

Er mußte sich mit Janotta nur noch irgendwie verständigen, wie sie die Festnahme durchziehen konnten, ohne daß der Kleine, aber auch seine brave Frau, einen Schock erlitten.

Während Enrico Rasch den Fernseher ausschaltete, denn der Werbelärm ließ kaum noch eine Unterhaltung zu, machte Mannhardt eine Geste zur Tür hin, was heißen sollte: Wir locken ihn mit einem Vorwand hier weg und lassen dann draußen die Handschellen... Janotta nickte.

«Ja, Herr Rasch, wir sprechen jetzt noch mit Ihrem Sohn – das Notwendige, was den Kinder-Anrufer betrifft – und möchten Sie dann bitten, mit uns zum Wagen runterzukommen, wo wir eine ganze Menge Fotos von Verdächtigen haben... Ob Ihnen die in der Gegend hier mal aufgefallen sind...»

Enrico Rasch sah ihn lauernd an. «Mit runter...?»

«Ja...»

Mannhardt bemerkte, wie sein Blick zur Balkontür ging. Gab es hier eine Chance? Aus dem dritten Stock vielleicht die Regenrinne runter?

In diesem Augenblick wurde draußen Sturm geklingelt, und alle fuhren zusammen.

«Geh mal aufmachen!» rief der Hausherr schließlich.

Anja Rasch lief zur Tür.

«Nur Frau Efferetz!» rief sie ins Zimmer.

«Unsere Nachbarin», erklärte Rasch.

Die Dame war so laut, daß man jedes Wort verstand. Furchtbar aufgeregt war sie.

«Nebenan auf'm Dachboden haben sie Herrn Krüger entdeckt. Tot! Aufgehängt hat er sich. Mit'm Geständnis dabei, daß er der Kinder-Anrufer ist! Entwarnung, Frau Rasch, Entwarnung für Sie!»

Mannhardt wollte sich die Sache heute einfach machen und verteilte, kaum daß er den Hörsaal betreten hatte, in dem die K 3 schon auf ihn wartete, einen Fall, den er dem Heft 7/1971 der Fachzeitschrift *Kriminalistik* in etwa entnommen hatte. Neulich hatte er ihn im Gespräch mit Heike und der Grabow schon einmal erwähnt.

Der Sachverhalt war ebenso einfach wie eklig-makaber. Am 17.9.1967 hatte ein Aufseher beim Öffnen der Leichenhalle des Alten Friedhofs in Duisburg eine Schleifspur zwischen der Eingangstür und der Leichenzelle 2 gefunden. Die herbeigerufenen Kriminalbeamten nahmen daraufhin diese Zelle etwas genauer in Augenschein. Den folgenden Text hatte er einfach ausgeschnitten und aufgeklebt:

«Die in dieser Zelle auf dem Boden liegende Leiche war unbekleidet, lag auf dem Rücken, die Arme waren seitwärts des Kopfes nach hinten gestreckt und die leicht gespreizten Beine zeigten zur Zellentür (Abb.). In dem Sarg, dessen Deckel abgenommen war und an der Wand stand, waren Leichentuch, Abdecktücher und Blumen zerwühlt. Eine Überprüfung der anderen Zellen ergab, daß der Deckel eines weiteren Sarges geöffnet worden war und an der darin befindlichen weiblichen Leiche Leichentuch und Leichenhemd bis zu den Oberschenkeln hochgezogen waren. Ähnliche Feststellungen konnten an einer anderen Leiche gemacht werden.

Die ermittelnden Kriminalbeamten gingen davon aus, daß ein Unbekannter sich an den Leichen vergangen hatte. Aus diesem Grunde zogen sie den Gerichtsmediziner hinzu, der an den Leichen einen Scheidenabstrich nahm. (Die spätere Untersuchung führte zu keinem positiven Ergebnis, weil sich der gesamte Scheidenbereich in erheblichem Fäulniszustand befand und evtl. deponierte Samenzellen von diesen Vorgängen ebenfalls befallen und nicht mehr feststellbar waren.)»

Mannhardt beobachtete die Gesichter seiner Anwärterinnen und Anwärter beim Lesen dieser Textstelle genauestens, und es erfüllte ihn mit einer gewissen diebischen Freude, daß mitunter sogar die härtesten Machos zu schlucken begannen. Heute abend, da war er sich sicher, wurde in Berlin um einiges weniger gevögelt als sonst.

Die Fahndung nach dem Täter war insofern eine interessante Sache, als ein Friedhofsarbeiter zwar einen verdächtigen jungen Mann beobachtet und sogar dessen Personalien notiert hatte – allerdings mit dem kleinen Fehler, daß er den Namen des Verdächtigen mit einer Grabaufschrift verwechselt hatte.

Mannhardt hatte es bei der didaktischen Aufbereitung für seine Leute spannend gemacht, viele falsche und richtige Spuren gelegt und ihnen schließlich fünf mögliche Täter zur Auswahl angeboten. Dabei war ihm klar, daß kaum eine Gruppe auf den richtigen kommen würde, auf M., denn das war ein nach außen hin stinknormaler Bundesbahner, seit zwei Jahren verheiratet. «Die Ehe ist nach seinen und den Angaben der Ehefrau glücklich. M. hat regelmäßig und mehrmals in der Woche mit ihr Geschlechtsverkehr, den er auf normale Weise ausführt. Mit anderen Frauen und Mädchen hat er –

auch vor der Ehe – keinerlei intimen Kontakt gepflegt. Er hat einen ausgeprägten Familiensinn und hält sich viel bei seinen Eltern oder Schwiegereltern auf. M. geht kaum allein aus. Er ist Nichtraucher und trinkt nicht. Als Hobby nennt er ‹Auto und Schallplatten›; er ist Mitglied in einem Gesangverein.» So stand es Wort für Wort im Original.

«Also, meine Damen und Herren, der Preis ist heiß! Die Gruppe, die den richtigen Täter anhand der vorgegebenen Daten findet...»

«...macht mit mir einen Betriebsausflug ins Krematorium Wilmersdorf!» rief Gunnar dazwischen.

«Ja, und dann schreien Sie: ‹Gunnar, v/Vögele!›» Schlucki war ganz aus dem Häuschen.

Mannhardt sagte nichts, denn er wußte, daß sie das brauchten, um mit solch entsetzlichen Dingen fertig zu werden. «Nein, die Sieger kriegen 'ne Pizza spendiert...»

Elke Klein sah ihn böse an. «So was fördert doch auch die Gewalt gegen uns Frauen, wenn die sich hier aufgeilen, daß es einer mit 'ner Toten treibt!» Sie blätterte in den ausgeteilten Papieren. «Wo die eine schon 63 sein soll.»

Gunnar gab ihr recht. «Meine Freundin an der FU arbeitet an einem Projekt, in dem sie messen, was Männer empfinden, wenn sie Filme ansehen, wo Frauen vergewaltigt werden. Da ist viel Haß und Aggression dabei, gegen den Täter, und wenn sie sich vorstellen, daß es ihre Frau oder Freundin trifft, dann würden sie ihn glattweg erschießen; aber es gibt bei ihnen auch eine ganze Menge Lust...»

«Na, bitte...»

Mannhardt wandt sich. «Aber doch nicht bei diesen Leichen hier, daß da einer Lust bekommt...»

Elke Klein drehte sich zu Schlucki um. «Ich glaube schon...»

«Nur wenn du es wärst, Baby...!»

«Bitte, ja!» Mannhardt schlug mit der flachen Hand auf den Dozententisch.

«Das ist doch nur latenter Frauenhaß bei Ihnen», sagte Elke Klein, wenn auch lachend. «Sie kommen nicht so ganz klar mit uns, und da entlädt sich das dann... Immer sind es Frauen, die ermordet werden!»

Mannhardt mußte tief durchatmen. War etwas wahr an diesem Vorwurf, fühlte er sich wirklich durchschaut? Was verdrängte er, und was war Quatsch? Gleichviel, er wollte die Diskussion schnell in andere Bahnen lenken; doch sein Ablenkungsmanöver mißlang ihm gründlich, als er nämlich an Rüdiger Prützke, ihren erschlagenen Verwaltungsleiter, erinnerte. «Damit es nicht immer nur die Frauen sind, haben wir extra unsern lieben Prützke geopfert...»

Viele murmelten, daß das nun doch zu weit ginge, und Arwed Walther als «Klassensprecher» sah sich zu einem Statement genötigt. «Die K 3 bittet Sie, nicht immer so zynisch zu sein und bei der Auswahl der Fälle in Zukunft etwas mehr Sorgfalt walten zu lassen.»

Mannhardt blieb souverän. «Okay, ich werde vorher zu Ihnen kommen und Sie bitten, mir die Genehmigung zu erteilen.» Damit hatte er die Lacher auf seiner Seite und diese Runde gewonnen, doch er wußte genau, daß dieser Arwed Walther nun erst recht alles daransetzen würde, ihn abzuschießen. Er packte seine Sachen zusammen und gab die letzten Anweisungen. «Eine Gruppe bleibt hier im Hörsaal sitzen, die anderen verteilen sich auf die Kantine, die Gruppenarbeitsräume und die Gänge. Ich bin in einer guten Stunde wieder da und will dann eure Arbeitsergebnisse sehen... Ach so: Einer von jeder Gruppe geht zwischendurch mal in die Bibliothek runter und sucht nach einer brauchbaren Definition des Begriffs Nekrophilie... Und ja: Versuchen Sie auch noch die Unterschiede zwischen dem Täter in meinem Fall und der ‹Bestie von Beelitz› herauszuarbeiten.» Damit setzte er sich ab. Uff!

Mannhardt ging zum Fehrbelliner Platz, um sich in den 4er Bus zu setzen. Der trug zwar seit Juni die Nummer 104, doch als alter Berliner ließ er sich von dieser Idiotie seiner Verkehrsgesellschaft nicht sonderlich beirren.

Was er da vorhatte, konnte gefährlich werden. Sollte er – oder sollte er nicht?

Die PDV 100, die Bibel der bundesdeutschen Polizei, war ja unter der Gliederungsnummer 2.2.1.1. überaus eindeutig: Fahndungsarbeit ist – auch ohne besonderen Auftrag – **Aufgabe jedes Polizeibeamten.** Insofern war es durchaus legal, daß er sich an diesem späten Nachmittag bzw. frühen Abend auch noch um das kümmerte, was eigentlich das Bier der lieben Petra Zechow war, nämlich um die Aufklärung des Mordfalles Rüdiger Prützke. Da war bis jetzt nichts Wesentliches passiert. Er hatte da eine ganz bestimmte Hypothese.

Doch die mußte erst noch bewiesen werden, was nicht ohne ein weiteres Gespräch mit Karsten und Andrea Kniehase zu machen war.

Laß es! Seine innere Stimme war deutlich genug. Kümmere dich lieber um den oder die Täter im Falle der drei Ost-Berlinerinnen. Valeska Wutz, Carmen Müller, Kathrin Zäckeritz.

Für einen Augenblick vergaß er allen Scheiß und genoß die Fahrt auf dem Oberdeck des Großen Gelben. Berlin wie im Theater. 1. Rang, 1. Reihe. Noch immer das Staunen über die vielen Trabbis und Wartburgs im West-Berliner Straßenbild und die komischen Autokennzeichen wie IVY 24-43 oder ZKU 89-42. Brandenburgische Straße, Bundesallee, Badensche... Am Rathaus Schöneberg stieg er wieder aus. Hier hatte J. F. Kennedy seinen legendären Satz «Ich bin ein Berliner» gesprochen. Und nun war die Gesamtberliner Regierung mitten beim Umziehen ins Rote Rathaus am Alex.

Schwer zu verstehen, daß es einmal so ganz anders gewesen war. Er mochte es nicht glauben. Wenn es Filme gab, dann logen die. Ebensowenig konnte er sich vorstellen, wie er vor kaum mehr als einem Jahr hier gestanden hatte, um nach der Wartburgstraße zu fragen. In der Verwaltung der HÖV in Bramme hatten sie ihm die Adresse gegeben: Hannelore Kniehase, Wartburgstraße 37, 1000 Berlin 62. Dort hätte man schon öfter Polizisten untergebracht, die für eine gewisse Zeit nach Berlin abgeordnet worden waren. Und es hatte in der Tat geklappt.

Wieder zweifelte er. War das wirklich so gewesen, objektiv und unwiderlegbar, oder träumte er das alles nur...? War das Leben nicht nur ein Traum und der Traum nur ein Traum?

Er klingelte, und Frau Kniehase erschien in der Tür. Ganz die deutsche Mutti, mollig, asexuell, mit breitem Gesicht und bernsteinfarbener Brille, demutsvoll und arbeitsam. Mit Schaudern realisierte er, daß sie um einiges jünger war als er.

«Grüß Gott, Frau Kniehase, ich suche Karsten und Andrea», sagte er schnell.

«Herr Mannhardt...! Das ist aber eine Überraschung! Wollen Sie nicht eine Tasse Kaffee...?»

Panik erfaßte ihn. «Nein, nein, ich muß ganz schnell wieder... Wo sind denn Ihre... Ihre Kinder... ?»

«Die wollten in den Tiergarten, rudern am Neuen See...»

«Rudern am Neuen See...» wiederholte er staunend.

«Ja, Karsten will da für die Prüfung lernen und Andrea ihn abhören.»

«Sind sie schon lange weg?»

«... 'ne halbe Stunde vielleicht...»

«Dann krieg ich sie noch, danke...!» Er hob die Hand zum schnellen Abschiedsgruß und stürzte nach unten. Die Sache war ihm sogar den Zehner für die Taxe wert, wenn er denn um diese Feierabendzeit überhaupt eine bekam. Doch, es klappte, denn inzwischen hatten sich immer mehr Ossis selbständig gemacht und kurvten nun mit ihren nagelneuen Wagen durch die Westbezirke, da im Osten das Geld für solchen Luxus nicht eben locker saß.

Im südwestlichen Quadranten des Tiergartens angekommen, am Café gegenüber der gewaltigen spanischen Botschaft, wollte er sich ebenfalls ein Ruderboot mieten, um Karsten und Andrea auf dem Wasser zu suchen, doch es gab keines mehr, so daß er zu Fuß an den Ufern des verschlungenen Gewässers herumturnen mußte, um nach ihnen zu suchen. Fast auf Höhe des Landwehrkanals und der Tiergartenschleuse fand er sie dann und schrie zu ihnen hinaus, daß sie doch bitte anlegen und ihn an Bord nehmen möchten. Sie drehten bei und kamen langsam auf ihn zugerudert.

«Wollen wir nicht noch 'ne gemeinsame Runde drehen?» fragte er.

Andrea schien nicht übermäßig erfreut. «Wir haben das Boot nur für 'ne Stunde...»

«Ich bezahl das schon...»

Auch ihr Bruder war von seinem Vorschlag wenig angetan. «Ich muß wieder nach Hause... lernen!»

«Das tust du doch schon...» Mannhardt zeigte auf den Schnellhefter, den Andrea auf den Knien liegen hatte.

«BGB noch – alles, was zu Hause im Computer steckt.»

«Die halbe Stunde, die macht den Kohl auch nicht mehr fett...»

Andrea ließ das rotgestrichene Boot gegen die eingerammten Hölzer schrammen. «Okay, steigen Sie ein...! Aber rudern müssen Sie dann selber!» Sie schwang sich nach hinten und kam neben ihren Bruder zu sitzen.

Mannhardt sprang ins Boot hinunter, und die beiden schrien kurz auf, als es gehörig ins Schwanken geriet. «Hoffentlich gehen wir nicht baden alle drei...!» Dabei griff er nach den Rudern und katapultierte sie mit gekonnten Schlägen auf den kleinen See hinaus.

«Hier sind früher zu Kaiser Wilhelms Zeiten die Leutnants mit ihren Fräuleins immer Kahn gefahren – und im Winter Schlittschuh gelaufen...»

«So lange werden wir ja nicht hier draußen bleiben!» lachte Andrea.

Karsten Kniehase schlug sich mit beiden Händen auf die Schenkel. «Ich muß wirklich nach Hause, lernen...!»

Andrea sah Mannhardt an. «Langsam dreht er durch. Übermorgen ist es ja soweit... Seine mündliche Prüfung...»

Mannhardt lachte. «...ist auch meine Prüfung, eine für uns alle.» Er zog so kräftig durch, als wollte er dem Bundestrainer beweisen, daß er der beste Skuller für Barcelona sei, für die nächsten Olympischen Spiele.

Andrea war hellhörig geworden. «Wieso? Was is'n...?»

Mannhardt hörte auf zu rudern und ließ das Boot dahinziehen. «Eine ganze Menge... Ich weiß etwas, was ich vergessen könnte... Aber ich darf es wohl nicht...»

Karsten Kniehase beugte sich ein wenig vor. «Versteh ich nicht, was meinen Sie'n damit...?»

Mannhardt sah ihn an. «Deine Strafrechts-Klausur bei meiner guten Freundin Greta Grabow...»

«Was ist'n damit?» fragte Andrea. «Die ist doch okay...»

«Ja, die, die Grabow korrigiert hat, die ist auch okay. Eins-bis-Zwei...» Mannhardt tunkte sein rechtes Ruder in das grünliche Wasser und starrte in den kleinen Strudel, der sich bildete, da sie immer noch ein wenig Fahrt draufhatten. «Die andere aber war höchstens Vier-bis-Fünf, wahrscheinlich aber eine glatte Fünf...»

Karsten Kniehase fuhr hoch. «Welche andere denn...?»

Mannhardt bemühte sich um ein Höchstmaß an Gelassenheit. «Die, die vorne auf dem Tisch gelegen hat, als ich Prützke vertreten habe... Auf dem Stapel der schon abgegebenen Klausuren...»

Andrea ging dazwischen. «Was soll'n der Scheiß!?»

«Langsam mal...!» Mannhardt machte ein paar Ruderschläge, um einer entgegenkommenden Kleinfamilie auszuweichen. «Der Fall von Frau Grabow war ja: das vorsätzliche – in Klammern: unechte – Unterlassungsdelikt. Die siebzehnjährige Prostituierte Babsie F. läßt auf Anraten ihres Freundes Rocky W. ihr nichteheliches Kind Tamara verhungern. So...» Er trieb das Boot mit einigen Schlägen auf die Mitte des Sees. «Ich sitze also im Hörsaal, langweile mich und greife mir eine der schon fertigen Klausuren. Deine natürlich, Karsten, weil ich dich von allen am besten kenne.»

«Das ist mir gar nicht aufgefallen...» sagte Karsten Kniehase.

«War ja auch unmöglich, weil du schon gegangen warst.»

«Na und?» fragte Andrea, während sie sich eine mitgebrachte Cola-Dose aufriß.

«Ich schau mir also an, was Karsten da zu Papier gebracht hat...» Mannhardt blickte zu einer Boeing 737 hinauf, die nach Tegel zog und den Lufthansa-Kranich am Leitwerk zeigte, blau-gelb, war erstaunt über das, was über vierzig Jahre lang so unmöglich erschienen war wie ein zweiter Mond am nächtlichen Himmel. «Ja, also...» Es fiel ihm immer noch schwer, zur Sache zu kommen. «Du hebst da voll darauf ab, daß sich Babsie einer Kindestötung nach § 217 I StGB strafbar gemacht hat...»

«Hat sie nicht!» unterbrach Karsten ihn.

«Nein! Und so steht denn auch in der Klausur, die die Grabow nachgesehen und so gut bewertet hat, ganz etwas anderes: daß auf Babsie nämlich der § 212 I anzuwenden ist, Totschlag. Sie hat den Tod ihres Kindes durch Unterlassen der Fütterung herbeigeführt...»

Karsten Kniehase stimmte ihm mit fast schon etwas schriller Stimme zu. «Ja, weil bei Kindestötung nach § 217 Voraussetzung ist, daß die Mutter das nichteheliche Kind während oder gleich nach der Geburt tötet...»

Mannhardt nickte. «So ist es! Aber leider muß das ein gewisser Karsten Kniehase im Hörsaal morgens, beim Lesen des Textes, des Sachverhalts, völlig übersehen haben. Totaler *blackout*... Die Angst, die Panik...»

Eine kleine Pause entstand, ehe Andrea abschätzig sagte: «Ihre Phantasie möcht ich haben!»

Mannhardt lächelte. «Die hast du! Mir diese kleine Briefbombe zu schicken, um den Verdacht auf die Rechtsradikalen zu lenken...»

«Das ist doch idiotisch!» Sie warf ihre noch halbvolle Cola-Dose wütend auf den Boden des Bootes. «Daß der Serientäter, der hier rumläuft, oder irgendein Skin den Prützke erschlagen hat, da zweifelt doch keiner mehr dran!»

«Doch, einer noch: ich!» Mannhardt lehnte sich zurück.

Andrea wurde noch einen Deut aggressiver. «Ich würde da vorsichtig sein, wo Sie doch schon mal in psychiatrischer Behandlung gewesen sind...»

Mannhardt ließ das Boot gegen den Anlegesteg krachen. «Da wären wir wieder! Ich bedanke mich fürs Mitfahrendürfen...!» Er sprang an Land.

Mannhardt saß bei Matze Lampert, einem alten Kumpel in der PTU, der Direktion «Polizeitechnische Untersuchungen», und wartete auf einen ganz bestimmten biologisch-sereologischen Befund.

Nervös war er schon, denn es ging hier um Sein oder Nichtsein, für einen anderen Menschen, aber womöglich auch für ihn, und dennoch unterhielt er sich prächtig mit dem herumliegenden Nachdruck eines Buches aus dem Jahre 1864, mit Carl Röhrmanns *Der sittliche Zustand von Berlin nach Aufhebung der geduldeten Prostitution des weiblichen Geschlechts.*

– Am folgenden Tage machte ich mit meinem Freunde einen Abendspaziergang durch die belebtesten Straßen der Stadt. Nein, das habe ich nicht geglaubt, welche ungeheure Menge feiler Dirnen umherlaufen, die Passanten durch Worte und Blicke anlocken und mit schamloser Frechheit ihre Schande zur Schau tragen...

– *Zweite Abtheilung. Unverfälschte Biographien der bekanntesten prostituirten, noch lebenden Frauenzimmer in Berlin.*
Ottilie, die schöne Schwindlerin.
Die geschiedene Frau des Sängers H........r.
Studenten-Cläre.
Minna W-tz--k, die geschiedene Kaufmannsfrau.
Louise D., die Amazone von Berlin.
Die Tochter eines deutschen Dichters.
Judenline.
Officier-Jette.
Die Blumencaroline.
Sidonie von der Heyde.
Camilla, die Markgräfin.
Invalidenlotte.
Die schwarze Auguste.

Bademinna.
Sporenminna.

Mannhardt war amüsiert und schaffte es für einige Minuten, von seinen bohrenden Gedanken loszukommen. War er – wieder einmal – zu weit gegangen, würde es ein böses Ende nehmen? Aber war es denn wirklich ein böses Ende, wenn die Aurak ihn nun endgültig rauswerfen ließ? Frei sein hieß doch, ihr ganz cool zu sagen «Na und!», wenn sie wieder drohte, ihn vorzeitig in Pension zu schicken.

Zugegeben, es war schon ein wenig außerhalb der Legalität, was er da getan hatte, ein Opfer seiner Spontaneität, seiner Intuition. Gestern bei Enrico Rasch im Zimmer...

...liegt doch da ein Fotoapparat, eine *Praktica BX20*, wie man sie der ermordeten Zäckeritz aus dem Zelt gestohlen hatte.

...klebt doch da auf dem PC ein rotes Firmenschildchen – *Schönfließ – Computer + Bürotechnik.*

...hat er doch wegen der Sache mit Karsten Kniehase und dem Fall Prützke das Phantombild überdeutlich vor Augen, das den Mörder dieses Frieder Schönfließ zeigt, und hat doch dieser Enrico Rasch eine unheimliche Ähnlichkeit mit dem Gesuchten.

All das ging ihm gestern durch den Kopf, und als dann alle hinausgelaufen waren, um ins Nebenhaus zu stürzen und den am Dachbalken baumelnden Kinder-Anrufer zu begaffen, hatte er die Gunst des Augenblicks genutzt und die *Praktica* schnell in die Hosentasche gesteckt und aus der Wohnung geschmuggelt.

Nun war Matze Lampert hinten im Labor dabei, sie mit modernsten Techniken nach Blutspuren abzusuchen und, wenn er welche fand, festzustellen, ob es das Blut der Zäckeritz war.

Mannhardt las weiter im Buche von vor über 150 Jahren.

– Wir leben in einer Zeit, wo das Volk nicht mehr blind der höhern Weisheit des Beamtenthums vertraut...

– Der außereheliche Beischlaf hat zu allen Zeiten stattgefunden und wird stattfinden, so lange Menschen blos Menschen und keine Heiligen sind. Eben so hat das unsittliche Weib – durch Sinnlichkeit überreizt, oder zum Erwerbe gedrängt – ihre Reize von jeher verkauft, und dies wird fortdauern, so lange die Erde steht, selbst wenn die Weiber sich emancipirt haben...

Da stand Matze Lampert endlich in der Tür, und er strahlte.

«Am Auslöser – hundertprozentig nach unserer DNA – Blut der Toten…»

Mannhardt sprang auf und umarmte den Biochemiker. Offen blieb, ob die Soziologin mit einer Wunde am Finger fotografiert hatte oder ob das Blut wirklich aus der Kopfwunde stammte, die der Täter ihr beigebracht hatte, und dann auf dem Umweg über seine Hände auf den Auslöser gekommen war. Doch das war sekundär, fest stand jedenfalls, daß Enrico Rasch auf «44» gewesen war und Kathrin Zäckeritz getötet hatte. Und höchstwahrscheinlich handelte es sich hierbei um einen sogenannten «Verdeckungsmord», denn Rasch mußte irgendwie geglaubt haben, daß ihn die Zäckeritz in der Nähe der Wutz gesehen, ja, womöglich sogar fotografiert hatte. Soweit seine Hypothese, der noch nachzugehen war. Zuerst aber hatte er sich bei der Aurak zu melden.

Karin Aurak spielte mit der Schnur der kleinen Guillotine, die ihre Mitarbeiter selbst gebastelt und ihr zum letzten Geburtstag geschenkt hatten. Ein Männchen aus dem Sortiment der Lehmann-Garten-Bahn von Zeigefingerlänge lag unten und erwartete das fallende Messer.

«Einer meiner Beamten verstößt gegen alle möglichen Gesetze und Paragraphen und klaut einen Fotoapparat», sagte sie schließlich.

«Eine meiner engsten Bezugspersonen sorgt dafür, daß die gesamte Presse jubelt, weil besagter Beamte mit dieser Maßnahme herausgefunden hat, wer Frieder Schönfließ, Valeska Wutz und Kathrin Zäckeritz ganz und Carmen Müller zumindest halb ermordet hat!» Mannhardt war begeistert von Mannhardt, denn zum ersten Mal in seinem Leben zitterte er nicht, wenn von oben Strafe drohte.

«Na, genial!» Die Aurak sprang auf. «Schade nur, daß dieser Enrico Richter das Fehlen seines Fotoapparats bemerkt hat und nun über alle Berge ist! Gnade Ihnen…» Sie blieb vor Mannhardt stehen. «Gnade Ihnen, wenn er heute oder morgen eine neue Straftat begeht!»

Da mischte sich Janotta ein, der bislang nur schweigend dagesessen hatte. «Die hätte er doch auch begehen können, wenn der Kollege Mannhardt nicht aktiv geworden wäre. Ich denke, im Westen ist alles besser; das ist aber eine sehr komische Art der Menschenführung hier, wenn Sie einen Mitarbeiter nach einem so großen Erfolg so fertigmachen.»

Gott, der hat ja wirklich Rückgrat, dachte Mannhardt.

Die Aurak sah Janotta böse an. «Wie kommen Sie denn dazu, so mit mir zu reden.»

«Wer in Leipzig mitgelaufen ist, der darf so reden!»

«Zur Sache, meine Herren!»

«Ja, und Sache ist die, daß wir in Raschs Wohnung Gegenstände gefunden haben, die von Schönfließ stammen, und ebenso einen Schnipsel aus dem zerrissenen Sparbuch der Wutz. Außerdem Blutspuren an einem Handschuh. Wahrscheinlich hat er den getragen, als er die alte Schauspielerin erschlagen hat. Schließlich war er laut Aussage seiner Frau zu der Zeit, wo Carmen Müller in der S-Bahn mit dem Bügeleisen niedergeschlagen worden ist, bei seinem Vater in Oranienburg. Und Arbeitskollegen von ihm haben ausgesagt, daß es so 'ne fixe Idee von ihm gewesen sei, Frauen in der S-Bahn zu überfallen und zu vergewaltigen. Diese Vorstellung habe ihn immer wieder erregt. Nun...» Janotta schlug sein Notizbuch zu. «Das ist doch was – oder...!?»

Die Aurak setzte sich wieder. «Sicher, aber...»

Janotta griff abermals an. «Ich als alter Ossi habe auch eine solche *Praktica* zu Hause, ein baugleiches Modell, und eigentlich immer bei mir im Dienst, man kann ja nicht wissen. Da hat nun der Kollege Mannhardt, als wir bei den Raschs so überstürzt aufgebrochen sind, ganz einfach gedacht, daß das meine ist und sie für mich eingesteckt. Erst hinterher sind wir dann auf die Idee gekommen...»

«Vorschriften und Gesetze sind dazu da, eingehalten zu werden. Von Beamten vor allem!»

Mannhardt lachte. «Siehe *Prinz von Homburg* nach der Schlacht bei Fehrbellin, wo der Prinz zwar den Sieg errungen und Preußen gerettet, dabei aber eigenmächtig vorgegangen ist und nicht gewartet hat, bis seine Oberen das Signal zum Angriff gegeben hatten. Soll er also, statt belohnt zu werden, sterben, und der Große Kurfürst sagt: Den Sieg nicht mag ich, das Gesetz will ich, die Mutter meiner Krone, aufrecht halten! – Na bitte, wie heute und hier: Preußen ist nicht totzukriegen.»

«Was geht mich Ihr Fontane an!» sagte die Aurak.

«Kleist», verbesserte Mannhardt, «Heinrich von. Zum Sieg! Zum Sieg! In Staub mit allen Feinden Brandenburgs!»

Die Aurak starrte vor sich hin. Sie wußte, daß sie dieses Gefecht verloren hatte, und Mannhardt wußte, daß sie ihm diese Niederlage nie verzeihen und es ihm bei nächstbester Gelegenheit dutzendfach heimzahlen würde.

«Meine Herren...» Sie gab zu verstehen, daß die Audienz nun beendet sei. «Es wäre schön, wenn wir Herrn Rasch nun auch noch hätten...»

Während er in bewährter Weise mit Bahn und Bus zur PHS fuhr, um nun endlich mit erheblicher Verspätung die Fall-Lösungen seiner K 3-StudentInnen in Augenschein zu nehmen, fixierte Mannhardt in Gedanken noch einmal das, was er nachher Weinert sagen wollte, um den dahin zu bringen, das Nötige zu tun.

Die schriftliche Hauptprüfung, die große Staatsprüfung... Zwei Fünfen hatte Karsten Kniehase schon... Mit einer dritten bei der Grabow wäre er durchgefallen gewesen. Aus der Traum... Damit ist die Sache klar: Karsten schreibt mit Hilfe seiner Schwester und anhand von Fallsammlungen zu Hause eine gänzlich neue Klausur. Die Sache scheint ihnen einfach genug. Karsten hat abends den Termin bei ihm, so daß seine Anwesenheit in der PHS nicht weiter verdächtig ist. Sie wollen bei der Grabow einbrechen und die mißglückte Klausur gegen die neu geschriebene Superarbeit austauschen. Dabei werden sie leider Gottes von Prützke überrascht, und Karsten greift zum Pokal, um ihn zu erschlagen. Muß er aus seiner Logik heraus. Denn das Erwischtwerden bedeutete für ihn das absolute Aus. Prüfung nicht bestanden. Und wegen des Einbruchs und des Täuschungsversuchs das Ende seiner Polizeikarriere. Zu Hause Herzanfall und womöglich Tod seiner Mutter.

So trug er das dann, als er die K 3 sozusagen abgefertigt und in den Feierabend entlassen hatte, dem Präsidenten vor.

Weinert konzentrierte sich auf das Ritual des Pfeifenanzündens und gab sich den Anschein, lange und sorgfältig über jeden einzelnen Satz nachdenken zu müssen. «Schön und gut...» kam es schließlich bedeutungsschwer, «...aber...» Er griff zu der vergleichsweise dicken Klausur, um die es hier ging, dreizehn formatierte Seiten plus Deckblatt und einigem an Schmierpapier. «Karsten Kniehase, ja... Aber hier ist doch auf dem Deckblatt Prützkes Kürzel drauf, daß der sie nach ihrer Anfertigung ordnungsgemäß in Empfang genommen hat... PRÜ...»

Mannhardt reagierte darauf nur mit einem verächtlichen «Ach...!»

«Wieso...?»

«Weil... das kann man mit Leichtigkeit fälschen. Sie könnten es aber trotzdem vom Graphologen untersuchen lassen. Es muß ja wohl auch 'ne andere Kugelschreibermine sein.»

Weinert lachte. «Da wird die Verteidigung einwenden, daß Prützke ja mehrere Kugelschreiber gehabt haben kann.»

Mannhardt wurde massiver. «Ich sehe: Sie können es schwer ertragen, daß einer Ihrer jungen Kriminalbeamten ein Mörder sein soll, zumindest einen Totschlag nach § 212 StGB begangen hat...»

«Gott, Mannhardt, wir haben in diesem Enrico Rasch einen Täter, wie wir ihn nicht besser finden können...»

«Das ist doch Quatsch!» fuhr Mannhardt auf.

«Wenn Sie das für eine wissenschaftlich fundierte Aussage halten, dann...»

«Ja, das halte ich!»

«Der Mann hat diesen Frieder Schönfließ umgebracht, das ist ja wohl sicher, da ist das Phantombild ja deutlich genug. Reicht das nicht!?»

«Doch. Aber das beweist noch lange nicht, daß Rasch auch hier gewesen ist, in der PHS, und daß er unsern Prützke erschlagen hat.»

Weinert stöhnte auf. «Gott...!» Ohne den tat er es nicht. «Gott, Andrea und Karsten Kniehase haben ihn aber doch hier erkannt! Und das Identi-Kit-Bild des Täters, ihre Phantomzeichnung war doch absolut deckungsgleich mit dem des Schönfließ-Mörders.»

«Na, sicher...»

«Nun sagen Sie bloß nicht, Karsten Kniehase hätte das in der Zeitung gesehen! Das ist doch erst ein paar Tage später erschienen...»

«Allerdings, ja...» Mannhardt machte eine kleine Pause, um seinen Trumpf um so genüßlicher auszuspielen. «Aber Karsten Kniehase war im letzten Praktikum, zwischen Klausur und mündlicher Prüfung, bei Thomas Hundt in der Mordkommission, die den Schönfließ-Mörder fassen soll. Und damit natürlich dabei, als sie anhand der Zeugenaussagen das Phantombild von Enrico Rasch gezeichnet haben. Als er dann in der Schnelle einen Täter erfinden mußte, ist er unwillkürlich – oder möglicherweise auch ganz bewußt – auf Enrico Rasch gekommen.»

«Das kann doch niemand beweisen!» rief Weinert.

«Das ist aber mehr als logisch!»

«Karsten Kniehase war der korrekteste Polizeibeamte, der sich denken läßt.»

«Eben darum ja die Tat!» betonte Mannhardt.

«Ich bleibe bei Enrico Rasch!» Wütend stieß Weinert seine Rauchwolke aus.

«Um das Image der Polizei zu retten!» hielt ihm Mannhardt vor.

Weinert wurde immer ruhiger und immer grundsätzlicher. «Was wir dringend brauchen, um unsere Arbeit zu tun: Das ist das Vertrauen der Bürger in unsere Integrität... Wie die Gewißheit potentieller Täter, daß sie keine Chance gegen uns haben.»

«Und deshalb nehmen Sie es hin, daß unser Freund Karsten Kniehase einen Beamten erschlägt...?»

«Natürlich nicht, wenn es denn wirklich so wäre! Aber in diesem Falle scheint mit Ihnen, mein lieber Mannhardt, doch der verhinderte Kriminalschriftsteller durchgegangen zu sein...»

«Ginge es vielleicht 'n bißchen sachlicher...!»

«Gerne. Ihnen scheint nämlich ein ganz bedeutsamer Tatbestand entgangen zu sein...» Weinert lehnte sich so weit zurück, daß sein teurer Drehsessel wegzukippen drohte.

«Welcher denn bitte?»

«...daß auch Karsten Kniehase selber fast erschlagen worden wäre!»

«Nein, der ganz sicher nicht. Dazu ist seine Schwester viel zu zierlich...» Mannhardt lächelte.

«Seine Schwester...?»

«Na, sicher. Die ist so was von cool und clever... Drei Jahre in der Berliner Anarcho-Szene, das macht sich bezahlt.»

Weinert klopfte seine Pfeife aus. «Wie...? Die soll...?»

«Ist doch mehr als klar: Andrea sieht, daß ihr Bruder eine riesengroße Dummheit begangen hat... Prützke ist tot, und sie will ihn, Karsten, retten. Und in dieser Situation tut sie intuitiv das einzig Richtige: Sie nimmt den Pokal und schlägt damit auf ihren Bruder ein. Wahrscheinlich, ohne daß der zunächst begreift, warum...»

Weinert stieß alle Luft aus den Lungen. «O Gott! Wer soll'n Ihnen das glauben?»

«Wenn Heike, wenn Frau Hunholz es richtig aufbereitet, werden es sehr viele sein... Millionen Leser...»

«Ich warne Sie!»

Mannhardt stand auf. «Damit ist zu rechnen gewesen... Wie bei der Mafia: die Omerta, das Gesetz des Schweigens. Das sollte uns allen wichtiger als Grundgesetz und Strafgesetzbuch sein...!»

Kein Tag verging, an dem es nicht mit Heike krachte. Alle hatten es ja kommen sehen. Der Altersunterschied von beinah zwanzig Jahren, das so unterschiedliche Niveau, was das Intellektuelle betraf, vor allem aber sie mit ihren postmateriellen und hedonistischen Werten – und er als Spießer...

Es begann an diesem Morgen mit einem leichten Geplänkel um die irische Butter in der frisch aufgerissenen Packung.

«Da sind ja schon wieder Krümel in der Butter», raunzte er.

«Freu'n sich die Krümel. Kommt ja später doch alles wieder aufs Brot.»

«Das stört aber mein ästhetisches Empfinden!» beharrte er.

«Die bösen Folgen einer übertriebenen Reinlichkeitsdressur in der Kindheit des Hans-Jürgen M.», konterte sie. «Eine Hausarbeit von Heike Hunholz aufgrund einer intensiven empirischen Studie.»

«Wie witzig! Aber vielleicht lernst du es noch, immer nur soviel Butter aus der Packung zu nehmen, wie gerade auf die Stulle paßt – und nicht soviel, daß du nachher die Hälfte wieder zurücktun mußt, verdreckt...!»

«Ja, Papi!»

Das war der Auftakt, dann wandten sie sich der Morgenzeitung zu. Mannhardt war fasziniert von den Bildern, die sie von Friedrich II. von Preußen, dem Großen, reichlich brachten, denn die Überführung der Hohenzollernsärge nach Potsdam stand kurz bevor. Irgendwie schmerzte es ihn, daß man ihn nicht zur Feier eingeladen hatte, wo er doch bei seinem «Reinkarnations-Trip» (mit der anschließenden Einweisung in die Psychiatrie) fest daran geglaubt hatte, Fredersdorf, der Kammerherr des Alten Fritzen, gewesen zu sein.

«Gott, ist das schrecklich!» Heike riß ihn aus den Preußenträumen. Man hatte die seit einer Woche verschwundene fünfjährige Cordula Peschke aus Berlin-Neukölln in einem Waldstück bei Kienbaum gefunden. «Ermordet. Ein Sexualverbrechen. Ein einunddreißigjähriger Computerverkäufer hat die Tat gestanden...»

Mannhardt war in seinen vielen Dienstjahren nun wirklich *leichenfest* geworden, doch wenn ein Kind auf diese Weise starb, überwältigte ihn jedesmal eine unendliche Traurigkeit. Und mit Tränen in den Augen sagte er: «Für bestimmte Delikte sollte es schon die Todesstrafe geben...»

«Das würde die Kleine doch auch nicht wieder lebendig machen.»

«Nein. Aber mir und Millionen anderen die Wut nehmen.»

«Seid lieber wütend über die Hunderte von Kindern, die jedes Jahr von euern Autos totgefahren werden!»

«Das ist doch Quatsch!» fuhr er auf. «Man kann doch nicht alles relativieren! Es ist doch wohl 'n Unterschied, ob ich 'n Kind erwürge und mich an ihm vergehe – oder ob...» Er verschluckte sich und mußte eine Weile husten. «Wie auch immer, Männer wie der da sollten verschwinden, für immer – und nicht nur im Gefängnis, sondern auf'm Friedhof! Jede Gesellschaft braucht diese Selbstreinigungskräfte, sonst...»

«Mann, da kommt aber dein ganzer latenter Faschismus wieder aus dir raus! Wilhelm Reich läßt grüßen. Verklemmte, sadistische Grundcharaktere!»

Er sprang auf und schmiß sein Messer derart wütend auf den Teller, daß der zersprang. «Dann will ich dich mit meiner Gegenwart auch nicht weiter belästigen!» Schon war er an der Tür. «Du hast edlere Männer verdient. Und klügere. Schließlich bist du der einzige Mensch auf der Welt, der den vollen Durchblick hat. Und zu allem die einzig richtige Einstellung!» Damit war er draußen auf der Treppe.

Unten in der U-Bahn war sein Blutdruck wieder normal. Mit der Linie 6 wollte er bis zur Station Nordbahnhof fahren, einem ehemaligen «Geisterbahnhof», den sie nach der Wende neueröffnet hatten. Den früheren Stettiner und späteren Nordbahnhof, so mit richtigen Fernzügen, den gab es allerdings seit zirka vierzig Jahren nicht mehr und würde es auch nie mehr geben. Wenn er dort ausstieg, brauchte er nur die Invalidenstraße hinunterzulaufen, um zur Charité zu kommen. Noch immer bestand ja die Hoffnung, daß Carmen Müller aus dem Koma erwachte und ihm sagen konnte, wer sie zwischen Oranienburg und Mühlenbeck-Mönchmühle niedergeschlagen und fast umgebracht hatte.

– Komm, laß es, du weißt doch ganz genau, daß Enrico Rasch es war, als er vom Besuch bei seinem Vater zurückgekommen ist.

Seine innere Stimme war dagegen, und er wußte genau, daß seine phobische Angst vor jedem Krankenhaus dahintersteckte. Heike hatte schon recht, wenn sie ihn mitunter als Hypochonder beschimpfte, denn er brauchte nur von Freunden und Bekannten eine Krankheit etwas genauer geschildert zu bekommen – und schon hatte er sie selber. In seiner Einbildung zumindest. Klar, daß er da unsäglich litt, wenn er durch Krankenhausflure zu gehen hatte.

Aber in diesem Falle mußte er wohl, denn ihre Aussage war das beste Mittel, um nun endgültig jeden Verdacht von Narcissio zu nehmen. Und das war dringend notwendig, denn die Buschtrommeln aus dem «Nassen Dreieck» wie die Informationen, die er von seinem Sohn bekam, verhießen nichts Gutes. Maik Krause mit seiner «Pankower Front» heizte die Stimmung weiterhin an, und sollte sich der Mosambikaner als Täter herausstellen, dann war die Katastrophe da. Siehe das Telefongespräch gestern abend mit Michael:

«Paßt bloß auf, daß es da nicht so was wie 'n Pogrom geben wird.»

«Wieso...?»

«Na, wenn die da in der Charité wirklich sterben sollte, diese Carmen Müller oder wie die heißt, dann: Gute Nacht, Marie! Das ist dann das Signal für Maik zum Losschlagen. Und da gibt es Tote, darauf kannst du dich verlassen. In Dresden und Eberswalde, da hat es immer nur einen getroffen, hier aber könnt ihr gleich 'n Lastwagen mit Blechsärgen anrollen lassen.»

«Du übertreibst!»

«Mann, Vater, ich seh doch, was hier läuft. Der Maik, der will sich damit an die Spitze der Bewegung setzen. Und in den Knast wie Hitler damals auf die Festung. Das gibt 'n grausames Gemetzel hier, ich warne euch.»

«Ich werd die Kollegen...»

«Mann, die kannste doch vergessen. Eh die angerückt sind, ist doch schon alles gelaufen. Weißt du doch selber.»

Mannhardt lehnte sich zurück und hatte nur noch einen Satz im Ohr: *Alles kam, wie es kommen mußte*... War das alles wirklich unaufhaltsam? Ja, es schien jedenfalls so. Er hatte sich ins Zimmer der Aurak gewagt, um sie darauf hinzuweisen, was sich da am «Nassen Dreieck» offenbar zusammenbraute, doch nur gehört, daß man tue, was man könne, und das fiele ja nun wirklich nicht in ihre Kompetenz. Und Heike hatte bei verschiedenen Senatsdienststellen und im Büro der nun wirklich sehr tüchtigen und engagierten Ausländerbeauftragten angerufen und alle auf das hingewiesen, was da an Unheil drohte, doch immer nur zu hören bekommen, daß man alles unternehmen werde, «was in unseren Kräften steht».

War denn die «Pankower Front» ebenso unaufhaltsam wie ein Hurrikan? Mußte es erst Opfer geben, bevor sich etwas änderte?

– Ja, du, das muß es. Und du kannst es nicht mehr aufhalten.

– Lieber Gott, laß die Carmen Müller am Leben und laß es in der S-Bahn Enrico Rasch gewesen sein!

– Nun fängt er auch noch an zu beten, Mann...!

Erfüllt von inneren Dialogen solcher Art, erreichte er die alte Charité und durfte nach einigem Hin und Her zur Intensivstation hinauf, wo Carmen Müller lag, seit man sie von Mühlenbeck hierher gebracht hatte.

Der Chefarzt kam selber und sagte ihm, daß es keinen Zweck habe, sie sei noch immer nicht ansprechbar. «Ihre Mutter ist schon seit Stunden da und versucht alles... Aber vielleicht... Wir haben ja neuere Forschungsergebnisse aus den USA, wonach Menschen, die im Koma liegen, durchaus mitverfolgen können, was ringsum geschieht. Sagen Sie ihr immer wieder: ‹Mannhardt, die Kripo!› Vielleicht löst das dann etwas bei ihr aus.»

«Herzlichen Dank, ja.»

Er mußte sich die Hände desinfizieren und einen sterilen weißen Kittel überstreifen, dann konnte er zu Carmen Müller ans Bett, das in einem kleinen Einzelzimmer stand. Er begrüßte die Mutter, die unablässig Hände und Arme ihrer Tochter streichelte, mit einem stummen Nicken.

Es war ein Anblick, der ihn taumeln ließ. Der riesige Verband um den Kopf. Die vielen auf ihren Körper geklebten Meßfühler und die Drähte, die zu den Geräten hinter ihr gingen. Die Schläuche, die zu den aufgehängten Tropfgefäßen führten. Sie war nur noch Anhängsel der vielen Apparaturen. Nicht Anhängsel, Teil von ihnen, eine Menschmaschine. Er mußte sich auf die Bettkante setzen.

Das Gesicht ihrer Mutter erinnerte Mannhardt an eine Tote. Als sei sie vor ihrer Tochter gestorben. Hatte es vielleicht auch so gewollt, um allem zu entgehen, was nun wohl auf sie wartete: die Beerdigung, der Schmerz, die Trauerarbeit.

Mannhardt dachte: Warum kann ich denn nicht wie Jesus sein. Carmen jetzt antippen und wieder zum Leben erwecken.

Die Mutter fragte ihn, anklagend und verschlossen, ob er einer der vielen älteren «Freunde» ihrer Tochter sei.

«Nein: Mannhardt, Kripo Berlin!» Mit einem Blick auf die junge Frau, ob es in ihrem Gesicht irgendwie zuckte, ob sie gar die Augen öffnete. Nein. Nochmals: «Kripo Berlin!» Wiederum nichts.

«Ach so...» Ein kleines Lächeln der Mutter: Entschuldigung. Sie ließ die Hände ihrer Tochter für einen Augenblick los, beugte sich nach unten, öffnete ihre altmodisch-große Handtasche und holte einen kleinen Notizblock sowie einige lose Bögen und zerfranzte Fotos hervor, alles mit einem roten Gummiband zusammengehalten. «Hier... Wollte ich Ihnen sowieso nachher vorbeibringen... Da können Sie's auch gleich...» Sie streckte ihm die Sachen hin. «Hab ich durch Zufall bei uns im Schuppen gefunden. Unter einer lockeren Platte im Boden. Ist wohl ihr Versteck gewesen...»

«Danke, ja...» Mannhardt griff nach den Unterlagen.

Die Mutter begann leise zu schluchzen. «Ist alles meine Schuld...»

«Ach, nicht doch, Frau Müller! Keine Selbstvorwürfe, das bringt doch nichts!»

«Hätte ich doch bloß dieses Bügeleisen alleine nach Tegel gebracht oder weggeworfen – dann würde sie nicht hier liegen und...!» Sie bekam einen Weinkrampf, rang nach Luft und war kurz vor dem Zusammenbruch.

Mannhardt stürzte zur Tür, um nach einem Arzt zu rufen.

Frau Müller wurde ins Zimmer der Stationsschwester gebracht, um dort versorgt zu werden.

Mannhardt saß für einige Minuten allein am Bett. Er setzte seine Lesebrille auf und ging die Papiere durch, die ihm Carmens Mutter eben überreicht hatte. Der Notizblock erwies sich als eine Art Tagebuch. Wann sie ihre Regel hatte, war vermerkt, wieviel Trinkgeld sie im Frisiersalon bekommen hatte und wieviel sie wog, vor allem aber hatte sie ihre *dates* vermerkt. Ein jedesmal mit einigen Kürzeln, die sich aber unschwer deuten ließen. Beim Durchblättern fiel ihm nur eine Eintragung auf, die vom 8. Mai dieses Jahres: *Mit N. 3 ×, von v., von h. und kn., aber kein O.* Er las es mit einer leichten Erektion. Schnell legte er das Notizbuch zur Seite und sah die Fotos und sonstigen Papiere durch. Ein kleines 6 × 9-Hochglanzbild zeigte sie, wenn auch ein wenig verschwommen, an der Seite eines ebenfalls nur sehr unscharf geratenen Schwarzen. Mannhardt stöhnte auf, denn trotz der schlechten Qualität des Fotos konnte es keinen Zweifel geben, daß das Narcissio war.

«Mannhardt, Kripo!» schrie er ihr ins Gesicht. So wie es der Chefarzt ihm geraten hatte. Gott, Mädchen, schlag die Augen auf und sag mir, daß Enrico Rasch auf dich eingeschlagen hat! Er riß das Foto, das sie für die Fahndung verwendet hatten, aus der Tasche und hielt es ihr hin. «Der hier ist es gewesen, nicht wahr!?»

Keine Reaktion. Die Augen blieben zu. Der Atem ging weiterhin gleichmäßig und schwach. Die grünen Zacken auf dem Bildschirm über ihr änderten sich in keiner Weise.

Oh, könnte er doch irgendwo dran drehen und ihr einen Stromstoß versetzen, der sie…!

«Mannhardt, die Kripo!» schrie er sie an. «Mannhardt, die Kripo! Wer hat dich mit dem Bügeleisen erschlagen wollen!? Dem Bügeleisen…! Wer war es, wer ist es gewesen…!?»

Da, das Wunder! Sie begann, schneller zu atmen, fast stoßweise. Die Kurven auf den Bildschirmen gerieten zu Blitzen. Mannhardt drückte auf das Notsignal, um Ärzte und Schwestern zu rufen.

Carmen Müller schlug die Augen auf und sah ihn an.

Sie setzte an, ein Wort zu formen, den Namen, doch es überstieg ihre Kräfte.

Mannhardt zitterte. «Wer ist es gewesen, wer…? Bitte…! Enrico Rasch…?» Er hielt ihr dessen Foto noch genauer hin.

Sie reagierte nicht im allergeringsten darauf und war schon wieder dabei, in ihren Dämmerzustand zurückzusinken.

«Die Kripo, Mannhardt! Wer, wer!?»

«Nar...cis...sio...»

Die Ärzte waren heran. Doch da hatte sie das Bewußtsein schon wieder verloren.

Mannhardt wohnte rein rechtlich als Untermieter bei Heike in deren Apartment in Tegel. Als eingeschworener Nichtautofahrer kam er von seiner Arbeitsstelle in der City am besten mit der U-Bahn-Linie 6 nach Hause. Nun fuhr er zwar viel lieber S-Bahn oder aber auch Bus, weil man bei diesen beiden Verkehrsmitteln jedesmal ein Stück neuer Metropole erfahren konnte, Sightseeing gratis hatte, doch auch die Linie 6 tauchte ja gleich hinter dem Kurt-Schumacher-Platz aus dem Untergrund hervor, und wenn er Glück hatte, konnte er linker Hand auf dem Tegeler Otto-Lilienthal-Flughafen die Maschinen starten oder landen sehen. Nicht ganz so erhebend war es allerdings, wenn sie wenig später an den Backsteinklötzen der Tegeler Haftanstalt vorüberrollten, denn etliche der dortigen Langstrafer waren letztlich durch seine treue Pflichterfüllung in den Bau gefahren.

...und sein alter Kumpel Gerhard Koch hatte dort freiwillig Einzug gehalten, sich selbst ins Gefängnis geschickt, um damit Buße zu tun.

Schicksale, dachte er mit einer Bedeutungsschwere, wie sie ansonsten der Woh- wie der Bachmann zur Verfügung standen.

Ja, ja, die JVA... Er sang es mit innerer Stimme zur Melodie der U-Bahnfahrt. Die Justizvollzugsanstalt Tegel.

Und bald würde auch Narcissio dort landen.

Narcissio Nsenga aus Mosambik/Ostafrika.

Nichtdeutsche, besonders die *blacks*, hatten es in Tegel ganz besonders schwer, waren die Bimbos, die Fußabtreter. Doch das war es eigentlich nicht, was ihn beschäftigte. Seine Gedanken kreisten vor allem und immer wieder, unaufhaltsam und quälend, um das Lager der Mosambikaner und die «Pankower Front». Es war klar, was Maik und seine Truppe tun würden, wenn offenkundig wurde, daß einer der Mozzis eine *deutsche Frau* getötet hatte: Lynchjustiz, wie sein Sohn sie prophezeit hatte, die Jagd auf die Mosambikaner. Die alte Fabrik auf dem «Nassen Dreieck» würde in Flammen aufgehen, und ehe die total eingeschläferte Ost-Berliner Polizei reagierte, war Zeit genug zum Töten.

Wenn...! Wenn sie erfuhren, daß Narcissio Carmen Müller erschlagen hatte. Wenn nicht, dann passierte auch nichts. Und noch wußte ja nur er allein, daß Narcissio... Ach Scheiße!

Am Bahnhof Seestraße bekam er einen Sitzplatz, ließ sich auf den grünen Längssitz fallen und zog den *Kurier am Abend* aus der Tasche, den es weiterhin nur im Ex-DDR-Berlin zu kaufen gab, vor allem bei fliegenden Händlern auf großen Umsteigebahnhöfen wie Friedrichstraße oder Alexanderplatz. Ihn als West-Berliner langweilten die ausführlichen Berichte aus den Ost-Berliner Bezirken mit ihrem Jammerton immer gewaltig, ebenso wie er die scharfe Kritik am westlichen System, so richtig sie auch sein mochte, von jenen nicht serviert bekommen wollte, die sich gestern noch arschkriechend einen abgejubelt hatten, wenn sich im Stasi- und Mauerbauer-Staat solche Wunder ereignet hatten wie das Züchten eines Huhnes, das Eier legen konnte. Doch Heike hatte ihm die Lektüre dieses Blattes zwecks deutsch-deutscher Integration dringend ans Herz gelegt. Also schlug er den Lokalteil auf – und fuhr hoch, als er eine der großen Überschriften las:

Niemand will das eigene Nest beschmutzen
Wilde Gerüchte an der PHS –
Ein Kommissaranwärter als Mörder?

Alles noch mit vielen Fragezeichen, aber im großen und ganzen war es alles das, was er Heike über Karsten und Andrea Kniehase erzählt hatte, über seinen Verdacht im Hinblick auf Prützkes Tod. Erst jetzt merkte er, was er damit angerichtet hatte, und ihm wurde so übel, daß er auf der Station Holzhauser Straße aussteigen und am Bahnsteigende nach Luft ringen mußte, schon einen Herzinfarkt befürchtete, als die Brust zunehmend enger wurde.

Doch der Anfall ging vorbei, und mit dem nächsten Zug konnte er dann weiterfahren. Heike erwartete ihn am Endbahnhof Tegel, um mit ihm zum See hinunterzugehen und auf der Bank zu sitzen, bis die Sonne unterging.

Doch aus der Idylle wurde heute wenig, denn es brach sofort aus ihm heraus. «Ich hätt das nicht tun dürfen! Ich bin ein Schwein, ich...!»

«Quatsch! Das ist deine Pflicht gewesen, da nachzuhaken.»

«Da redet man dauernd vom *labeling approach*, daß man Leute nicht abstempeln soll, und nun mach ich das selber...!»

«Hör auf mit deinen Selbstvorwürfen. Außerdem wird in meinem Bericht kein Name genannt.»

Mannhardt trat so gegen eine leere Cola-Dose, daß sie krachend gegen eines der C & A-Schaufenster flog. «Den kann sich doch jeder denken, wenn da steht: Tatzeugen werden plötzlich als Täter gehandelt. Dir werd ich noch mal was auf die Nase binden! Du vermarktest doch alles! Morgen steht dann in der Polizei-Rundschau, welche Stellung ich im Bett...!»

«Komm, bleib sachlich!»

«Ich bin schließlich mit Karsten und Andrea befreundet gewesen. Ihre Mutter hat mir geholfen, mich hier in Berlin wieder einzuleben...!»

Heike suchte ihn zu beruhigen. «Beide sind ja noch lange nicht im Knast! Vielleicht wird sich ja alles im Sande verlaufen.»

«Um so schlimmer dann, daß ich sie so verdächtigt habe. Das ist gemein, das ist schoflig, das ist...»

«Hör auf damit!»

Er geriet langsam in eine Stimmung, in der er am liebsten losgeheult hätte. «Beide sind so nett! Die haben das bestimmt nicht getan. Das ist wieder meine Krankheit, die da durchgebrochen ist! Komm, bring mich in die Klinik zurück!»

Heike schrie ihn derart an, daß die Leute in der Tegeler Fußgängerzone stehenblieben und sich offen nach ihnen umdrehten. «Du stehst das durch, verdammt noch mal! Mord ist Mord! Und wenn ich einen begangen hätte, dann müßtest du den genauso anzeigen wie bei jeder x-beliebigen Person!»

Mannhardt ließ sich auf eine der vielen Bänke fallen. «Nein, müßte ich nicht...! Und außerdem: Karsten war es nicht.»

Heike setzte sich neben ihn. «Bis jetzt klang es aber anders. Und als du bei Weinert warst, was hast du dem denn erzählt?»

«Karsten nicht, ich kenn ihn doch: Der ist scheu und zurückhaltend. Als ich bei ihnen gewohnt habe, da ist unten auf'm Hof mal 'n kleiner Spatz aus'm Nest gefallen. Null Überlebenschance. Meinst du, den hat er mit'm Spaten totschlagen können. Das hab ich dann tun müssen. Und so wie den Spatzen, so hab ich ihn jetzt...»

Seine Weinerlichkeit machte sie rasend. «Unsinn, Mensch! Mein Name steht doch in der Zeitung drunter, nicht deiner!»

«Aber von mir hast du das alles! Und ich hab den Karsten immer wie meinen eigenen Sohn...»

«Hör endlich auf zu jammern!» Abrupt stand sie auf. «Ich geh jetzt nach Hause. Ich hab die Nase voll von dir!»

«Und ich von dir schon lange!»

Heike lief los, und er schaffte es nicht, aufzuspringen und ihr nachzulaufen. Alles kam, wie es kommen mußte... Alles war mit allem verbunden... Karsten Kniehase war der Auslöser dafür, daß sie sich trennten.

O Gott...! Er versank in einem schwarzen Loch des Selbstmitleids.

Aus, alles aus.

Schmerz.

Tränen.

Euphorie und Erlösung.

Es war ausgestanden, überstanden, vollbracht.

Time stood still...

Für immer hier sitzen bleiben.

Nach Ewigkeiten war Heike wieder da, kniete neben ihm und küßte ihn. «Du, entschuldige...»

Mannhardt schlug die Augen wieder auf, umarmte sie. «Ja, natürlich...»

«Weißt du, was passiert ist?»

«Nein. Bist du schwanger?»

«Nein, nicht das. Als ich gerade oben war, hat das Telefon geklingelt...»

«Und...?»

«Die PHS, der Weinert...»

Mannhardt war verblüfft. «Was, der? Der ruft bei mir zu Hause an...?»

«Ja. Weil Karsten Kniehase ihn eben angerufen und ein volles Geständnis abgelegt hat.»

Mannhardt sprang auf. «Also doch!»

«Ja, es ist genauso gewesen, wie du es rekonstruiert hattest.»

«Freude, schöner Götterfunken...» stöhnte Mannhardt und sank auf die Bank zurück.

«Du möchtest gleich noch mal bei Weinert vorbeikommen.»

«Auch das noch! Fährst du mich hin?»

Heike stand schon auf. «Klar. Schon um die Geschichte als erste zu haben.»

Der Präsident der PHS war auch an diesem Abend wieder so jovial, daß er Mannhardt an Heinrich Albertz erinnerte, jenen Berliner Ex-Bürgermeister, den er geradezu haßte, weil der zu 68er Zeiten die

Bürger und die Studenten erst bis zum Totschlag gegeneinander aufgehetzt hatte, um dann anschließend und bis heute als verständnisvoller und alles verzeihender Christ durch die Lande zu ziehen und sich feiern zu lassen.

«Nehmen Sie Platz, mein Lieber, auch Frau Hunholz, bitte...» Weinert geleitete sie zu seiner Besucherecke. «Kaffee kann ich Ihnen leider keinen mehr machen, denn meine Tippse ist nicht mehr da...»

Bei diesem diskriminierenden Wort zuckte Heike zusammen und formulierte laut eine fiktive Überschrift: «Die Tippse der ‹Pfeife›, aha...»

Mannhardt, der Konflikte solcher Art nicht eben liebte, versuchte ihr durch kräftiges Husten die Sprengkraft zu nehmen. «Macht nichts, Kaffee kurz vor dem Schlafengehen ist ja auch nicht gut...»

«Wie...? Ah, ja...» Weinert setzte sich, nachdem er seine Pfeife mittels Feuerzeug angezündet hatte, nun ebenfalls. «Ich habe ja bei meinem Amtsantritt geschworen, das Ansehen der Polizeihochschule zu mehren und Schaden von ihr zu nehmen... Und darum wollte ich mich noch einmal mit Ihnen zusammensetzen und die einzelnen Schritte durchsprechen, die nun folgen werden und müssen...»

Mannhardt gestand sich ein, daß Weinert von der pathetischen Hohlheit her durchaus das Zeug hatte, Spitzenpolitiker zu werden. «Es wäre schön, wenn wir Karsten Kniehase selber dabei hätten...»

«Er ist schon auf dem Wege hierher», erklärte Weinert.

«Und Andrea?»

«Die ist zu einer Demonstration nach Erfurt oder Jena.»

«Und worauf soll das Ganze hinauslaufen?» wollte Heike wissen.

«Daß wir das Kind nicht mit dem Bade ausschütten. Es war die Tat eines einzelnen, und sie kann nicht der Institution als solcher angelastet werden...» Weinert drehte sich mit einem nervösen Schwingen der Knie ruckweise auf seinem Sessel hin und her. «Die berühmte eine faule Kartoffel im Sack...»

Heike holte ihren Notizblock hervor. «Das ist doch aber eine hanebüchene Sache: Ein junger Kriminalbeamter will seine Klausur fälschen und erschlägt dabei – Verdeckungsmord nennt man das ja wohl – einen Verwaltungsbeamten, der sich als Kämpfer gegen Ultra-Rechte und Neonazis einen Namen gemacht hatte. Seine im links-autonomen Milieu angesiedelte Schwester hilft ihm dabei und schickt einem Lehrbeauftragten der PHS, dem Mannhardt hier, eine niedliche kleine Briefbombe ins Büro, um eine falsche Spur zu legen. Die zweite falsche Spur, nachdem Karsten Kniehase das offensichtlich schon im Hinblick auf diesen Enrico Rasch versucht hatte... Es scheint mir, Herr Professor Weinert, ohne Dr. ja, daß Sie diese Anstalt wirklich herrlichen Zeiten entgegenführen wollen... Das haben Sie doch damals bei Ihrem Amtsantritt versprochen, nachdem Sie die Berliner Fachhochschule verlassen und Ihren eigenen Verein hier gegründet hatten...»

Das war so aggressiv und hart, wie es Weinert seit Jahrzehnten nicht mehr gehört hatte, folglich verfügte er auch über keine einprogrammierten Reaktionsweisen. Hilflos war er – und damit fast schon wieder so sympathisch, daß Mannhardt Mitleid mit ihm hatte. Das Krähen-Syndrom.

«Nu, hör mal...!» Mannhardt zögerte nicht, Heike voll anzunehmen. «Die Ursache liegt doch in der Hauptsache bei der verkorksten Persönlichkeit von Karsten: der krankhafte Ehrgeiz, das übersteigerte Bild vom guten Polizisten, die Angst, die Mutter zu enttäuschen. Die PHS und der Kollege Weinert hier, was können die denn dafür?»

«Nur in diesem PHS-Milieu hier, da konnte sich dieses Gemisch doch erst entzünden.» Sie bemühte sich um eine schnarrende Stimme. «Jawoll, wird gemacht! Prüfung glänzend bestanden! Bei uns Männern, da wird Leistung gebracht!»

Weinert hatte seinen Niederschlag verdaut. «Sie haben da aber ein etwas verstaubtes Bild der Polizei, wenn ich das sagen darf. Die Polizei von heute ist ein modernes Dienstleistungsunternehmen, das ein vom Bürger sehr begehrtes Produkt anbietet: Sicherheit und Ordnung, Aufklärung von Straftaten... Und, und, und...»

Nun hielt es auch Heike für besser, wieder einzulenken. «Okay, geschenkt! Jede Berufsgruppe hat ihre Missetäter und Mörder, wie anders auch, warum macht denn aber die Polizei so ein Gewese darum, wenn das mal bei ihr passiert?»

«Um das Vertrauen der Menschen draußen im Lande in uns nicht zu erschüttern», erklärte ihr Weinert.

«Das tun sie doch am meisten, wenn sie so was wie den Fall Kniehase vertuschen wollen!»

Dazu, die Sache auszudiskutieren, kamen sie nicht mehr – zum

Glück wie Mannhardt fand –, weil in diesem Moment die Grabow ins Präsidenten-Zimmer kam, und zwar in einem derart kurzen schwarzen Stretch-Body, daß Mannhardt sofort reflexhaft ans Vögeln dachte.

Auch Weinert war aufgesprungen, und beide Männer überboten sich in stillen Ah's und Oh's.

Die Juristin sah sie an. «Na, eine Séance...? Wessen Geist soll denn aus dem Reich der Toten herbeizitiert werden?»

«Keiner...» Weinert gab ihr formvollendet die Hand. «Wir reden nur über schärfere Aufsichtsmaßnahmen bei künftigen Klausuren...»

«Oh, da will ich mal nicht weiter stören...» Sie sah Mannhardt an. «Ich wollt dir bloß den Schlüssel bringen...»

«Welchen Schlüssel?» fragte Heike, die von sich stets behauptet hatte, so etwas wie Eifersucht auch nicht im entferntesten zu kennen.

«Na, den für Bad Saarow!» Die Grabow staunte und sah Mannhardt an. «Hast du ihr das wieder verschwiegen?»

Mannhardt wandte sich zu Heike um. «Ja, das sollte doch 'ne Überraschung sein. Wir können das Wochenende in ihrem ererbten Haus unten am Scharmützelsee verbringen. Kostenlos...»

Die Grabow lachte. «Wenn ihr in den beiden noch nicht renovierten Zimmern die alten Tapeten von den Wänden reißt. Ich selber muß leider zu einer Tagung nach Leipzig.»

«Endaxi!» rief Heike, und Mannhardt wußte, daß das – das griechische Wort – eine kleine Rache dafür war, daß er die Grabow so lüstern angestarrt hatte.

«Ich hab ihn oben im Schreibtisch, komm mal schnell mit!» Die Grabow zog Mannhardt aus dem Präsidentenzimmer. «Ich hab's eilig!»

Für Mannhardt war es fast schon ein Abenteuer, neben der Grabow die Treppen hochzusteigen. Er kam von dem Bild nicht mehr los, daß sie eine teuere Edelnutte war und nun mit ihm aufs Zimmer ging.

Er versuchte, sich durch pausenloses Geplapper abzulenken. «In Bad Saarow-Pieskow, da hat doch der Schmeling seine Villa gehabt...?»

«Ja, ganz in meiner Nähe...» Die Grabow machte große Schritte.

Als wollte sie, wie ihm schien, daß ihr Rock aufriß. Und während er ihr mit gepreßter Stimme das erzählte, was sie eh schon wußte, daß nämlich der Scharmützelsee mit seiner Länge von zehn Kilometern und seiner Fläche von fast vierzehn Quadratkilometern der größte See Brandenburgs sei, hatte er nichts anderes im Sinn, als einen Blick auf ihren, ja, was, weißen Slip zu erhaschen. Da jetzt die Hand zwischenstecken, das Feuchte fühlen...

Und dann tat er es wirklich. Zuckte in Erwartung einer Ohrfeige zurück. Doch sie riß ihn an sich.

«Komm in mein Zimmer! Schnell! Wir schaffen es!»

Er kriegte kaum noch Luft, war so erregt, daß es ihm beinahe schon kam, als sie beim Aufschließen ihrer Zimmertür war und dabei seinen Schwanz aus dem Hosenschlitz ziehen wollte.

Sie stieß die Tür auf...

...und schrie.

Und alles zerplatzte wie die berühmte Seifenblase, denn eben an der Stelle, an der er den erschlagenen Verwaltungsleiter aufgefunden hatte, lag nun sein Mörder, lag Karsten Kniehase.

Er hatte sich, daran gab es für Mannhardt nach Lage der Dinge keinerlei Zweifel, selber erschossen.

So oder so ist das Leben.

Mannhardt hatte Scampis mit Knoblauchsauce vom nahen Italiener geholt und dazu eine Flasche '89er *Chablis* geöffnet, Heike hatte eine Kerze entzündet und sich ins «kleine Schwarze» geworfen, was ihn ansonsten immer in höchstes Entzücken versetzte, doch beiden wollte es trotz aller Mühe nicht gelingen, heiter und gelöst zu sein.

Als er sein Glas erhob und seinen Toast begann, war ihr so schönes Festprogramm schon wieder abgestürzt. «...auf unsere Liebe – und daß wir den ganzen Scheiß um uns herum mal für 'ne Weile vergessen...»

«Deine Wortwahl...!» Sie verzog das Gesicht. «Karsten Kniehase und Carmen Müller sind tot... und das als ‹Scheiß› zu bezeichnen...»

Vor einer halben Stunde hatte Janotta angerufen und ihm gesagt, daß die junge Frisöse aus Oranienburg nun doch ihren schweren Verletzungen erlegen sei.

Und Narcissio, ihr Mörder, saß derweilen fröhlich mit den anderen Mosambikanern zusammen, aß importierten Maniokbrei und ging anschließend mit Cecilia ins Bett. Diese geilen Mozzis, die…!

Da fiel ihm wieder die Szene mit der Grabow ein und seine eigene Gier.

Er trank das Weinglas leer, ohne mit Heike anzustoßen oder ihr in die Augen zu sehen. «Du, ich muß dir was sagen…» Er knallte das leere Glas auf den Tisch. War es genereller Frauenhaß, war es der Wunsch, Heike zu treffen und zu kränken, war es die masochistische Lust, sich selber zu quälen und gänzlich zu zerstören, was da zwischen ihnen so hoffnungsvoll gewachsen war; er wußte es nicht, während er sprach und ihr den Beinahe-Quickie mit der Grabow gestand.

Heike starrte in die Kerze. «*C'est la vie*… Man möchte immer eine große Lange, und dann bekommt man eine kleine Dicke! Wie Tucholsky schon sagte… Und seit Erica Jong sind wir Frauen alle zwangsneurotisch gezwungen, dem *Spontanfick*, dem großen, hinterherzulaufen. Die Grabow sicher auch…»

«Es ist so deprimierend, wie schnell man den anderen verrät. Ich dich…»

«Ich darf es nicht als Verrat empfinden, und ich muß dahin kommen, dir einen Spaß wie diesen zu gönnen…»

Mannhardt lachte. «Damit du das Recht hast, auch zu dürfen, wenn's dich mal überkommt…»

«Erraten!» Sie stand auf, kam zu ihm herüber, setzte sich auf seinen Schoß und spielte die Femme fatale. «…dann laß mich mal ernten, was die Greta gesät hat…»

Er hielt ihre Finger fest. «Ich kann jetzt nicht…»

Sie erschrak. «Was is'n…?»

Mannhardt machte Anstalten aufzustehen, mußte sie aber dazu an den Hüften packen und etwas hochheben. «Da ist was passiert, was… Stichwort Carmen Müller…»

Sie saß jetzt auf seinem Stuhl und sah ihm zu, wie er zwischen Fenster und Fernseher hin und her wanderte. «Bist du da drin verwickelt…?»

«Ja…»

«Hast du was mit der…?»

«Quatsch!» Es fiel ihm schwer, den direkten Weg zu gehen. «Es hängt auch irgendwie mit Karsten Kniehase zusammen, daß der Selbstmord…» Er wartete darauf, daß sie ihn unterbrach, ihm Aufschub verschaffte, doch sie ließ ihn reden. «Meine Schuld liegt in meinem Jagdeifer, verstehst du...?»

«Ja...»

«Daß ich es nicht gelernt habe zu sagen: Na und, die Welt geht doch nicht unter, wenn noch 'n Mörder mehr unter uns ist. Hunderttausende sind das doch: Stasi-Leute, rote Bonzen, Waffenhändler, Drogenhändler, Väter und Mütter, die ihre Kinder quasi morden, jeder doch, der schreit: ‹Freie Fahrt für freie Bürger!› Was hätte es da noch ausgemacht, wenn ein Karsten Kniehase frei rumgelaufen wäre? Nichts! Sein Gewissen hätte ihn sowieso zeitlebens gequält – und das wäre schon Strafe genug gewesen. Und da muß ich Idiot nun kommen und den Sherlock Holmes spielen. Seht mal her, der Mannhardt ist nicht verrückt, der ist euch allen überlegen, der löst so einen Fall wie diesen mal eben nebenbei, während er eigentlich damit beschäftigt ist, den *Kille-kille-Pankow-Killer* dingfest zu machen, siehe *BZ*, den Enrico Rasch. Beides schafft er, unser Kriposuperstar. Berlins erfolgreichster Kriminalbeamter!»

«Das geht dir doch auch runter wie Öl!»

«Sicher. Mal abgesehen davon, daß der gute Enrico erst mal bis auf weiteres abgetaucht ist...» Mannhardt goß sich ein Glas Sprudel ein und stürzte es mit einem Schluck hinunter. «...und ich mich so unendlich beschissen fühle. Karsten in den Tod getrieben...»

«Ich kann das nicht mehr hören! Der hat euern Verwaltungsleiter erschlagen, der war erwachsen, und der hat selber über sich entscheiden können! Du mußt dir nicht einbilden, daß du 'n Gott oder wenigstens 'n Halbgott bist, der hier auf Erden alles regeln muß und für alles die Verantwortung trägt.»

Mannhardt nahm ihre Worte gar nicht wahr. «...und dazu kommt nun noch Strafvereitelung im Amt, siehe die Paragraphen 258 und 258a sowie 13 StGB. Nach herrschender Meinung ist der Strafverfolgungsbeamte auch bei außerdienstlich erlangter Kenntnis zum Tätigwerden verpflichtet, wenn es sich um schwere, die Öffentlichkeit besonders berührende Straftaten handelt...»

«Kannst du mal Klartext reden!»

Mannhardt sah sie an. «Ich weiß hundertprozentig, daß Carmen Müller nicht von Enrico Rasch ermordet worden ist, sondern von einem unserer Mosambikaner, von... Narcissio...»

«Ach, du Scheiße!»

«Und wenn das rauskommt, wird's da im Lager Mord und Totschlag geben!»

«Mein Gott...!» Heike stöhnte auf.

Mannhardt warf sich der Länge nach auf Heikes Sofa und preßte das Gesicht gegen das kühle Leder der Armlehne. «Ich kann nicht mehr... Ich melde mich krank, ich steige aus...»

Heike schwieg, kam nur zu ihm und strich ihm über Hals und Haare.

Bis das Telefon klingelte.

«Laß mal!» Sie stand auf, ging hin, nahm ab, meldete sich und wartete. «Ja, der ist hier...» Sie deckte die Sprechmuschel ab. «Die Aurak...!»

Mannhardt sprang auf. «Hat die Autobombe wieder nicht gezündet...!» Dann schwankte er zwischen scheißfreundlich und devot, wie es die Erziehung ihm gebot, und dem Drange, sich aufzulehnen gegen sie und sie derart kunstvoll zu verscheißern, daß es sie hart traf, sie aber keine Chance hatte, es disziplinarrechtlich zu ahnden. «Guten Abend, Frau Aurak, nein, Sie stören gar nicht. Wir sitzen gerade bei einer Flasche Wein beisammen... Wenn Sie zu uns stoßen wollen. Meine Geliebte sagt: der berühmte flotte Dreier...»

«Sie setzen sich jetzt ins Auto und kommen zum Flugplatz Schönefeld raus. Enrico Rasch ist hier erkannt worden, hat aber beim Versuch der Festnahme eine Geisel nehmen können, eine Stewardeß der *EastWest International*, und sich mit ihr in der Damentoilette verschanzt. Bis jetzt lehnt er jede Kontaktaufnahme ab, aber Sie schaffen das vielleicht, Sie kennen ihn ja. Vielleicht faßt er Vertrauen zu Ihnen.»

«Ja, natürlich, ich komme.»

Sie setzten sich in Heikes neuen Gebrauchtwagen, um vom nordwestlichen zum südöstlichen Stadtrand zu fahren, sogar noch ein Stück in die Mark Brandenburg hinein. Das waren knappe 28 km Luftlinie, auf der Straße aber doch einige mehr, da die Autobahn, die sie bis zu ihrem vorläufigen Ende an der Britzer Gradestraße benutzten, einen erheblichen Bogen Richtung Süden machte. Zeit genug zum Nachdenken und Reden.

«Ich hab da 'ne Idee...» Auf der Höhe des alten Tempelhofer Flughafens wagte Mannhardt es endlich, mit ihr darüber zu reden.

«Was'n...?»

«Wie ich vermeiden kann, daß es da in Pankow 'n Pogrom geben wird, daß Maik und seine Faschos das ‹Nasse Dreieck› stürmen...» Er mußte einen neuen Anlauf nehmen.

«... nu sag schon!» Sie überholte eine Trabbi-Karawane.

«Ich kopiere einfach das, was Karsten Kniehase gemacht hat...»

«Versteh ich nicht...»

«Der hat doch versucht, den Mord, den er begangen hat, dem Enrico Rasch in die Schuhe zu schieben...»

«Ja, und...?»

«... und ich will mal sehen, ob es mir gelingt, mit Rasch zu einem Deal zu kommen. So nach dem Motto ‹Eine mehr oder weniger – was soll's?› Verstehst du, was ich meine?»

«Nein...» Heike schien beunruhigt.

«Wenn Enrico Rasch, der ja nachweislich Frieder Schönfließ, Valeska Wutz und Kathrin Zäckeritz getötet hat, nun auch noch den Mord an Carmen Müller auf seine Kappe nimmt, dann sind die Mosambikaner gerettet.»

Heike blickte skeptisch zu ihm herüber. «Warum sollte er?»

«Lebenslänglich plus kriegt er doch ohnehin. Und mein alter Kumpel Koch aus'm Tegeler Knast ist mir noch 'nen Gefallen schuldig.»

«Wer?»

«Koch, Mann! Den wir neulich in der Fußgängerzone getroffen haben – und der früher bei der Kripo war und jetzt in der JVA Tegel Teilanstaltsleiter ist.»

«Was hast du denn für ihn getan?»

«Dienstgeheimnis», antwortete Mannhardt. «Über den kann ich Rasch für den Rest seiner Tage ein Luxusleben im Knast anbieten. Mit all den Vergünstigungen, von denen die andern Knackis nicht mal zu träumen wagen.»

«Du hast sie ja nicht mehr alle!»

«Doch! Ich muß das tun, sonst hab ich keine ruhige Minute mehr. Ich habe Karsten Kniehase in den Tod getrieben, und jetzt habe ich die Chance, das wiedergutzumachen, jetzt kann ich 'nem Dutzend Menschen das Leben retten, den Mozzis da.»

Heike schwieg, brauchte eine Weile, das zu verstehen. Dann küßte sie ihn. «Mach das. Ich find's gut. Aber die große Frage ist, ob der Rasch auch mitmachen wird. Gerade jetzt, wo er am längeren Hebel sitzt...»

Das Bild, das sich ihnen auf dem Flughafen Schönefeld bot, war Mannhardt aus vielerlei Einsätzen und Heike aus diversen Filmen so vertraut, daß sie es fast gelangweilt registrierten. Alles abgeriegelt und umstellt, und so viele Polizeifahrzeuge am Platze wie Pferde bei einer großen Auktion.

Janotta stand vor dem ersten Kordon, wartete auf sie, schleuste sie durch und erstattete Bericht.

«Die Aurak hat mit Rasch verhandelt. Der will eine Maschine mit zwei Mann Besatzung, die ihn nach Kolumbien fliegt. Dazu hunderttausend Mark. Das hat sie aber abgelehnt. Sie droht mit dem finalen Todesschuß, ringsum hat sie schon überall die Scharfschützen verteilt, und er droht, seine Geisel zu erschießen, wenn wir seiner Forderung bis 23 Uhr nicht nachgekommen sind. Die Stewardeß heißt Aimée, hat eine deutsche Mutter und einen indischen Vater und ist bildhübsch. Die Presseleute sind schlimmer als ein Wespenschwarm.»

Mannhardts Herz schlug so hart, daß er unter anderen Umständen Heike schon gebeten hätte, den Notarzt zu rufen. Aber im Augenblick war sein Bewußtsein derart abgesenkt, daß er daran gar nicht denken konnte. Wie in Trance ging er auf die Chefin zu, war nichts weiter als ein Opfer jener wispernden Stimmen, die seinen Kopf erfüllten:

– Das ist deine Stunde.
– Geh hin und laß dich austauschen gegen die Kleine.
– Zeig der Aurak, wie hochkarätig du bist.
– Zeig es der Heike. Daß du handeln kannst und nicht immer nur zögerlich bist.
– Du wirst der Held sein, im Fernsehen, im *stern*, im *SPIEGEL*, in allen Zeitungen.
– Du wirst Karriere machen.
– Und wenn du dabei krepierst, dann ist endlich alles aus: alle Qual.
– Besser hier als Held verrecken als später im Altersheim in 'ner Abstellkammer.
– Los, wenn du 'n richtiger Flippie sein willst, dann mach's!

Alles geschah nun mit einem unaufhaltsamen Mechanismus. Lust an der Angst und Todessehnsucht, sie mischten sich bei ihm wie bei jenen Leuten, die fünfzig Meter über der Erde auf dem Podest eines Kranes standen, um sich mit einem dicken Gummiseil an den Beinen in die Tiefe zu stürzen. Und er stand kaum neben der Aurak, da fragte er auch schon, ob er sich nicht gegen die Stewardeß austauschen lassen könnte.

Sie überlegte, denn wenn das Manöver glückte und er es schaffte, Enrico Rasch zu überwältigen, dann wäre er noch schwerer zu steuern als bisher. Andererseits kassierte sie ganz sicher Minuspunkte, wenn die Presse schrieb, daß sie sich seinem Angebot, sich für die Stewardeß zu opfern, widersetzt hätte. Und vielleicht ging er auch drauf, und sie hatte ein Riesenproblem weniger... So jedenfalls interpretierte Mannhardt ihr langes Zögern.

Heike griff ein. «Nicht doch, laß es, das ist doch Selbstmord!»

Da traf die Aurak endlich die Entscheidung. «Doch, wenn wir überhaupt noch eine Chance haben, dann durch ihn.»

Es war absolut still, als er durch die Gasse ging, die Reporter, Polizeibeamte und Flughafenleute ihm ließen. Fehlte nur – im Film war das alles viel eindrucksvoller als in der Wirklichkeit – die aufpeitschende Musik.

Das Leben ist nichts als ein Traum, ein dunkler und verwirrter Traum...

Er betrat den Vor- und Waschraum der Damentoilette und klopfte an die Tür, die zu dem Raum mit den Kabinen führte.

«Hier Mannhardt, Kripo Berlin, der Mann, der schon mal bei Ihnen in der Florastraße war, Hans-Jürgen Mannhardt. Ich bin federführend in Ihrem Fall und möchte mit Ihnen reden...» Keine Reaktion. «Wenn Sie die Kleine hier auch noch..., dann gibt man mir die Schuld daran, weil ich Sie nicht rechtzeitig hopsgenommen habe. Ich hab also auch 'n Interesse daran, daß Sie hier rauskommen, ohne daß noch was passiert...»

«Ick hab 'ne Pistole an ihrer Schläfe...!»

«Ich weiß. Andererseits werden aber meine Vorgesetzten Sie nie und nimmer mit dem Mädchen losfliegen lassen.»

«Dann knall ick se ab!» kam es von drinnen. «Und dann können die mich ooch erschießen... Ick hab nischt mehr zu verlieren!»

«Doch, Sie haben noch...!» Mannhardt hatte genügend Psycho-Kurse mitgemacht, wo sie auf solche Situationen trainiert worden waren, um gelassen zu bleiben, um überzeugend bluffen zu können. «Die erschießen Sie nicht. Nein, das wäre ja eher 'ne Erlösung für Sie. Die zielen so, daß Sie Ihr Leben lang im Rollstuhl sitzen werden. Im Knast und im Rollstuhl...»

Das mußte gesessen haben, denn für ein, zwei Minuten war Enrico Rasch verstummt. Dann fragte er, was Mannhardt für Vorschläge habe.

«Zunächst mal... Sie lassen die Stewardeß frei und nehmen mich als Geisel...!»

Enrico Rasch höhnte. «Damit Sie mich dann...! Nee, wie blöd bin ick denn!»

«Ich ziehe mich hier nackt aus, lege meine Sachen auf den Boden und nehm die Hände hoch. Dann drücken Sie die Tür langsam auf...»

«... und werd weggeputzt!»

«Sie haben doch Aimées Kopf in der Schußlinie. Und ich gebe Ihnen mein Ehrenwort, daß keiner schießen wird.»

«Ihr Ehrenwort...!» Enrico Rasch lachte abwertend.

«Mann, ich bin doch Ihre letzte Chance! Die Jungs draußen mit den Präzisionsgewehren, die haben sich geschworen, Sie hinzurichten. Das ist 'ne BGS-Truppe aus Bayern.» Mannhardt wartete. Klar, daß es in Enrico Rasch jetzt arbeitete. Einerseits mochte der wohl ahnen, daß hier nur geblufft wurde, andererseits mußte er auch wissen, in welchem Ruf die bayerischen Sonder-Einsatz-Kommandos seit Gladbeck standen. «Rasch, hören Sie! Ich wiederhole: Ich bin der einzige, der Sie hier rausbringen kann, ohne daß Sie 'ne Leiche sind oder daß man Sie zum Krüppel schießt! Ihre Chance heißt Mannhardt, sonst nichts!»

Keine Antwort. Ein Wasserhahn tropfte. Die Lautsprecherstimme mit dem tiefen erotischen Timbre aus dem Deckenlautsprecher verkündete zum x-ten Mal, daß der Flugverkehr bis auf weiteres unterbrochen sei. Es roch intim und süßlich nach Schweiß und billigem Parfüm.

Am liebsten hätte er die Tür zu den Klokabinen eingetreten, doch dann hätte Enrico Rasch aller Wahrscheinlichkeit nach auf ihn geschossen – und die Leute vom SEK hätten das zum Anlaß genommen, erst die Scheibe zu zerschießen und dann Kopf und Körper des Dreifachmörders zu durchsieben.

Mannhardt riß sich das Jackett vom Körper und warf es auf den Boden. «Ich bin dabei, mich auszuziehen... Und, Enrico, Sie denken mal an Ihre Frau und Ihren Sohn. Vielleicht möchten Sie Stefan noch mal wiedersehen. Auch wenn man lebenslänglich hat, geht das...»

Das war alles sehr durchsichtig, Mannhardt wußte es, und alles hing davon ab, wie sehr Enrico Rasch am Leben hing und inwieweit er glaubte, daß die Präzisionsschützen ringsum wirklich darauf aus waren, ihn zu töten.

«Wenn ich innerhalb von zehn Sekunden nicht Aimées Stimme höre, dann stürmen wir!» Mannhardt durfte sich das Gesetz des Handelns nicht aus der Hand nehmen lassen.

«Ja, er will mich austauschen!» hörte er die Stewardeß. «Ich soll gleich die Tür aufstoßen, und Sie sollen dastehen mit erhobenen Händen! Ja, und nackt!»

«Okay!» Mannhardt zog sich aus.

Da wurde die Tür Zentimeter um Zentimeter nach außen gedrückt, und Aimée erschien. Da sich die Modeschöpfer für die *East-West*-Uniformen den Regenbogen als Vorbild genommen hatten, meinte Mannhardt, eine balinesische Tempeltänzerin würde ihm entgegenkommen. Aimées Lächeln war dasselbe, das sie immer aufsetzte, wenn sie sagte: «Wir befinden uns nun im Landeanflug auf Berlin-Schönefeld und möchten Sie bitten, sich wieder anzuschnallen, das Rauchen einzustellen und Ihre Rückenlehnen in eine aufrechte Position zu bringen.»

Enrico Rasch war dicht hinter ihr geblieben und hielt den Lauf seiner Waffe auf ihre Nackenwirbel gerichtet.

«Hände hoch!» rief er Mannhardt zu. «Und an ihr vorbei.»

James Bond hätte jetzt zu Aimée gesagt, daß er sich auf ein Wiedersehen im FKK-Club Acapulco freute, um auch sie mal begutachten zu können, doch Hans-Jürgen Mannhardt, der zitterte nur. Und die Aurak konnte ihre helle Freude an ihm haben, denn es gab nicht viele Augenblicke in seinem Leben, wo er in der Nähe attraktiver Frauen nicht ans Vögeln gedacht hatte, hier aber, wo seine nackte Hüfte sekundenlang am knappen Rock einer traumschönen Stewardeß entlangstreifte, da wünschte er sich nur eins: vor dem Fernseher zu liegen und Nick Faldo beim Golfen und Putten zuzusehen.

Aimée verschwand durch die äußere Tür, und draußen in der Wartehalle formte sich ein kollektiver Freudenschrei, der Mannhardt an ein Tor beim Länderspiel erinnerte.

Sofort hatte er sich wieder eingeklinkt und versuchte, Enrico Rasch mit einem «kleinen Scherz unter Männern» für sich einzunehmen. «Mann, is mir det schwerjefallen, bei der keenen Ständer zu kriegen!» Dabei gab er sich alle Mühe, so richtig unterschichtig zu berlinern.

Und es klappte, denn Enrico Rasch lachte. «Du, wat meinste, wat ich für eenen hatte!»

«Darf ich mich jetzt wieder anziehen...» Mannhardt wollte nicht weiter derart hilflos und lächerlich wirken.

Enrico Rasch erlaubte es ihm, ließ ihm aber keine Chance, denselben Weg wie die Stewardeß zu nehmen, sagte nur: «Ick war 'n prima Schütze, bei der GST, bei der NVA...»

«Keine Angst, ich will ja mit dir zusammen nach 'ner Lösung suchen...» Er breitete, nachdem er Unterwäsche, Hemd, Hosen, Socken und seine Schuhe wieder angezogen hatte, sein Jackett vor dem Heizkörper aus, setzte sich darauf und spannte die Arme um die angezogenen Knie. «Nun woll'n wa ma retten, was noch zu retten ist...»

Enrico Rasch lehnte sich gegen eines der Waschbecken, die die gesamte gegenüberliegende Wand ausfüllten. Es war ganz offenbar eine sowjetische Armeepistole, die er in der Hand hielt, denn Mannhardt hatte dieses Fabrikat noch nie gesehen.

Die weißen Kacheln ließen ihn an ein Schlachthaus denken, eine Fleischerei. Er suchte Wand und Decke ab. Ob es hier aus alten SED- und Stasi-Zeiten noch Mikrofone gab? Wenn ja, konnte er auch gleich in Tegel eine Zelle buchen. Was wohl Heike draußen machte? Hoffentlich hielt sie das alles durch. Wahrscheinlich hatte sie sich drei Tafeln Cognac-Schokolade gekauft und aß die nacheinander auf.

– Ich liebe dich. Und wenn ich hier lebend rauskomme, dann fliegen wir nach Hydra oder Poros. In meinem Sonderurlaub.
– Los, tu was, du mußt den Takt angeben, nicht er!

«Du willst also, daß wir beide nach Kolumbien fliegen?»

Enrico Rasch starrte auf die nackte Neonlampe, als sei das schon die tropische Sonne, wie sie um die Mittagszeit in Cali scheinen mochte. «Ja. Mit mindestens 'ner halben Million im Koffer.»

Mannhardt stöhnte auf. «Nee, du! Die Profis da in Südamerika, die haben dich doch schon erledigt, bevor du vom Flugplatz in der Innenstadt bist. Die Drogenbarone, die bestochenen Polizisten... Das ist doch Kinderkram, was de da willst...»

«Ick will nur eens nicht: in'n Knast!»

«Frieder Schönfließ, Valeska Wutz und Kathrin Zäckeritz – was erwartest du denn da?»

«Darum will ick ja weg von hier!»

Mannhardt sah ihn an, wie er auch seinen Sohn angesehen hätte. «Von deiner Schuld wirst de nie loskommen, mein Lieber, dein Gewissen wird dich quälen, wo immer du untertauchen willst. Das sind die Geister, die zerfressen deine Seele, so wie der Krebs den Körper zerfrißt. Drei Menschenleben hast du ausgelöscht, das ist eine furchtbare Sünde!»

«Hör auf, Mensch!» Enrico Rasch suchte den Druckpunkt der Waffe. «Sonst knall ick dich ab. Eenen Pfaffen brauch ick hier nich!»

«Dreie hast du getötet – du hast viel wiedergutzumachen. Ein bißchen könntest du heute schon damit beginnen…»

Enrico Rasch konnte ihm nicht folgen. «Wat soll'n der Quatsch!?»

Mannhardt tippte mal ganz vorsichtig an. «Da ist doch auch noch die Carmen Müller…»

«Det war ick nich!» rief der gelernte Schweißer. «Nich jede Naht, die Scheiße is, die is von mir!»

«Ich weiß. Das war mit hoher Wahrscheinlichkeit einer der Mosambikaner um die Ecke bei euch!»

«Kastrieren sollte man die Sau! Und gleich 'n Kopp kürzer!»

«Du, der hat nur eine…»

«Is aber ooch 'n Ausländer!»

Mannhardt richtete sich auf. «Nun… Wenn rauskommt, daß der es war, dann gibt's im ‹Nassen Dreieck› 'n ziemliches Gemetzel…»

«Na, wunderbar!»

«Paß mal auf… Du kannst so viele Menschenleben retten, wie du ausgelöscht hast, du kannst dein Gewissen soweit erleichtern, daß du später nicht verrückt wirst, wenn die Dämonen dich jagen… Ich war in 'ner Anstalt du, in 'ner Klapsmühle, ich weiß, was 'n Mörder im Alter für Höllenqualen durchmachen muß… Das ist so furchtbar, das kannste dir nicht vorstellen.»

«Was willste eigentlich von mir?»

«Daß du den Mord, den der Mosambikaner begangen hat, Narcissio, daß du den auch noch auf deine Kappe nimmst…»

«Du hast ja 'ne Meise!»

«Ich biete dir dafür ein Superleben im Knast. Ein alter Freund von mir ist Teilanstaltsleiter in Tegel, und der wird dir alle Vergünstigungen verschaffen, die denkbar sind. Deiner Frau kannste Geld zukommen lassen, deinen Sohn kannst imma ma wieda in de Arme neh'm. Allet an Privilegien haste da, einschließlich, daß de mit deiner Frau mal 'ne Nummer schieben kannst in'er Sprechstunde…»

«Ick will nach Südamerika!»

Mannhardt fuhr ihn an. «Hör auf zu spinnen, Mann! Die knall'n dich doch ab, wenn de zur Maschine gehst! Da kannste mir zehnmal deinen Ballermann an'n Kopp halten! Die sind doch ville schneller als du.»

Enrico Rasch wurde immer wütender, spuckte ihn an. «Du Arsch du! Reinlegen willste mich, weichkloppen!»

Mannhardt spürte ganz genau, daß die Entscheidung mit den nächsten Atemzügen fallen mußte. «Ganz ruhig mal. Bei mir geht's auch um 'ne Menge. Is 'n bißchen komplizierter, aber hör mal bitte zu. Die Zeit haben wir... Also... Ich hab 'ne Freundin, 'ne Lebensgefährtin, wie auch immer, und die geht immer sehr hart mit mir ins Gericht. Und die hat neulich zu mir gesagt: Ob eine Gesellschaft human ist oder nicht, menschlich, erkennt man daran, wie sie mit ihren Mördern umgeht. Verstehst du das?»

«Ja...» kam es höchst widerwillig.

Aber immerhin, dachte Mannhardt, und sein Gefühl sagte ihm, daß er nun etwas deutlicher werden mußte. «Wenn ick hier nu versage, wenn ich nicht verhindern kann, daß sie dich abknallen, dann hab ick verschissen bei ihr, dann läßt se mich nicht mehr ran!»

Enrico Rasch verfiel wieder in tiefes Nachdenken, und Mannhardt hoffte nur, daß sie draußen die Nerven behielten und nicht zum Sturm ansetzten, um ihn zu retten. Hoffentlich half es, daß die Aurak allein durch Heikes Gegenwart ein wenig gebremst wurde. Letztlich, das checkte Mannhardt immer mehr, hing nun alles davon ab, inwieweit er auf sein Gegenüber als Persönlichkeit wirkte. Besaß er genügend Ausstrahlungskraft, um beim anderen den nötigen Glauben für seine Versprechungen zu finden, das war hier die Frage. Und mit ihrer Prüfung schien Enrico Rasch nicht klarzukommen, denn noch immer starrte er mit leeren Augen zu ihm herüber, und Mannhardt sah auf seiner Stirn, wie auf einem Computerbildschirm, in inverser Schrift und furchtbar nervend die Worte *Bitte warten* aufblinken. Immer wieder.

Dann endlich war die Entscheidung gefallen, und Rasch fragte ihn, was es denn für Garantien gäbe.

Mannhardt hatte Mühe, gleichmütig zu bleiben. Jedes äußere Anzeichen seiner aufschießenden Freude hätte alles Erreichte wieder gefährdet, hätte in dem Schweißer den Eindruck aufkommen lassen, er sei hereingelegt worden.

«Nun...» Mannhardt ließ es bedächtig angehen. «Du weißt, daß Narcissio Nsenga, der Mosambikaner, Carmen Müller erschlagen hat, und den Maik Krause von der ‹Pankower Front›, den hast du gratis als Belastungszeugen. Du kannst jederzeit, wenn mein Freund dir im Knast das Leben nicht verschönt, mit der Wahrheit rausrükken – mit unserm Deal hier – und mich in die Pfanne hauen. Strafvereitelung im Amt, Entfernung aus dem Dienst. Damit hast du mich doch total in der Hand.»

Enrico Rasch nickte. «Wer's gloobt... Und wenn ick vor Gericht stehe, wie soll ick'n da 'ne Tat schildern, die ick jar nich bejangen habe...»

«Richtig, da muß ich dir noch 'n bißchen Nachhilfeunterricht geben...» Und Mannhardt erzählte ihm alles, was sie vom Tathergang wußten. «Ach so, die Zeit noch: elf nach drei ab Oranienburg. Du selber bist in Wahrheit 'n Zug früher gefahren, als du von deinem Vater gekommen bist...?»

«Ja, so zehn vor drei...»

«Das ist gut so, denn einen Zug später wärst du ja unterwegs hängengeblieben, da war ja alles unterbrochen, und einer hätte dich sehen können.» Mannhardt zog die Hacken unter den Körper, um sich langsam in die Höhe zu drücken. «Dann hätten wir ja alles...»

Enrico Rasch bremste ihn mit einer nach unten gehenden Handbewegung. «Nich so schnell!»

Mannhardt fiel wieder auf den Hintern zurück. Scheiße! Nun fing der wieder an zu schwanken. «Was is'n noch...?»

«Ick kann det nich fassen allet. Wenn wa rauskommen, krieg ick Handschellen um, und bis ick siebzig bin, sitz ick in' Knast...»

«Aber du lebst, und kannst hoffen, daß du eher wieder draußen bist, als du denkst. Lebenslänglich, das heißt doch bei uns heute: fünfzehn Jahre höchstens. Bei guter Führung. Aber die wirste ja an den Tag legen, gut wie du's in Tegel haben wirst. Wie alt biste jetzt?»

«Fünfundzwanzig...»

«Dann biste mit Vierzig wieder draußen und hast die Hälfte deines Lebens noch vor dir. Die Hälfte, Mann, die Hälfte!» Damit schnellte er endgültig hoch, war ein einziger Ausdruck von Freude und Erleichterung und hatte das Gefühl, Rasch damit angesteckt zu haben, denn der ließ die Waffe endgültig sinken.

«Wie jeht's 'n nu weiter...? Det die draußen mich nich doch...»

«Mach dir mal keine Sorgen...» Mannhardt ging zur Tür, die in den Vorraum führte, und schrie nach draußen: «Er hat die Waffe weggelegt. Entwarnung! Wir kommen jetzt raus.»

Blieb zu hoffen, daß die Profis in der Ankunftshalle sich auch als solche verhielten und nicht doch noch durchdrehten und das Feuer auf Enrico Rasch eröffneten und nicht nur den trafen, sondern auch ihn...

Seine Finger waren schweißnaß und klebrig, als er die Türklinke umfaßte.

Von der Schönholzer Straße aus betritt man den *Pankower Bürgerpark* mit seinen schattigen Wegen, gepflegten Anlagen und einer schönen Panke-Promenade mit vielen Bänken. Im Park eine Büste von Heinrich Mann...

– Um 15 Uhr 30 an dieser Büste. Greta, kannst du ihm das bitte sagen. Es ist ungemein wichtig für ihn, aber ich möchte da im Ausländerheim nicht selber auftauchen.
– Ja, mach ich. Ich treff mich heute mittag mit ihm.

Liegewiese und Parkbücherei, für Kinder Planschbecken, Buddelplatz und Tiergehege mit Rehen, Meerschweinchen, Tierplastiken («Gazelle» von Sutkowski)...

– Hoffentlich ist er keine jagen gegangen! Is schon Viertel vor... Mann!

Die *Panke*, ein kleiner Nebenfluß der Spree, die vom Schloßpark Niederschönhausen kommt und sich hier am Rande des Bürgerparks hinzieht, fließt weiter am Walter-Ulbricht-Stadion vorbei, tritt neben dem Deutschen Theater noch einmal als schmales Rinnsal in Erscheinung und mündet dann unterirdisch am Schiffbauerdamm in die Spree...

– Das ist aber auch 'n komplettes Arschloch! Solchen Idioten hilft man nun!

Man kann sich heute schwer vorstellen, daß die Panke noch Anfang des vorigen Jahrhunderts Mühlen antreiben konnte. Im jetzigen Bürgerpark stand eine Papiermühle, die 1839 durch Hochwasser vernichtet wurde...

Mannhardt ließ den alten Ostberliner Stadtführer, den er noch von seiner Mutter hatte, wieder sinken und stand auf, um nach Jacinto Ausschau zu halten. Da die Mosambikaner im «Nassen Dreieck» kaum bis gar nicht telefonisch zu erreichen waren, hatte er die Grabow gebeten, ihrem Glücklichmacher Bescheid zu sagen. Dem Deal mit Enrico Rasch hatte nun der mit den Mosambikanern zu folgen.

Er gähnte. Es war eine sehr kurze Nacht gewesen. Enrico Rasch war schnell in einen Mannschaftswagen geladen und abtransportiert worden, aber die Aurak und andere Polizeiobere hatten ihn noch eine ganze Weile lang «verhört», und dann hatten sich die Presseleute auf ihn gestürzt. Aller Welt war nun klar, daß Enrico Rasch einen Mann (Frieder Schönfließ) und drei Frauen (Valeska Wutz, Kathrin Zäckeritz und Carmen Müller) aus Habgier, Frauenhaß, Berechnung und/oder einem allgemeinen Aggressionsstau heraus ermordet hatte. Eine Journalistin vom zeitgeistlichen FAB (Fernsehen aus Berlin) hatte unter dem Beifall ihrer Kolleginnen und Kollegen aus der Wir-haben-auch-was-einzubringen-Gruppe ins Mikrofon gesagt, daß den *Bundis* dieser Enrico Rasch wunderbar ins Konzept paßte, um den Ex-DDRlern eins draufzugeben, und mit dem schönen Song geendet: «Deutschland, Deutschland, übler als alles auf der Welt!»

Blieb Mannhardt nur noch, das Kapitel Narcissio zu Ende zu bringen. Aber das ging nicht ohne die *blacks* aus Mosambik und Jacinto, ihren Quasi-Stammeshäuptling.

Endlich kam er den Weg herauf, spurtete noch und erinnerte Mannhardt an die berühmten Kenia-Läufer. Nein, eher noch, rank und schlank wie er war, an den legendären Patrice Lumumba, den ersten und später ermordeten Präsidenten des freien Kongo.

«Tut mir leid», keuchte Jacinto, «die S-Bahn ...! Wieder mal euer ‹Schienenersatzverkehr› mit den überfüllten Bussen ...»

«Macht nichts. Setz dich.» Mannhardt konnte nicht verhehlen, daß er doch ein wenig sauer war, und er zögerte den Eröffnungszug nicht lange hinaus. «Kennst du das Bantu-Märchen mit dem Titel *‹Mein-Schicksal-dein-Schicksal› und ‹Fort-ohne-Wiederkehr›*?»

Jacinto überlegte einen Augenblick. «Nein ...»

«Schade ...»

«Kennst du denn alle Märchen eurer Geschwister Grimm?»

«Ge*brüder*! Ja», log Mannhardt. «Aber laß mich bitte mal euer schönes Bantu-Märchen erzählen.»

«Bitte ...»

Mannhardt lehnte sich zurück, hatte sich auf der Bahnfahrt hierher bestens präpariert. «Ein Vater hatte eine schöne Tochter, die hieß ‹Mein-Schicksal-dein-Schicksal›. Alle jungen Bantu-Krieger waren scharf auf sie, ihr Vater aber warnte sie: ‹Alles, was meiner Tochter geschieht, wird auch ihrem Mann geschehen, wie es ihr Name sagt. Ist sie krank, erkrankt auch der Mann. Und stirbt sie, wird ihr Mann sie ins Reich der Toten begleiten!› – Nun, da verzichteten alle, so verrückt sie auch nach ihr waren. Bis auf einen jungen Mann mit dem Namen ‹Fort-ohne-Wiederkehr›. Der schloß tatsächlich den Ehevertrag mit dem Vater und nahm ‹Mein-Schicksal-dein-Schicksal› mit in sein Dorf. Und was soll ich dir sagen ...?»

Jacinto lachte. «Die Gute ist tatsächlich gestorben!»

«So ist es. Und prompt kommt der Vater mit dem Vertrag in der Hand, und alle unterstützen seine Forderung, daß der Ehemann sich zu ihr ins Grab legen muß. Der tut es auch. Doch das Grab ist zu eng, der Sarg paßt nicht hinein. Die Leute sagen zu ihm, daß er wieder herauskommen soll, damit sie das Grab größer machen können. Er klettert heraus. Doch als das Grab vergrößert worden ist, und ‹Fort-ohne-Wiederkehr› erneut hinabsteigen soll, weigert er sich. ‹Wie mein Name sagt, kann ich niemals dorthin zurückkehren, wo ich war!› – Der Vater der Toten schreit los: ‹Du mußt deine Frau ins Totenreich begleiten!›, doch ‹Fort-ohne-Wiederkehr› tut es nicht, und er gewinnt auch den Prozeß, den sein Schwiegervater vor Gott angestrengt hat ...» Mannhardt war am Ende und sah voller Spannung zu Jacinto hinüber. «Was lehrt uns das ...?»

«Keine Ahnung ...»

«Daß die Formel ‹Mein-Schicksal-dein-Schicksal› auch für dich und Narcissio gilt, für euch alle im ‹Nassen Dreieck›.»

Jacinto besah sich seine Fingernägel. «Was ist los mit Narcissio?»

Mannhardt wußte, daß der Schmetterball nun kommen mußte. «Es steht jetzt hundertprozentig fest, daß er Carmen Müller ermordet hat. Ich habe deren Aussage, ich habe ein Foto, das die beiden zeigt, und eine Tagebuchnotiz, die alles beweist, und ich habe einen Augenzeugen, der Narcissio am Tatort gesehen hat ...»

«Er ist ein armes Schwein», sagte Jacinto. «Er kann nichts dafür. Die RENAMO hat ihn zum Morden abgerichtet. Als Kind noch. Du weißt das ja mit den ‹Kinder-Killern›, wie das war. Und da in der S-Bahn, da ist es wieder durchgebrochen bei ihm. Und ich ahne auch, warum ...»

«Warum denn?»

«Bei der Carmen, da hat er geglaubt, daß das Liebe ist. Er jedenfalls hat sie furchtbar geliebt…»

«…furchtbar, ja…» wiederholte Mannhardt leise.

«…und wie eine Göttin angebetet. Er hat sich von ihr ein menschenwürdiges Leben hier in Deutschland versprochen, er wollte sie heiraten und viele Kinder mit ihr haben. Das Kostbarste bei uns sind die Kinder. Sie werden unglaublich verwöhnt, und oft verläßt die Mutter den Mann, um sich ganz ihrem jüngsten Kind widmen zu können. Aber auch der Vater und die anderen Mitglieder der Familie erfüllen einem Kind jeden Wunsch. Carmen als Frau und viele Kinder mit ihr, das war sein Traum…»

«Doch das ist schiefgegangen…?» hakte Mannhardt ein, als Jacinto ihm allzu lange schwieg.

«Ja. Soweit ich das weiß. Er hat es ihr nur dauernd besorgen müssen. Nur dazu hat sie ihn haben wollen. Als sie den ‹Kick› nicht mehr bekommen hat, sollte er gehen. Sie wollte sogar Geld haben, und bei anderen hat sie auch kassiert dafür.»

«Aber er ist nicht mehr von ihr losgekommen und nach Oranienburg gefahren, um sie… zu bekehren, umzudrehen, für sich zu gewinnen, ich versteh schon. Da muß er sie dann auf dem S-Bahnhof getroffen haben und zu ihr in den Zug gestiegen sein…» Mannhardt konnte sich nun, was den Tathergang betraf, ziemlich sicher sein.

Jacinto sagte, daß er auch nicht mehr wisse, Narcissio habe ihm gegenüber kein Geständnis abgelegt. «Doch was nun? Wenn du ihn festnimmst, wird die ‹Pankower Front› über uns herfallen, und es wird Tote geben… Du kannst ihn nicht verhaften! Schuld ist doch die Carmen, daß sie ihn dahin gebracht hat…»

Mannhardt wurde ausgesprochen böse. «Und wenn Maik und die von der ‹Pankower Front› euch die Schädel einschlagen, dann seid ihr schuld daran, weil ihr sie dahin gebracht habt! Nee, mein Lieber, so nicht!»

«Gut…» Jacinto sah schnell ein, daß dieses Argument nicht zog. «Ihn nicht zu verhaften, ist doch das kleinere Übel…»

«Nein, unmöglich, ich kann ihn nicht frei rumlaufen lassen. Einen Affekttäter! Damit er dann die nächste Deutsche ermordet, die ihn nicht lieben will.» Mannhardt registrierte wohl, daß er zunehmend aggressiver wurde, machte aber auch keinen Versuch, sich zu bremsen. «Und ihr bringt die Sache bitte selber in Ordnung, verdammt noch mal! Herkommen und euch hier verhalten wie … Also, das ist jetzt 'n Ultimatum, hörst du: Übermorgen ist Sonntag, und da geht ein Flug von Schönefeld um 16.40 direkt nach Maputo. Ich hab mich erkundigt. Mit eurer eigenen Gesellschaft. Flug TM 635. Und in diese Maschine nach Mosambik werdet ihr Narcissio setzen, ist das klar!?»

«Wie sollen wir denn das Geld dafür zusammenbekommen?»

«Das sammelt ihr. Soll rund tausend Mark kosten. Von Heike und mir habt ihr erst mal 'n Grundstock …» Er zog vier nagelneue Hundertmarkscheine aus dem Jackett und legte sie zwischen sich und Jacinto auf die Parkbank.

Vor sich selber als ein guter Mensch dazustehen, als ein Großer, das war es, was ihn letztlich trieb.

«Clara Schumann …», sagte Jacinto in seiner Verlegenheit und nahm die Geldscheine hoch.

«Und den Rest des Geldes müßt ihr selber …» unterbrach ihn Mannhardt.

«Der Rest ist Schweigen», sagte Jacinto. «In Mosambik herrschen Arbeitslosigkeit und Hungersnot.»

«Es gibt Wiedereingliederungsmaßnahmen, die die Bundesrepublik bezahlt.»

«Er ist abgestempelt als einer von der RENAMO, und wenn sich die Regierung in Maputo dem Westen zuwendet, hat er keine Chance mehr.»

«Hier als Schwarzer im Knast hat er noch weniger. Und du und Cecilia und all die anderen, ihr findet euch im Krankenhaus wieder oder in der Pathologie!»

«Ich hab's schon kapiert!» Jacinto stand auf.

Mannhardt ebenfalls. «Übermorgen ist High noon in Schönefeld. Da will ich ihn in die Mosambik-Maschine klettern sehen …» Er umarmte Jacinto. «Tut mir leid, aber … Anders kann ich nicht, Mord ist Mord, und von Rechts wegen hätte ich Narcissio schon längst …»

«Aber …» Jacinto hatte noch eine ganz entscheidende Frage zu stellen. «Ihr müßt doch nun weiter nach dem suchen, der Carmen Müller …?»

«Das ist erledigt.»

Jacinto drückte ihn an sich.

«Danke … Du bist unser Freund, ich weiß …»

«Ich hab getan, was ich konnte. Jetzt bist du an der Reihe.»

«Es wird hart werden... Er wird sich weigern.»

«Ihr müßt es schaffen. Euer und mein Schicksal stehen auf dem Spiel...»

Bedingt durch die Fahndung nach Enrico Rasch und dessen dramatischer Festnahme auf dem Flughafen Schönefeld, hatte Mannhardt seine Lehrveranstaltung in der PHS ausfallen lassen müssen und war nun froh, den an sich von allen gemiedenen Freitag-Termin 18–20 Uhr zur Verfügung zu haben. Lust hatte auch er zu diesem Zeitpunkt keine, wollte diese PHS eigentlich in diesem Leben nie wieder betreten.

Es war ein Schock, und Mannhardt ging es ähnlich wie allen Polizeibeamten, die einmal – im Dienst und vom Gesetz gedeckt – einen Straftäter erschossen hatten, einen Mörder oder Geiselnehmer beispielsweise. Sicher waren sie die legalen Instrumente eines vom Volke getragenen Staates, aber eben keine Instrumente wie eine Zange oder ein Messer, sondern welche mit Kopf und Seele. Und da war ihr Verstoß gegen das höchste aller Gebote «Du sollst nicht töten» schon verdammt schwer zu verarbeiten. Er hatte sehr gehofft, daß ihm seine Studenten dabei helfen würden, doch es kam bei der Sitzung am Freitagabend alles ganz anders. Tiefes Schweigen empfing ihn, als er den Hörsaal betrat, in dem die K 3 schon wartete.

Mannhardt legte seine Materialien auf den Tisch, ging zur Tafel, öffnete sie und räusperte sich. «Guten Morgen allerseits...» Das sollte, 18 Uhr 18 war es geworden, locker-witzig klingen. «Ja, fangen wir da an, wo wir beim letzten Mal nicht ganz zu Ende kommen konnten... Ihr erinnert euch an den Fall in Duisburg, die Nekrophilie. Die Definition hatten wir ja... Nekro ist griechisch...» Er mußte unwillkürlich an Heike denken, «...tot, und Nekrophilie im weiteren Sinne das Angezogenwerden von allem Toten und Verwesenden und im forensischen engeren Sinne die sexuelle Leichenschändung...»

«Aufhören...!» hörte er Schlucki brummen.

Er ignorierte es, verzichtete auf die fällige Frage nach dem Warum. «Ihr habt den Täter also verhaften können, und nun beginnt unter Berücksichtigung des Paragraphen 136a – siehe Verbot inhumaner Vernehmungsmittel – eben die Vernehmung... Vernehmung... Was ist das? Die Vernehmung ist eine unter rechtlichen und... äh...» Folgte ein ziemlicher *blackout*. Er mußte in seinen Papieren nachschauen. «...kriminalistischen Gesichtspunkten geführte Anhörung und Befragung einer Person zu einem rechtlich und/oder kriminalistisch relevanten Sachverhalt...» Er legte das Blatt beiseite, um die Meute anzusehen und sie durch den Blickkontakt besser in den Griff zu bekommen. «Aber warum rede ich selber darüber: Wir haben ja heute ein Referat über die psychologischen Grundelemente polizeilicher Vernehmungen... Und zwar von den Herren...» Wieder mußte er nachsehen. «...Eckhard Schlukowski und Arwed Walther. Wenn die beiden bitte hier vorne Platz nehmen würden...»

Doch die aufgerufenen Kommissar-Anwärter dachten gar nicht daran, ihn irgendwie zur Kenntnis zu nehmen. Der eine sah aus dem Fenster und verfolgte eine gen Tegel ziehende Lufthansa-Boeing, der andere war mit der Lektüre seiner *Fußball-Woche* beschäftigt.

Ich bin ruhig, sicher, fest und frei. Mannhardt schaltete die formelhaften Wendungen des Autogenen Trainings ein, wie lange in der Klinik geübt. *Ich sitze mitten in der Wüste – und nichts kann mich erreichen.*

Das Schweigen wurde immer lastender.

– Warum steh ich denn eigentlich hier...?

– Vor diesen Idioten. Werf ich denn Perlen vor die Säue...!?

So hörte er sich förmlich denken, und unaufhaltsam war der Impuls, mit der flachen Hand auf den Tisch zu hauen und loszuschreien. «Verdammt noch mal, was ist denn heute los hier...!?»

Elke Klein sah ihn an. «Uns fehlt etwas...»

Er begriff es nicht sogleich. «Was soll denn fehlen?»

«Uns fehlt unser Kamerad Karsten Kniehase!»

Klar, daß das kommen mußte. Wie sich am besten verteidigen...? Scheiße, er hätte sich darauf vorbereiten sollen. In seiner Not kam er nur auf einen naheliegenden, aber nicht sonderlich wirksamen Zug. «Der war doch gar nicht in der K 3 hier bei euch...»

«Aber er war einer von uns, ein Kamerad», sagte Arwed Walther mit einem Pathos, wie er es von seinen Sonnenwendfeiern her kannte.

Mannhardt setzte sich und tat das, was man bei den Fortbildungsseminaren für Führungskräfte als erstes lernte. «Gut, reden wir erst mal darüber...» Und er suchte in den feindlich abweisenden Gesichtern nach einem, der sein Anwalt sein konnte, blieb wie von selbst an Gunnar hängen.

Der sah auch hoch und wandte sich an seine Kommilitonen. «Laßt ihn doch mal sagen, warum er...»

Doch Schlukowski stand schon, packte seine große bunte Sporttasche am Griff und wandte sich zur Tür. «Nein, wir gehen ins Kino jetzt...»

«Was'n: ins Kino...?» fragte Mannhardt prompt.

Darauf hatte Elke Klein gewartet. «Ja, 'n schöner alter Film... *Die Mörder sind unter uns.*» Und dann etwas leiser. «Ein Mörder jedenfalls...»

Mannhardt schien es, als hätte eine höhere Macht den Film seines Lebens zurückgespult um gute vierzig Jahre, sah sich jetzt als Schüler in der alten Klasse sitzen, einsam, verlassen, den Tränen nahe, von allen angeklagt, das Geld aus der Klassenkasse gestohlen zu haben. Weinerlich und vernuschelt klangen seine Worte. «Das könnt ihr mir doch nicht anlasten, daß er...!»

Doch Arwed Walther und Schlukowski scheuchten alle zur Tür. «Keine lange Debatte mehr! Raus hier alle!»

Und alle gingen sie, auch Gunnar.

«Hans-Jürgen Mannhardt: Der Held von heute kann nur ein *loser* sein.»

Heike nervte ihn mit ihrer überdrehten Moderatorinnen-Stimme. Seit sie hier auf dem Flughafen Schönefeld saßen und auf Narcissio warteten, war das Ende seines PHS-Auftritts ihr Thema Nummer eins.

«Die alte Horst Eberhard Richtersche Frage: Standhalten oder Flüchten?» Sie sah ihn an. «Wie willsten dich entscheiden: Im nächsten Semester wieder 'n Lehrauftrag – oder nicht?»

Mannhardt sah auf die Uhr. «Kurz nach drei... Wenn Narcissio nicht bald kommt, dann sitz ich eh in Tegel... Enrico Rasch hat gestern sein großes Geständnis abgelegt und unter anderem genau beschrieben, wie er mit dem Bügeleisen ihrer Mutter auf Carmen Müller eingeschlagen hat – und nun sitzt womöglich unser lieber Narcissio bei der Aurak im Zimmer und gibt zu Protokoll, daß er der Mörder ist...»

Heike stöhnte auf. «Ich hab da noch ganz andere Ängste...»

«Nämlich …?»

«Daß er in der Zwischenzeit 'n weiteren Mord begangen hat. Oder auch 'ne Geisel nimmt, um sich nicht selber ausweisen zu müssen. Oder am Kudamm Amok läuft …»

«Was sie mir dann alles anlasten werden …» Mannhardt wischte sich die schweißigen Finger an den Hosenbeinen ab.

Heike küßte ihn. «Ich find's gut, was du da gemacht hast. Kein Schreibtischtäter sein …»

«Ich hab gestern abend noch mit Maik gesprochen und so 'ne Art Vertrag mit ihm geschlossen. Daß wir Narcissio abschieben und er bei der ‹Pankower Front› damit prahlen kann, einen der ‹Oberaffen› in den Urwald zurückgejagt zu haben. Dafür hat er geschworen, daß sie die Mosambikaner und die anderen Ausländer im ‹Nassen Dreieck› von nun an in Frieden lassen.»

«Gut.»

Es wurde 15 Uhr 20, eine Stunde vor dem Abflug der Maschine nach Maputo, und noch immer hatten sie Narcissio nicht erblickt. Da kam Mannhardt auf einen Gedanken, der so nahelag, daß sie bislang gar nicht darauf gekommen waren.

«Mensch, ich geh mal zum Schalter der LAM – wie heißen die richtig: *Lineas Areas do Mozambik* oder so – und frag, ob da überhaupt ein Flug auf den Namen Narcissio Nsenga gebucht worden ist …»

Als er seinen Dienstausweis vorgelegt hatte, gab man ihm auch Auskunft.

«Ja, heute 16.20 nach Mosambik.»

Doch die Minuten vergingen, ohne daß Narcissio in Schönefeld erschien.

Berlin-Ostkreuz. Trostloser und ewig zugiger Kreuzungs- und Verzweigungsbahnhof von allein zehn Berliner S-Bahn-Linien. Auf dem oberen Bahnsteig, der früher weithin dem Vollring gedient hatte, halten heute auch die Züge der Linie S 10, die von Oranienburg zum Flughafen nach Schönefeld führt. Ab Ostkreuz sonntags 07 - 27 - 47, und bei einer Fahrzeit von 27 Minuten muß Narcissio spätestens den Zug nehmen, der 14 Uhr 47 abfahren wird.

Jacinto sagt es den anderen Mosambikanern, die hergekommen sind. Mit ihm, Cecilia und Bento zusammen sind es fast fünfzig.

Auch zwei Deutsche sind dabei, Corinna und Jacintos Freundin von der PHS. Er hat der Grabow nicht alles erzählt, doch sie weiß von dem Mordverdacht, in den Narcissio geraten ist, und daß sie ihn opfern wollen und müssen, um auf dem Areal des «Nassen Dreiecks» eine Überlebenschance zu haben. Erst hatte sie wegen dieser «Selbstabschiebung» Krach schlagen und Narcissio mit all ihrer juristischen Kunst verteidigen wollen, doch Jacinto hatte sie gestoppt mit seinem permanenten «Laß es, er muß nach Mosambik zurück! Es ist mein Wille, die Gruppe hat es so beschlossen». Dunkle Stammesrituale, sagt sie, schienen ihr hier im Spiele zu sein. Aber, nun ja...

«Ostkreuz... Welcher Name!» Die Grabow denkt laut. «Das Kreuz des Ostens... Tragen wir es.»

Sie sind hier verabredet mit Narcissio, sie wollen ihn bis zur Maschine bringen. Aus Mitgefühl – oder um sicherzugehen, daß er auch wirklich einsteigt und nach Hause fliegt? Beides vielleicht. Sie weiß es nicht.

Da kommt er. Kommt von einem der beiden unteren Bahnsteige mit schweren Schritten nach oben.

Er geht auf Jacinto zu.

«Ich kann nicht», sagt er.

«Es ist unser Beschluß!»

Narcissio sieht Jacinto aus großen Augen an. «Sie werden mich zu Hause an einen Baum binden und mir dann ein Bajonett durch den Hals stoßen. Bis weit in den Baumstamm hinein. Ich kenne das...» Es ist die Todesangst.

Die anderen Mosambikaner kommen herbei und bilden einen Halbkreis um Narcissio, wobei die beiden äußeren Posten so dicht an die Bahnsteigkante treten, daß es kein Entweichen gibt.

Niemand spricht mehr ein Wort.

Die Grabow denkt an das, was die Wissenschaftler Geist-Intrusion nennen. Daß die Mosambikaner annehmen, Narcissio sei von einem bösen Geist befallen, der den Tod verursachen kann. Sie hört die Trommeln, die *ongoma yelyamba*. Ob Narcissio das Opfer an den Geist ist, das ihn milde stimmen soll? Sie weiß es nicht. Sie ist furchtbar überdreht.

Von der Stadtbahn her naht jener Zug der Linie 10, der um 13 Uhr 51 Oranienburg verlassen hat. Lehnitz 13.53, Borgsdorf 13.57, Birkenwerder 14.01, Hohen Neuendorf 14.04, Bergfelde 14.08, Schönfließ 14.10 und Mühlenbeck-Mönchmühle 14.14.

Und in diesem Zug läuft auch der Wagen mit der Nummer 276034. Es ist der, in dem der angelernte Arbeiter Narcissio Nsenga aus Mosambik der Frisöse Carmen Müller aus Oranienburg bei Berlin mit dem Bügeleisen ihrer Mutter die fünf Schläge beigebracht hat, die tödlich waren.

Narcissio weiß es nicht, aber er glaubt es.

Der Zug dröhnt über die Brücke, die kurz vor dem Bahnhof die Spree da überspannt, wo der Osthafen endet und Treptow mit Park und Rummelsburger See beginnt. Hier wollen sie für die Olympischen Spiele des Jahres 2000 kräftig bauen, und Narcissio hatte gehofft, dadurch zu einem Job zu kommen.

«Ich will nicht zurück!» schreit Narcissio.

Doch er ist ein Gefangener.

Gleich wird sich eine der Türen vor ihm auftun, und sie werden ihn hineinstoßen.

Das Gesicht des Zuges ist gleichmütig wie das eines Henkers.

Zehn Meter noch, und der Mann im Führerstand des Triebwagens läßt sein Typhon aufheulen.

Die Spurkränze seiner Räder sind scharf wie das Beil der Guillotine.

Narcissio weiß es.

Und darum springt er auf die Gleise hinunter.

Horst Bieber

«**Horst Bieber** leistet sich einen Luxus. Er nimmt sich Zeit mit dem Erzählen. Viele Versuche, bei uns den Privatdetektiv-Roman zu etablieren sind gescheitert. Horst Bieber ist die Ausnahme.» Rudi Kost in «Schwarze Beute»

Fehlalarm
(thriller 3028)
Bei der Firma alfa-chem wird spät abends ein Brandalarm ausgelöst. Doch die anrückende Feuerwehr entdeckt kein Feuer, sondern die Leiche des Nachtwächters. Hauptkommissar Sartorius entdeckt bei dem Toten DM 53.000,-- in bar und nicht nur das kommt ihm merkwürdig vor...

Sein letzter Fehler
(thriller 2756)
Martina ist siebzehn Jahre jung, intelligent, tüchtig, hilfsbereit und zuverlässig - sagen die einen. Für die anderen ist sie berechnend, ehrgeizig und gerissen - jetzt liegt sie tot im Kleingartenverein...

Zeus an alle
(thriller 2948)
Ingeborg Wendel, Landtagsabgeordnete, hält die Strafverfolgung hierzulande für viel zu lasch. Als ihre Tochter Opfer eines blutigen Einbruchs wird, will sie endlich Taten sehen...

Jede Wahl hat ihren Preis
(thriller 2820)
Für Thomas Quirt beginnt der Tag mit einer Schußwunde im Knie. Der Regierungspartei kommt dieser Anschlag auf den persönlichen Referenten des Innenministers gelegen, aber aus dem einen Fall werden zwei und nicht in jedem ist Quirt das Opfer...

rororo thriller

Schnee im Dezember
(thriller 2994)
Kriminalrat Wegener ist des Mordes an seiner Frau Gesine angeklagt. Das Gericht spricht ihn zwar frei, weil die Beweise nicht ausreichen, aber damit ist seine Karriere am Ende. Vom Dienst suspendiert, zieht er in das Dorf und in das Haus, in dem seine Frau seit ihrer Trennung gelebt hat. Hier sucht er Indizien, die ihn auf die Spur des Mörders führen könnten...

Fred Breinersdorfer

«Spontis, Freaks und Ökopaxe haben einen neuen Helden. Der Stuttgarter Hinterhofanwalt Jean Abel ist so ganz nach ihrem Geschmack. Erfunden wurde der sympathische Outsider, der einen schrottreifen Ford chauffiert und dreckige Jeans trägt, von **Fred Breinersdorfer**, einem anerkannten Rechtsanwalt in Sachen Numerus clausus.»
Münchener Merkur

Der Dienstagmann
(thriller 2685)
Auf dem nächtlichen Heimweg vom Betriebsfest wird Tilly Moslech überfallen und vergewaltigt. Kommissar Holz stößt auf alte Akten und den sogenannten «Dienstagmann»... Vom ZDF erfolgreich verfilmt.

Frohes Fest, Lucie
(thriller 2562)
Lucie Kerst wohnt im Haus ihrer Tante idyllisch ländlich. Bis das Grundstück für ein Großbauprojekt gebraucht wird. Jetzt wird Lucies Leben zur Hölle... «Ich fühlte mich, gern gebe ich es zu, an Chandler erinnert - oder an Simenon.» *Alfred Marquart im Südeutschen Rundfunk*

Das kurze Leben des K.Rusinski
(thriller 2538)

Das Netz hat manchmal weite Maschen *Stories*
(thriller 2642)
«Diese zehn Kurzgeschichten stellen erneut unter Beweis: Breinersdorfer zählt zu den talentiertesten und interessantesten Krimiautoren hierzulande.» *Madame*

rororo thriller

Noch Zweifel, Herr Verteidiger?
(thriller 2621)
Als Silke Weiss auf die Bremse tritt, passiert gar nichts. Ihr Wagen überschlägt sich, sie stirbt im Krankenhaus. Aber ist der Automechaniker, der das Auto überholt hatte, schuldig?

Reiche Kunden killt man nicht
(thriller 2517)

Schlemihl und die Narren
Erzählungen von Verbrechen
(thriller 2792)

3003/2

Felix Huby

Ernst Bienzle, 37 Jahre alt, 1,88 Meter groß, mit Brille und Phlegma und Bauchansatz, mit einer Schwäche für Sauerbraten mit Spätzle und Soße, Kriminalhauptkommissar und Leiter der Stuttgarter Mordkommission, verheiratet, ein Häuschen am Stadtrand....
Mit dieser Figur des schwäbischen Gemütsmenschen ist **Felix Huby**, ehemaliger Spiegel-Korrespondent, mittlerweile erfolgreicher Drehbuchautor («Oh Gott, Herr Pfarrer»), einer der bekanntesten deutschen Krimiautoren geworden.

Ach wie gut, daß niemand weiß...
(thriller 2446)
«Das ist nicht nur ausgetüftelt oder nachgeschrieben - das ist spontan erzählt. Das Muster ist erreicht. Das kann der deutsche Krimi sein.»
Frankfurter Allgemeine Zeitung

Der Atomkrieg in Weihersbronn
(thriller 2411)

Sein letzter Wille
(thriller 2499)
Optiker Kissling kämpft gegen die Baumafia in seiner Kleinstadt - bis er eines Morgens mit einem Genickschuß tot gefunden wird...

Schade, daß er tot ist
(thriller 2584)
«... der beste Huby, der bisher erschienen ist.»
Frankfurter Allgemeine Zeitung Magazin

Tod im Tauerntunnel
(thriller 2422)

rororo thriller

Bienzle stochert im Nebel
(thriller 2638)
Oberflächlich betrachtet tut Hauptkommissar Bienzle tut nichts: Er fragt ein bißchen, er redet ein bißchen und hört zu...

Bienzle und die schöne Lau
(thriller 2705)
Einen Mörder, der sich beim Mordanschlag selbst ermordet, hat es in Bienzles Laufbahn noch nicht gegeben...

Bienzles Mann im Untergrund
(thriller 2768)

Bienzle und das Narrenspiel
(thriller 2872)
Alte, Kinder, Männer und Frauen in den buntesten Kostümen schieben, stoßen, rennen, tanzen durch die Straßen - und ein ausgebrochener Sträfling darunter, der Rache nehmen will...

Bienzle und der Sündenbock
Kriminalstories
(thriller 2958)

Hansjörg Martin

«**Hansjörg Martin** ist eine Person von historischer Bedeutung. Was Raymond Chandler für die amerikanische Kriminalliteratur war, ist er für die deutsche geworden: man kann ihn ohne jeden Zweifel als ihren Vater betrachten. Sein Roman *Gefährliche Neugier* löste 1965 ein Genre aus, das man lange danach, den neuen, den modernen deutschen Kriminalroman nannte.» Rudi Kost in «Schwarze Beute»

Eine Auswahl der thriller von Hansjörg Martin:

Bei Westwind hört man keinen Schuß
(thriller 2286)

Betriebsausflug ins Jenseits
(thriller 2535)
Eine Seefahrt, die ist lustig... Wenn mehrere Personen finstere Pläne schmieden, kann eine Seefahrt auch tödlich sein.

Blut ist dunkler als rote Tinte
(thriller 2190)

Dein Mord in Gottes Ohr
(thriller 2590)
«..gescheite Dialoge, Witz und stimmige Charaktere.» Welt am Sonntag

Gefährliche Neugier. Kein Schnaps für Tamara. Einer fehlt beim Kurkonzert
(thriller 2972)

Gute Messer bleiben lange scharf
Kriminalstories
(thriller 2635)

Mallorca sehen und dann sterben
(thriller 2270)

3015/1

rororo thriller

Der Rest ist Sterben
(thriller 2900)
Schwester Cosima ist eine allseits beliebte Person mit untadeligem Lebenswandel. Deswegen trifft es alle wie ein Schock, als man sie erdrosselt in ihrer Wohnung findet...

Der Kammgarn-Killer
(thriller 2481)
«Martin hat seine Mischung aus skurriler Beobachtungsgabe und feuilletonistischer Detailbeschreibung, aus witzigen Einschiebseln und originellen Sprachspielereien beibehalten.» Saarbrücker Zeitung

Seine besten Stories
(thriller 2911)

Das Zittern der Tenöre
(thriller 2618)

Süßer Tod
(thriller 2877)
Direktor Hebestreit ist entsetzt. In seiner Viehzuchtgenossenschaft findet man eine Leiche. Und gerade jetzt kann er schlechte Publicity nicht gebrauchen...

Schwarze Beute

Schwarze Beute 1
(thriller 2735)
Mit Geschichten von Friedrich Glauser, Ruth Rendell, Michael Molsner, Janwillem van de Wetering. Georges Simenon, Fritz Mierau, Frank Göhre u.v.m. und ein Interview mit Maj Sjöwall über ihre gemeinsame Arbeit mit Per Wahlöö.
«... dieser Band ist seit Jahren das bestgemachte, witzigste und spannendste Buch zum Thema Kriminalität und Kriminalliteratur.»
Süddeutsche Zeitung

Schwarze Beute 2
(thriller 2802)
Mit einem Drehbuch von Raymond Chandler, einem Insekten-Thriller von Per Wahlöö und einem Comic mit Texten von Dashiell Hammett. Außerdem Beiträge von Richard Hey, Alfred Döblin, Felix Huby, Fred Breinersdorfer, -ky, Irene Rodrian u.v.m.

Schwarze Beute 3
(thriller 2888)
Texte von Michael Molsner, Colin Dexter, Gertrude Stein, Jean Vautrin, Sjöwall/ Wahlöö u.v.m.

Schwarze Beute 4
(thriller 2933)
Neues von und über Dashiell Hammett, Ed McBain, -ky, Hansjörg Martin, Frank Arbau, Pinkerton, Malefizschenk und andere Fälle, Täter und Autoren.

Schwarze Beute 5
(thriller 2969)
Frischer Wind im Sowjet-Krimi, heiße Stories aus Afrika, Arizona und Amsterdam. Geschichten von Jean Genet, Doris Gercke, Christine Grän, Detlef Blettenberg, Tony Hillermann u.v.m.

3023/2

rororo thriller

Schwarze Beute 6
(thriller 3000)
Die neue Ausgabe des thriller-Magazins präsentiert neue Stories, berichtet über Fälle, Täter und Autoren mit Beiträgen von Detlef Blettenberg, Uta-Maria Heim, Yasutaka Tsutsui, Shotaro Yasuoka, Charles Willeford, Peter Zeindler u.v.m.

Band 1 - 5 herausgegeben von Norbert Klugmann und Peter Mathews.
Band 6 herausgegeben von Janwillem van de Wetering.